北南

著

碎玉投珠

完结篇

广东旅游出版社
GUANGDONG TRAVEL & TOURISM PRESS
悦读书·悦旅行·悦享人生

中国·广州

碎玉投珠

完 结 篇

北 南

作品

目录

辟玉投珠

彼时夏天，短袖露着手臂，柳条拂上去很痒。

我很想你。

第一章

这草原，这人间

天地漫长，时光永久，四手纠缠一截缰绳。

风也无言，雪也无言，两双吹红的眼睛。

01

月末这天出发,下个月就是在内蒙古开始了。

火车早八点启动,丁汉白他们三个在卧铺车厢,小门一拉倒是安静。纪慎语已经穿上棉衣,比平时圆润两圈,拉链拉到顶,脸都遮住半张。

丁尔和好笑道:"不热吗?先脱了吧。"

从出门就觉得热,忍耐许久了,纪慎语抬手要脱,不小心瞥见一旁的丁汉白,那人又犯了病,盯着他,抿着唇,仿佛这衣服一脱就要与他恩断义绝。他只好作罢,热一点也没什么,就当哄这疯子师哥开心。

纪慎语手揣在口袋里看风景,渐北的地界都是农田,没什么河流。过了一会儿,他实在热得冒汗,便另辟蹊径,对丁汉白说:"师哥,我想喝冰镇汽水。"

丁汉白失笑:"脱了吧,我上哪儿给你找汽水?"

纪慎语总算解放,脱得只剩一件棉布衫。左右待着无聊,他拿出一本《酉阳杂俎》消遣,刚翻到夹书签的那页,丁汉白凑过来,作势要和他一起看。

丁汉白厚着脸皮,面上却装得无所谓,手里蓦然一沉,纪慎语将书塞给他。也好,他拿着,纪慎语靠着他,更添亲昵。

不料纪慎语又掏出一本："你看吧，我这儿还有本《神异经》。"

心中的小九九骤然翻车，丁汉白觉得索然无味，许久才读出乐趣。时间悄然而过，沿途短暂停留时丁尔和去透气抽烟，丁汉白自打抽过第一根后便没再碰过，便也跟去，兄弟俩对着吞云吐雾。

待久无聊，火车再次启动后三人大眼瞪小眼，纪慎语合上书，又从包里摸出一副扑克牌。这牌是姜廷恩给他的，让他无聊时玩儿几把。

"玩儿吗？"他只和姜廷恩玩儿过，输掉一袋水晶和数颗原石。

丁尔和轻挽袖口："玩儿钱，还是东西？"

丁汉白说："押东西。"他知道纪慎语没多少钱，大手摸牌洗好，一分两摞，"这局我押一颗南红。"

纪慎语跟丁尔和干脆全押南红，码好牌比上赌桌还认真。一把结束，丁汉白赢得两块南红，再一把，他加注："我押半米大小的黄花梨。"

丁尔和苦笑："不用玩儿这么大吧？"

没料到纪慎语倒是豪气："我押紫檀木盒，雕好的。"

丁汉白还记得纪慎语输水晶时的光景，要是输掉紫檀盒子指不定多心疼。他暗中放水，奈何纪慎语牌技太烂，明着放水都难以拯救，反连累自己也落败。

丁尔和赌注不大，空手套白狼似的，这把结束又正好开餐，成了无法翻本的买卖。丁汉白顺势说："不能白赢，你买回来吃，看着行李，我们去餐车吃。"

他和纪慎语在餐车车厢消磨时间，饭不合口，几筷子便停下。他见纪慎语也不正经吃，问："输了紫檀木盒，心疼得难受？"

纪慎语承认："是有点心疼。"还有点无聊，他用手支着下巴瞧对方，"师哥，你知道的东西那么多，能不能随便讲一个？"

丁汉白心想：这是把他当解闷儿的了？也行，他认了。他便随口讲道："小时候听我爷爷说，以前行里有个姓聂的，雕刻技术非常牛，天赋极高，可惜比昙花一现还短暂。"

纪慎语听得认真，丁汉白继续："这人叫聂松桥，家大业大，但他不干正事儿，就像过去的八旗子弟。他迷上雕刻后钻研了几年，在行里出了名，后来却迷上赌博，成天泡在牌桌上，只碰筹码，渐渐不碰刻刀了。"

纪慎语问："他就不再雕刻了？"

丁汉白答："雕刻对他来说只是兴趣，有了更大的兴趣，他自然就抛弃前者。听我爷爷讲，他后来千金输尽。"

纪慎语阵阵惋惜："那他的手艺岂不是从此失传了？"

失传倒不至于，应该教给了儿子，丁汉白回想："貌似他儿子水平很一般，都入不了我爸的法眼，我爷爷说他孙子倒不错，是从小跟着学过的，谁知道呢。"

他讲些奇闻逸事来解闷儿，一顿饭吃到车厢走空，他们也只好回卧铺休息。一路向北，气温渐低，才四五点天就隐隐变黑。纪慎语醒来时正经过一处隧道，漆黑不见五指，惹得他不知白天黑夜。

隧道一过，小间内只有丁尔和在，他便合眼假寐，等丁汉白回来再转醒。渐渐地，车窗外越发昏暗，太阳遥遥西斜，他终于忍不住出去寻找。

丁汉白在两节车厢的交接处，立于车门前，叼着烟吞吐。这处漏风，烟雾一点点漫出去，吸尽时自己也染上凉气。

他闻声回头，见纪慎语睡眼惺忪，问："一醒就想找我？"

其实纪慎语醒了半天，但他没解释："师哥，你学会抽烟了？"

丁汉白也没解释，这哪用学？有一张嘴就会。待纪慎语到他身旁，他的余光投在嫣红晚霞里，心也坏起来："一共才抽三支，你闻闻我身上有没有烟味儿。"

纪慎语引颈嗅嗅："没有，飘散干净了。"

丁汉白说："离近点，衣领上有没有？"

纪慎语挪近歪头，鼻尖蹭到丁汉白的衣领上，吸气闻味儿。

丁汉白抬手，轻轻按在纪慎语的后心，隔着暄软的棉衣逐渐施力。

纪慎语说："衣领也没有，还是我鼻子不好使？"他闻完后退，抵住丁汉白的手掌，接着手臂也被擒住，那人一步将他押在车门的边角。

纪慎语问："你还生气？"

丁汉白说："我生哪门子气？"

纪慎语低喃："……怎么觉得你憋着火想揍我？"

车轮振动，外面风景长新，夕阳照红丁汉白的眼睛。他哭笑不得，没料到竟然这么滑稽。他翻转纪慎语，说："不揍了，看场日落吧。"

纪慎语挨着车门，丁汉白在身后靠着他。

"师哥，"他说，"落日那么红，像不像巴林鸡血石？"

丁汉白却拆穿："你每回转移话题都很明显，像个傻子。"

在这摇晃的交接处，透过小小的玻璃窗，他们直站到余晖落尽。车晃得人忘却今夕何夕，光照得人忘记奔向何方。

晚八点，火车长鸣进站，纪慎语兜着帽子踏上赤峰的地界，乘客陆续出站，他紧抓丁汉白的手臂，挤了一会儿再抬头，发现抓成了丁尔和。

蓦地松开，他喊一句"师哥"，丁汉白回头伸手，将他一把拉至身边。

丁汉白没再松手，握着他，大手上的厚茧贴合他的掌心，温暖多过粗糙。快到出站口，人挨着人，纪慎语抬头看见站外的牌子，惊道："五云？师哥，是你吗？"

丁汉白第一次跟丁延寿来时还小，之后改名字再来，乌老板也已习惯叫他本名。挤出站口，他与举牌的人热切拥抱，感谢道："乌叔叔，辛苦你招待我们。"

乌那钦笑声爽朗，接他们去家里休息。天黑透了，舟车劳顿顾不上看赤峰的模样，不久到达一处住宅区，楼层不高，但比过去的平房暖和许多。

一桌酒菜，填饱肚子为先。他们三兄弟排着队洗手，忽然人影晃过，清亮的笑声也同时响起，原来是乌老板的女儿。

乌诺敏偷袭丁汉白的肩膀，用不太清晰的普通话打招呼。

丁汉白转身："都长这么高了，手劲儿还挺大。"

乌诺敏看着他们："清炖羊肉是我做的，请你们多吃点。"

何止清炖羊肉，那一桌当地吃食原来都是乌诺敏做的。入席，乌老板说："早就缠着我学，说做给你们吃。"

其中两道丁延寿最爱吃，丁延寿每回来都给乌诺敏带礼物，小姑娘感激。丁汉白做客不能拂了主人好意，替他爸吃一份似的，撑得够呛。

夜里，乌那钦腾出两间卧室给他们，很小，但足够睡。纪慎语站在门口踌躇，丁尔和随后进去一间，说："愣着干吗？明天去巴林右旗，早点睡觉。"

纪慎语对丁尔和比较陌生，丁尔和不待见他什么的，他也心知肚明，还有玉熏炉被打碎，他的确最怀疑这兄弟俩。但丁汉白是老大，又难伺候，必然要独睡。默默进屋，纪慎语想，反正男孩子睡觉而已，又不是夫妻洞房，和谁都一样。

直到洗漱完，另一间卧室仍空着，纪慎语没见到丁汉白，就此作罢。门一关，气氛极沉闷，丁尔和看当地报纸，他扒着窗户发呆。

恍惚间，他听见什么，一开窗望到丁汉白和乌诺敏在楼下散步。

下雪了，那么冷，散什么步？还跑来跑去，陪着十几岁的小姑娘折腾，也不怕累坏自己二十岁的老骨头。纪慎语想些无稽可笑的，骤然想起姜廷恩说过——丁汉白嫌商敏汝年龄大。

商敏汝大，可乌诺敏小啊。

还跟"敏"没完了。

雪越下越大，丁汉白撑得散步消食，乌诺敏跑来陪他。他想：这片片雪花应该让纪慎语看看，不过明早到处都银装素裹，自然也就看见了。

折回，丁汉白才惊觉那二人已经休息，竟然凑在一间卧室里。他要揪出纪慎语，可刚送走乌诺敏，又迎来乌那钦，于是和对方谈起采买意向。

及至深夜，丁汉白估计纪慎语已经睡熟，干脆不再打扰。

内蒙古的第一晚，纪慎语从困顿之中猛然醒来，翻身险些掉下床。他推推侵占位置的丁尔和，对方不动，他却肚腹连着心肝一并搅和起来，仓皇跑去卫生间，慜着声儿呕吐半晌。

果子条、手把肉、奶豆腐……他两眼黑黑明明，嗓子生疼紧涩，回去，摸着黑盖好棉被，蹴着床沿一点位置。

一时三刻过去，内里翻江倒海，他控制不住又吐一通。胃似火烧，吐完一遍遍漱口刷牙，他肚腹已空，应该能安稳睡个好觉。

纪慎语灰溜溜地回卧室，台灯亮起，丁尔和问："你大半夜闹腾什么？"

他解释："我不太舒服，吐了两回。"

丁尔和说："吐了？怎么那么多事儿……"疲倦模样像半梦半醒，卷着被子翻身，话很伤人，"背着我睡啊，别用嘴呼气，怪硌硬人。"

纪慎语沉默着上床，关灯后抿唇屏息，一秒，两秒，三秒……他数了百八十下，骨碌爬起来，抱上被子离开。屋都黑着，他停在另一间门外，敲了敲门。

丁汉白是个能睡的主儿，好一会儿才醒，细听敲门声仍在，轻轻的。开门只见一团被子，他伸手压下，露出纪慎语那张苍白的脸来。

不待他问，纪慎语说："师哥，我想跟你睡觉。"

丁汉白霎时清醒，又恍然还在做梦，问："怎么了？"

纪慎语答："我不太舒服，吐了两回。"他没说丁尔和烦他，不乐意嚼舌根，"我刷了好几遍牙，一点都不脏，我闭着嘴睡。"

丁汉白伸手一揽，隔着棉被将纪慎语搂进屋，关门，锁住，把自己床头的水给纪慎语喝下去。"老二嫌你了吧？"他门儿清，"没事儿，不搭理他，赶紧钻被窝。"

纪慎语躺好，见丁汉白去行李箱中翻东西，默默候着。

传来塑料纸摩擦的声音，丁汉白过来，朝他口中塞了一颗八宝糖。

"吃点甜的，嘴里就不苦了。"丁汉白躺入被窝，没了灯光，翻身与纪慎语相对。纪慎语反应迟钝："我背过去睡吧。"

"就这么睡。"丁汉白说。他哪能想到纪慎语会水土不服，哪能想到丁尔和那孙子冷漠如斯，哪能想到此时竟同床而眠。

他想了那么多，回神时纪慎语已经睡着，没化多少的糖撑鼓脸颊。丁汉白伸出食指，启开白牙往里探。他怕纪慎语梦中无意吞咽，被糖球噎着，要将那颗糖钩出来。

忽地，纪慎语似有察觉，迷糊着哼一声，牙齿蹭过手指，甚至轻轻地咬了一下。

02

冬日夜长，纪慎语醒来时天还透黑，室内也黑。也许因为吐过两次，他连呼吸都有气无力，比不上耳畔强有力的心跳。

他这才发觉，自己早脱离本来的被窝。他挣不开，细弱地叫一声

"师哥"。

这师哥很能睡，半天才迷迷糊糊答应。

"还早。"丁汉白嗓音沙哑，动弹手臂，半晌才退了睡意。

台灯打开，他垂眸："叫我干吗？"

纪慎语抬眼："我怎么骨碌爬到你被窝了？不好意思。"

丁汉白说："没关系。"

纪慎语心中不无惊讶，他昨晚来时没期望丁汉白给他好脸色，只不过比起丁尔和的嫌恶，他更能接受丁汉白的嫌弃。不料，丁汉白揽他进屋，给他水喝，喂他糖吃，竟也没有丝毫讨厌。

"师哥？"他问，"你怎么了？"

丁汉白颇觉莫名："什么怎么了？"

纪慎语不知道如何说："你怎么跟个大好人似的？"

丁汉白险些背过气去："不然我还真是个浑蛋啊？！我从小拾金不昧、大公无私、有钱出钱……你这好赖不分的白眼狼。"

刚回完嘴，纪慎语低头蹭他，就用前额的头发，主观地、轻柔地蹭他。他不喜欢猫猫狗狗，却也见过小猫小狗如何撒娇讨好，霎时间愣着不懂回应。

而纪慎语用肢体表达亲昵，只因面对面说不出感谢的话。天一点点亮了，他回头望，望见窗外的冰雪世界，想扑过去使劲看。

丁汉白制止他："昨晚就下了，没看见？"

纪慎语讷讷的："看见了。"但光顾着注意丁汉白和乌诺敏，没顾上惊奇雪有多大，他转回脸，问，"师哥，乌老板的女儿是不是喜欢你？"

他看乌诺敏对别人不甚热情，所以有此一问。

丁汉白嗤笑："很显然是啊，少女心动藏不住。"

纪慎语支吾："不太好吧。"他觉得不太好，但不知道哪儿不好，为什么不好。

"那个，小敏姐……"他忽又茅塞顿开，"你还有小敏姐呢，你就那么喜欢叫'敏'的女孩儿？"

丁汉白说："'诺敏'在蒙古语里是'碧玉'的意思，她碧玉，我白玉，你说配不配？"

纪慎语无从反驳，觉得还真挺配，对上丁汉白的眼睛，那眼底的意味美滋滋，似乎两情相悦那么高兴。他蓦然惆怅，说："那你们离得好远。"

安静，丁汉白预想的一泡酸醋悄无声息，奇了怪了，明明自己吃自己的醋都能掰扯几句，怎么换成旁人反而哑巴了？他问："想什么呢？"

纪慎语答："我在想，几年后乌诺敏大了，你们结婚，那我住在小院就不方便了，我到时候搬哪个院儿住呢。"

丁汉白张嘴要涌一口热血，气得将纪慎语推开。他纳闷儿，狂妄地活了二十年，现在摊上剃头挑子一头热，这憋屈滋味儿，该不会是报应吧？

没等丁汉白弄清，纪慎语已然滚到窗边看景儿，开一点窗户，摸外面窗台的积雪。扬州的冬天有时也下雪，只不过没这么大，眼前路也白，树也白，哪儿都是白的。

纪慎语看得入迷，出门时猛冲，在雪地里撒欢儿。

一行人要去巴林右旗，乌老板和伙计开车带路，丁汉白他们在后面跟着。路滑车凉，慢慢地晃，丁汉白瞥一眼后视镜，问："还难不难受？"

纪慎语坐在副驾位，回答："好多了。"

丁汉白继续说："包里有从家带的点心，饿就垫补一块。"

他关怀的话语不停，一反往日作风，几句之后再瞥一眼后视镜，对上丁尔和的眼睛。丁尔和没想到丁汉白对这五师弟这么好，却也坦荡地没有闪躲。

不咸不淡地到达巴林右旗，雪更深，白得晃人眼睛。渐渐近了，车辆纵横，谈不上人声鼎沸，也算格外热闹。

一眼望不到头的摊位，来自五湖四海的买主，奇石市场历年都这样声势浩大。丁汉白裹紧大衣下车，皱着眉，生怕自己害雪盲症。

一回头，见纪慎语团着雪球跑来，紧接着屁股一痛，被狠狠砸中，他敏感极了："你砸我屁股什么意思？"

纪慎语回答："上次在小河边，你不也砸我了？"

合着就是以牙还牙，丁汉白懒得再闹，冷哼一声昂首阔步，纪慎语追上他，终于拥入乱石缤纷的市场。巴林鸡血最有名，深浅不一的红，浓淡各异的红，衬着皑皑白雪，靡艳到极致。

纪慎语看痴了，经过几家质量上乘的，却不见丁汉白停下，问："师哥，刚才那家的鸡血石不够好？"

丁汉白说："鲜红透润，好。"

纪慎语又问："那不买吗？"

丁汉白白他一眼："着什么急？"

市场占地面积很大，他们逛了许久才走到一半，纪慎语或是讨教，或是惊讶石头好看，而丁尔和虽然看得有滋有味，但始终默然。

如果选得好，同去都有功劳；如果选得不好，谁做主谁担着。

丁汉白总算停下，半蹲在摊位前细看那几块石头，而后直接问价。价极高，之所以摊位前空空荡荡，全是因为顾客被高价吓跑。

"听口音你不是当地人？"丁汉白说，"就这几块，别砸手里。"

老板是个高大的中年男人，浓眉厉眼，却不露生意人的精明，而透着一股凌厉气势。他浑不在意："好东西宁可砸在手里，也不能贱卖。"

丁汉白笑笑，手揣在兜里继续逛，脑海中却把石头和男人牢记。纪慎语伴在身旁，问："师哥，那几块鸡血石是上乘的羊脂冻，我们要入手吗？"

丁汉白反问："你有什么意见？"

纪慎语说："偌大的市场不止一家东西上乘，但要价是别家的几倍，真的值吗？"

如果在其他地方，那可能是漫天要价诓傻大款，但这儿是巴林右旗，特意跑到这里买料的人，能有几个傻子？卖方长年干这行，也不会短视到自砸招牌。

丁汉白说："光羊脂冻不够，从进来到眼下，凡是血脉色线密集的石头大多是深红甚至发紫，稍一过分就是次货，那几块却红得极纯正。再者，鸡血石绝大多数红白掺杂，色域分布得当就是好鸡血石，而透润全红的大红袍则是极品。"

纪慎语眼力不足，明白后不禁回头望那处摊位。要价也许高过本身价值，但因为少而精，后续加工又能升值，所以自信会有人买。他又瞧一眼丁汉白，不确定丁汉白是不是那个买家。

市场越靠后越冷清，占大头的鸡血石都在前面，后头基本是其他种类。丁汉白却来了兴致，恨不得每处摊位都停留片刻。

大片巴林冻石，粉白如当初的芙蓉石，还有黄的、绿的，五彩斑斓，桃花洞石就更美了，颜色异常娇艳。丁汉白穿梭其中，看货，问价，吊足气定下七八单。

丁尔和哪怕置身事外也忍不住了，问："汉白，咱们从来是七成鸡血，二成冻石，一成杂样，你买冻石的钱已经超额了。"

丁汉白说："今年我还就改改，六成冻石，鸡血和杂样各两成。"

丁尔和问："你和师父商量过了？"

丁汉白和谁都没商量，全凭自己做主。他接着逛，遇见好的继续下单，中午回车上休息，才说："以'玉销记'看市场，论石必看鸡血、田黄，年复一年，生意额降低是为什么？因为趋于饱和了，俗点，顾客腻了，不流行了。"

丁尔和据理力争："这又不是衣服、皮鞋，讲什么流不流行？况且鸡血、田黄是石料里的龙头，难不成'玉销记'要降格？"

老大、老二在前面争执，纪慎语在后排抱着点心盒子观战。丁汉白抚着方向盘，回道："中国人喜欢红、黄二色，是有情怀在，向往沾点皇族的气韵。可往后就不一定了，发展得那么快，就拿各色串子来说，人们早就不拘泥于某种审美模式了。"

"再说降格。"丁汉白底气不减，"未经雕琢不都跟疙瘩瘤子似的？'玉销记'的招牌白挂？咱们的手艺白学？不雕上品不代表降格，相反，'玉销记'加持，给那东西提升格调。"

不只提，还要客人一见钟情，要大肆流行。被趋势摆布是庸才，扭转趋势才有出路。丁汉白说完口渴，灌下半杯凉水，丁尔和思考半晌，不确定地问："咱们能做到？"

丁汉白请君入瓮："如果心不齐，同门都要使绊子，那估计够呛。"

咀嚼声停，纪慎语静止气息，他没想到兜转一遭能拐到这儿。丁汉白指桑骂槐过，过去一阵，翻出来敞开问："玉熏炉是不是你们东院摔的？"

久久无言，丁尔和轻答："我替可愈道歉。"他待不住，拿包烟下车走远，里子、面子被人扒干净示众，在冰雪中臊红脸面。

丁汉白解释完采买意向，逼出了迟来的道歉，心满意足。回头，瞧着纪慎语嘴角的点心渣，他无名火起："我这是给谁出气？自己咔嚓咔嚓吃得倒香，有没有眼力见儿？！"

纪慎语忙不迭扑来，递一块豆沙排。

丁汉白不知足："还要花生酥。"纪慎语喂他，酥皮掉渣无人在意，张口间四目相对，在这不算宽敞的车厢里。

纪慎语微微愣怔，又拿一块牛奶饼干，喂过去，完全忘记填补自己的肚腹。直到丁尔和回来，他才晕乎乎地将整个点心盒子塞给了丁汉白。

丁汉白转塞给丁尔和，打一巴掌赏个甜枣。

中午一过，冰雪消融些许，几辆车排队驶来，一大拨人全拥向一处。纪慎语没见过这阵仗，拽着丁汉白的胳膊看热闹，等一箱箱石头卸下，他惊道："翡翠毛料，要赌石？！"

丁汉白警告："只许看，不许碰。"

千百只眼睛齐放光，那些毛料似有魔力，明明乌灰暗淡，却藏着碧色乾坤。石头表面写着价格，还有直接画圈表示做镯子的，千、万、十几万，引得买主们摩拳擦掌。

纪慎语问："师哥，你能看出哪块是上品吗？"

丁汉白说："神仙难断寸玉，我在你心里那么厉害？"赌石就像赌博，经验、运气缺一不可，甚至运气更要紧些。

一块三千元的种水料，擦或切，买入者紧张，围观之众也不轻松。丁汉白目光偏移，落在纪慎语身上，这人遇鲜正好奇，把他手臂攥得紧紧的。

像什么？像小孩儿看橱窗里的玩具，看玻璃罐里的糖。

丁汉白说："哈喇子都要掉了，去挑一块，看看你的运气。"

纪慎语难以置信："让我赌吗？不是说不能碰？"

他们是来采买石料的，账都已经挂好，丁汉白说："我自己掏钱给你买，好了归你，坏了算我的，去吧。"

纪慎语激动不已，可毫无赌石经验，全凭一腔好奇。他自然也不敢选高价，绕来绕去挑中一块齐头整脸的，两千元，切开什么样未知，可能一文不值。

他屏住气息，一刀割裂，浅色，带点绿，带点淡春。

丁汉白过来："嗬，春带彩啊。"这一句夸将纪慎语哄得开心，不过料子确实不错，起码够一只镯子，余料攒条串子也差不多。

他们第一天以观望为主，除去下了单的，到手的只有这块翡翠。及至黄昏，赌石聚集的人陆续散去，都不想天黑走雪路。

这地界宽敞，不堵，但也没什么规矩，所有车任意地开。大雪令周遭洁白一片，行驶几公里仍看不出区别，荒凉渐重，没什么车了。

丁汉白意识到走错路，立即打方向盘掉头。

这时迎面一辆破面包，不知道从哪儿拐出来的，拦路刹停。这气势汹汹的样儿着实不妥，丁汉白狠踩油门，意图加速绕行。可那车上跳下一个瘦高个儿和两个彪形大汉，其中一人摘下背后的猎枪上膛，"砰"的一声！

太近了，轮胎瘪下一只，他们的车剧烈摇晃，偏沉一角。

更令人恐惧的是，他们难以判断下一枪会打在哪儿。

枯树白雪，此行竟然遭劫。

也许算不上千钧一发，但也是安危难料。丁汉白冷静地解开安全带，深呼吸，忽然手心一热……竟是纪慎语不动声色地握他的手。不知纪慎语是害怕寻求保护，还是撑着胆子予他力量。

"师哥。"纪慎语声音很低，"摸我的袖子。"

丁汉白从袖口摸出一把小号刻刀，然后，又握了握那手。

水来他掩，兵来他挡。

丁汉白无意做救美的英雄，但势必要护一护这小南蛮子。

03

瘦高个儿走到车头前，敲着车盖让他们下车。

丁汉白果断地，同时又不舍地说："我下去，你们别动。"他没熄火，并迅速将座位向后调整，如果情况允许，丁尔和从后面转移到驾驶位会容易点。

天寒地冻，丁汉白虚关住车门，举起手，静候吩咐。然而对方显然是熟手，那两个彪形大汉径直走近，粗蛮地将纪慎语跟丁尔和一并揪下车。

纪慎语踌躇着，无限想靠近丁汉白那里，然而隔着车头，当着三名劫匪，他只能悄悄观望。丁汉白掏出钱夹，利索地往车前盖一扔，说："我们第一天来，看货谈价，没带多少钱。"

车门开合，其中一人向内检查，冲瘦高个儿说："就一块翡翠毛料。"

天逐渐变黑，瘦高个儿揣起丁汉白的钱包，没说话，视线在三人之间扫动。丁汉白心头一紧，那两千块必然无法满足对方的胃口，来这儿采买的谁不带钱？这意思是要扣押一个，劫车变成绑票！

瘦高个儿问："你们谁是老板？"

丁汉白说："我是，他俩是我的伙计。"

制着纪慎语的彪形大汉说："伙计穿得这么好？那一个皮鞋、手表，这一个小小年纪能干什么活儿？"

纪慎语的手臂被捏得生疼，明白这是在挑人质，也明白丁汉白要护着他跟丁尔和。不料瘦高个儿稍稍示意，扭着他的大汉将他拽到对方车边。

丁汉白急道："你们抓他没用，南方来的小伙计，无亲无故，我犯不着为他交赎金。"上前一步，紧接着后背顶上猎枪枪口，他却无惧，"我是老板，你们要押就押我。"

那枪口狠狠戳在他脊梁上，身后的大汉说："我们押了你，你的伙计弃你而去怎么办？那小子一脸娇贵相，我看是你的兄弟！"

瘦高个儿要求赎金多少，警告话连篇，天黑之际扭着纪慎语上车。身后的枪口转到面前，丁汉白稍一靠近，脚边立刻迸出一颗子弹。

丁尔和低声喊他："汉白！别冲动！"

眼看纪慎语马上被推入车厢，丁汉白骤然暴喝："我他妈还就跟孙子们拼了！"

雪未压实，滚在地上还算轻松，一时咒骂声四起，夹杂着混乱的枪响。他不确定自己滚到了哪儿，飞扑过去将其中一个从后绊倒，手臂勒着脖子，那一小截刀刃抵着对方的动脉。

三对三，拼命的话未必没有胜算。

反身，枪声停止，勒住的人是面肉盾，叫丁汉白扼着咽喉眼泪狂流。手里的枪打不出，枪托朝后使劲儿一掼，丁汉白咬牙挨了，同时一刀穿透棉衣锲在对方的肩膀处。

怒吼哀号响彻黑沉沉的郊野，似有回声。

纪慎语本以为自己会魂飞魄散，可在这凶险关头，他不知从哪儿生出万丈勇气，与瘦高个儿扭打，捡起那块翡翠毛料朝对方面门一砸，热血喷溅，翡翠成了玛瑙。

远处隐隐有光，过路还是帮凶都未可知，丁汉白豁出命似的，下了对方手里的枪，当作棍子使，捶打几个来回。

纪慎语昏沉倒地，眼都睁不开，热血糊着，由远及近的光束晃着。他望见丁汉白向他跑来，喊着"师哥"一点点蠕动。

那辆车来势汹汹，车头猛转，冲着劫匪，引擎声有要人命的气势。

劫匪奔逃、号叫，摔在雪堆上。车刹停，下来个男人捡起猎枪，三下五除二卸成零件，丁汉白爬起来去拿扎货的绳子，迅速将那三个孙子捆了。

他忍着肩颈剧痛，半跪抱起纪慎语，四周已经昏暗不堪，纪慎语微弱地问："师哥，你有没有受伤？"

丁汉白说："别管我，你伤哪儿了？！"

痛意一点点地退去，纪慎语说："我没事儿……就是挨了些拳脚。"

三人全部挂彩，凑到车灯前，帮忙的男人露出脸来，居然是卖高价鸡血石的老板。丁汉白忍痛笑出来："不买你的鸡血石说不过去了，多谢。"

男人说："远远地看见有亮光，我朋友叫我过来看看。"

丁汉白朝车里瞅，隐约还坐着一人，看不清模样，而后得知对方也要回赤峰，正好接下来可以做伴，他说："大哥，我叫丁汉白，这是我两个弟弟，你怎么称呼？"

男人说："我叫佟沛帆。"

……佟沛帆？！

纪慎语双眼猛睁，梁鹤乘之前让他去瓷窑找一位朋友，那人就叫佟沛帆。他再觉不出疼来，只顾心中翻搅，直到上车都巴望着对方。

丁汉白捂着肩膀坐在后面，丁尔和开车跟着前面的车回赤峰。颠簸、报警、处理伤口，眨眼折腾到凌晨，乌老板愧疚无比，不住地道歉。

医院走廊，丁汉白说："你收摊走得晚，我们先走，哪儿能怨你？"他外伤不多，挺拔地立着，"当时往那边走的车不止一辆，估计就是引人走错路，早准备好的。"

事情发生又解决，既倒霉又万幸，再琢磨就是浪费时间了。丁汉白进诊室撩帘儿，盯着大夫给纪慎语上药，那一张标致的脸面青紫斑驳，真叫他心疼。

纪慎语伸出手，要他过去。

他端着不在意的架子靠近，用指腹点点染血的鼻尖，而后握住那只手。纪慎语小声说："师哥，佟沛帆是梁师父的朋友，潼村那个瓷窑就是他开的。"

丁汉白一时没反应过来："梁师父的朋友？"数秒后，重点从内蒙古偏到扬州城，"原来你去潼村是为了找他，压根儿不是约了女同学？！"

纪慎语怔怔，什么女同学？

丁汉白佯装咳嗽："人家救了咱们，肯定要道谢。明天我请客，摊开了说说？"

纪慎语点头，同丁汉白回家。许是水土不服的劲儿过去了，冷饿交加，又受到惊吓，他吃了两碗羊肉烩面才饱。

行李箱还在另一间卧室，纪慎语去拿衣服洗澡，与丁尔和对上。丁尔和挂了彩，有气无力地招他回来睡，他敷衍过去，遵从内心去找丁汉白。他一开门，丁汉白正光着膀子吱哇乱叫。

"师哥？"他过去，摸上丁汉白肩膀的肿处，"我给你擦药酒揉揉。"

这回可比开车撞树那次严重，纪慎语不敢用力，揉几下吹一吹，肉眼可见丁汉白在发抖。丁汉白并不想抖，可凑近的热乎气拂在痛处，麻痒感令他情不自禁。

本该闭嘴忍耐，但他太坏："吃两碗羊肉面，都有味儿了。"

纪慎语动作暂停："有吗？什么味儿？"

丁汉白说："羊膻味儿。"转身，纪慎语正低头闻自己，他凑近跟着一起闻。

纪慎语抬手要推他，生生止在半空。

他问："怎么不推？"

纪慎语说:"你肩膀有伤。"

丁汉白拖长音:"肩膀有伤是不是能为所欲为?"他用没受伤的那条手臂拥住纪慎语,很快又分开,不眨眼地盯,干巴脆地说,"他们要带你走的时候,吓死我。"又说,"你倒胆子大,被制着还敢反抗。"

纪慎语抬头,他没有无边勇气,只不过当时丁汉白为他硬扛,他愿意陪着挨那伸头一刀。他此刻什么都没说,丁汉白炙热又自持的目光令他胆怯,他一腔滚沸的血液堵在心口,如鲠在喉。

是夜,二人背对背,睁眼听雪,许久才入睡。

翌日醒来,半臂距离,变成了面对面。

一切暂且搁下,他们今天不去奇石市场,待到中午直接奔了赤峰大白马。那周围还算繁华,二人进入一家饭店,要请客道谢。

最后一道菜上齐,佟沛帆姗姗来迟,身后跟着那位朋友。

丁汉白打量,估摸这两人一个四十左右,一个三十多岁。佟沛帆脱下棉袄,高大结实,另一人却好像很冷,不仅没脱外套,手还紧紧缩在袖子里。

佟沛帆说:"这是我朋友,搭伙倒腾石头。"

没表露名姓,丁汉白和纪慎语能理解,不过是见义勇为而已,这交往连淡如水都算不上。他们先敬佟沛帆一杯,感谢昨晚的帮忙,寒暄吃菜,又聊了会儿鸡血石。

酒过三巡,稍稍熟稔一些,丁汉白扬言定下佟沛帆的石料,笑着,看纪慎语一眼,纪慎语明了,说:"佟哥,冒昧地问一句,你认不认识梁鹤乘?"

佟沛帆的朋友霎时抬头,带着防备。他自始至终没喝酒、没下筷,手缩在袖子里不曾伸出,垂头敛眸,置身事外。这明刀明枪的一眼太过明显，叫纪慎语一愣，佟沛帆见状回答："老朋友了，你们也认识梁师父？"

丁汉白问："佟哥，你以前是不是住在潼村？"

这话隐晦又坦荡，佟沛帆与之对视，说："我在那儿开过瓷窑，前年关张了。"他本以为这兄弟俩只是来采买的生意人，没想到渊源颇深，"那我也冒昧地问一句，既知道梁师父，也知道我开瓷窑，你们和梁师父什么关系？"

纪慎语答："我是他的徒弟。"

佟沛帆看他朋友一眼，又转过来。纪慎语索性说清楚，将梁鹤乘得的病，而后差遣他去潼村寻找，桩桩件件一并交代。他说完，佟沛帆也开门见山："瓷窑烧制量大，和梁师父合作完全是被他老人家的手艺折服，不过后来梁师父销声匿迹许久，那期间我的窑厂也关了。"

这行发展很快，量产型的小窑力不从心，要么被大窑收入麾下，要么只能关门大吉。佟沛帆倒不惋惜，说："后来我就倒腾石头，天南地北瞎跑，也挺有滋味儿。"

"只不过……"他看一眼旁人，咽下什么，"替我向梁师父问好。"

一言一语地聊着，丁汉白没参与，默默吃，静静听，余光端详许久。忽地，他隔着佟沛帆给那位朋友倒酒，作势敬一杯。

那人顿着不动，半晌才说："佟哥，帮我一下。"佟沛帆端起酒盅，送到他嘴边，他抿一口喝干净，对上丁汉白的目光。

他又说："佟哥，我热了，帮我脱掉袄吧。"

丁汉白和纪慎语目不转睛地瞧，那层厚袄被扒下，里面毛衣衬衫干干净净，袖口挽着几褶，而小臂之下空空如也，断口痊愈两圈疤，没有双手。

那人说："我姓房，房怀清。"他看向纪慎语，浑身透冷，语调自然也没人味儿，"师弟，师父烟抽得凶，整夜整夜咳嗽，很烦吧？"

纪慎语瞠目结舌，这人也是梁鹤乘的徒弟？！梁鹤乘说过，以前的徒弟手艺敌不过贪心，嗤之以鼻，难不成就是说房怀清？！

丁汉白同样震惊，惊于那两只断手，他不管礼貌与否，急切地问："房哥，你也曾师承梁师父？别怪我无礼，你这双手跟你的手艺有没有关系？"

房怀清说："我作伪谋财，惹了厉害的主儿，差点丢了这条命。"他字句轻飘飘，像说什么无关痛痒的事儿，"万幸逃过一劫，人家只剁了我的手。"

纪慎语右手剧痛，是丁汉白猛地攥住他，紧得毫无挣扎之力，骨骼都嘎吱作响。"师哥……疼。"他小声，丁汉白却攥得更紧，好似怕一松开，他这只手就会被剁了去。

酒菜已凉，房怀清慢慢地讲，学手艺受过多少苦，最得意之作卖出怎样的高价，和梁鹤乘闹翻时又是如何的光景。穿金戴银过，如丧家之犬奔逃过，倒在血泊中，双手被剁烂在眼前求死过。

所幸他投奔了佟沛帆，捡回条不值钱的命。

丁汉白听完，说："是你太贪了，贪婪到某种程度，无论干哪一行，下场也许都一样。"

"自食其果，唯独对不起师父。"房怀清不否认，皮笑肉不笑地对着纪慎语，"师弟，替我好好孝顺他老人家吧，多谢了。"

纪慎语浑浑噩噩，直到离开饭店，被松开的右手仍隐隐作痛。佟沛帆和房怀清的车驶远，他们明天巴林再见，扭脸对上丁汉白，他倏地撇开脸。

丁汉白态度转折："躲什么躲？"

纪慎语无话，丁汉白又说："刚才都听见了，不触目也惊心，两只手生生剁了，余下几十年饭都没法自己吃。"

"我知道。"纪慎语应，"我知道……"

丁汉白突然发火："你知道个屁！"他抓住纪慎语的手臂往前走，走到车旁一推，在敞亮的街上骂，"也别说什么场面话，肉体凡胎，谁没有点不光彩的心思？你此时不贪，假以时日学一手绝活，还能禁住诱惑？但凡惹上厉害的，下场和你那师哥一样！"

纪慎语委屈道："我不会，我没有想做什么。"

丁汉白不容他反驳："我还是这句，现在没想，谁能保证以后？这事儿给我提了醒，回去后不妨问问他梁鹤乘，落魄至此经历过什么？也许经历不输那房怀清！"

纪慎语一向温和，却也坚强，此刻当街要被丁汉白骂哭。他倚靠车身站不稳，问："那你要我怎么办？捉贼拿赃，可我还什么都没干。"

丁汉白怒吼："等拿赃就晚了！你知不知道我激出一身冷汗？剁手，你这双爪子磨指头我都受不了，风险难避，将来但凡发生什么，我他妈就算跟人拼命都没用！"

纪慎语抬头："师哥……"

他还没哭，丁汉白竟先红了眼。

他害怕地问："为什么我磨指头你都受不了？我值当你这样？"

丁汉白百味错杂："……我吃饱了撑的，我犯贱！"

凡事最怕途中生变，而遇见佟沛帆和房怀清，对纪慎语来说算是突发意外了。那些淋漓往事，经由房怀清的口讲出来，可怖的、无力的，如同一声声长鸣警钟。

他又被丁汉白骂得狗血淋头，从他们相遇相熟，丁汉白是第一次对他说那么重的话。他空白着头脑怔怔到天黑，忽然很想家，想丁延寿拍着他肩膀说点什么，想看看梁鹤乘有没有偷偷抽烟。

夜幕低沉，饭桌旁少一人，丁汉白以水土不服为由替纪慎语解释。其实他也没多少胃口，两眼睁合全是房怀清那双断手，齐齐剁下时，活生生的人该有多疼？

谁也无法预料将来，他向来也只展望光明大好的前程，此刻味同嚼蜡，脑海中不可抑制地想些坏事情。之后，乌老板找他商量明天采买的事儿，他撑着精神听，却没听进个一二三。

丁汉白踱回房间，房里黑着，空着，什么都没动过，除却行李箱里少了包八宝糖。他没有兴师问罪的打算，但纪慎语这副缩头乌龟样儿不能不训。追到另一间，也黑着，他打开灯，纪慎语坐在床上发呆，周围十来张糖纸。

丁汉白问："又搬回这屋，躲我？"

纪慎语垂下头，被他戳中心思有些理亏。丁汉白又说："躲就躲，还拿走我的糖，我让你吃了？"

让不让都已经吃了，总不能吐出来，纪慎语无言装死，手掌抚过床单，将糖纸一并抓进手里。丁汉白过来，恨不能抬起纪慎语的下巴，心情几何好歹给句痛快话。

"出息，知道怕了？"他坐下，"跟姜廷恩一样窝囊。"

纪慎语徐徐抬起脸："我不怕。"他目光切切，但没多少惧意，"房师哥走了歪路，你不能因此预设我也会走歪路。当初认梁师父，是因为不想荒废我爸教给我的手艺，根本没打算其他。何况，将来我是要为'玉销记'尽力的，否则当初就不会让师父回绝了你。"

他陈述一长串，理据分明表达态度，还不够，又反驳白天的："倒是你，当初巴结我师父求合作，我作伪你倒腾，听着珠联璧合，我看你将来危险得多。"

丁汉白叫这一张嘴噎得无法，耐着性子解释："谁说你作伪我倒腾了？古玩市场九成九的赝品，没作伪的人这行基本就空了，可作伪不等于恶意谋财。"

他凑近一点："真品之所以少，是因为辗转百年难以保存，绝大多数有损毁。你的手艺包含修复对不对？收来残品修复得毫无痕迹，即使告诉买主哪处是作伪，价值照样能翻倍。"

收真品需要丁汉白看，修复就需要纪慎语动手，这是光明正大的本事，也是极少人能办到的活计。纪慎语闻言一怔，似是不信："可你白天骂我的话，我以为你不让我再跟着师父学了。"

丁汉白微微尴尬："我当时被房怀清刺激了，难免有些急。"

纪慎语问："你真的想这样干，然后将来开古玩城？"

丁汉白答："是。"人都有贪欲，走正道或者捞偏门不关乎技艺，全看个人。他去握纪慎语的手，不料对方躲开，落了空，他的声音也低下："如果你按我说的办，将来古玩城也好，别的什么也好，都会有你一份。"

这是句诱惑人的话，可纪慎语想，凭丁汉白慧眼如炬的本事，就算没他也无妨。因此他问："如果我不愿意呢？"

丁汉白却误会："如果不愿意，那就要许给我别的什么，照样有你一份。"

没待纪慎语追问，丁尔和推门进来，丁汉白瞬间成了串门的。他起身，拿走剩的半包糖，淡淡地问："不跟我一屋睡了？"

被子已经搬回，再搬去多没面子，纪慎语说："嗯，我在这屋睡。"

丁汉白不在意的姿态没变，话却原汁原味："偷吃我的糖，一躲就完事儿？老实跟我走人，擦药、捏肩哪个都别想落下。"

纪慎语匆忙跟上，又和丁汉白一屋睡了。

此行过去三四天，奇石市场也观望得差不多，最后一趟去巴林右旗敲定买卖。丁汉白与佟沛帆再见，分毫未降买下那几块极品鸡血，一转头，见纪慎语晃到车门外，若有似无地窥探房怀清。

房怀清费力摇下车窗："有什么事儿？"

纪慎语说："师哥，我想问问师父经历过什么，弄得这么落魄。"

房怀清明白纪慎语不忍问梁鹤乘往事，不耐烦道："左右跟我差不多，他那双鬼手糊弄了鬼眼儿，反过来又被鬼眼儿拆局，当年四处逃窜避风头。我是叫他失望，他也未必一辈子亮堂，这手艺，精到那地步，谁能忍住不发一笔横财？"

房怀清说完一笑："我是前车之鉴，未必你将来不会重蹈覆辙。"

纪慎语说："我不会，就算我心思歪了，我师哥也会看着我的。"

房怀清觑他："师哥不是亲哥，他凭什么惦记你？你凭什么叫他惦记？"

这话乍听凉薄，细究可能别有洞天，纪慎语上前驳斥，不料房怀清两眼一闭不欲搭理。他向来不上赶着巴结，见状离开，陪丁汉白循订单去收巴林冻石。

他们也与这偶遇的二人告了别。

满打满算一天，所有石料悉数买好，晚上他们和家里通了电话，定下归程。

又一日，师兄弟三人轻装上阵，开着面包车在赤峰市区转悠，先去人民商场，家里人口多，礼物大包小包。丁汉白走哪儿都是大款，揣着钱夹四处结账，丁尔和跟纪慎语真成了伙计，拎着袋子满脸开心。

各色蒙古帽，丁汉白停下，想起自己也有压箱底的一顶，是丁延寿第一次来内蒙古给他买的。丁尔和也有，丁厚康给买的，算来算去，就纪慎语没有。

丁家两兄弟齐齐看着纪慎语，纪慎语颇觉不妙，稍不留神，脑袋一沉，被扣上一顶宝蓝色的帽子。他梗着细脖，任那二人打量。

丁汉白坏道："不太好看，拿那顶缀珠子的。"

丁尔和立即去拿，纪慎语忙说："那是女式的！"

丁汉白打趣："女式的怎么了？你不是还穿过裙子、戴过假发吗？齐刘海儿，长及胸口，抱起来甩我一脸。"

纪慎语上前堵丁汉白的嘴，摘下帽子就跑，跑几步回个头，竟有一丝舍不得。那种帽子他头一回见，觉得新鲜，要不是那两人作怪，他就能多试戴一下。

丁汉白眼看人跑远，得意地喊来售货员结账。

这一上午逛街还不够，三人整装待发，终于去了牵肠挂肚的大草原。地界逐渐宽阔，草原已成雪原，远远地望见几处蒙古包。

四面洁白，炊烟也是白的，纪慎语看花了眼，扒着车窗缩不回脑袋，激动地让丁汉白看羊群，又让丁尔和看骏马。

丁汉白又提旧事："应该在这儿学开车，没树可撞。"

纪慎语兜上帽子，蹬着毡靴，不搭理人，头也不回地冲向白茫茫大地。他首观奇景，几乎眯了眼睛，一脚一坑，跌倒也觉不出痛，呐喊一声，皆散在这片辽阔的土地里。

"纪珍珠！"

纪慎语回头，丁汉白从牧民那儿牵来两匹高头大马，鬃毛飞扬，铁蹄偶尔抬起。他还没骑过马，但顿时幻想出驰骋奔驰的姿态。

三人各一匹，起初只敢慢慢地骑，好似状元游街。丁汉白和丁尔和都骑过，渐渐耐不住性子，牵紧缰绳便加快速度。纪慎语本不想跟，可紧张之下夹紧了马肚，也飞驰起来。

一阵疯狂颠簸，暖胃的奶茶都要吐出来，纪慎语"吁吁"地喊，渐渐与那二人拉开距离。丁汉白凡事必要拔尖，一味扬鞭加速，将丁尔和也甩在身后。

够快了，够远了，他一身寒气减慢速度，马蹄踏雪带起白色的雾，回头望时，纪慎语变成一个小点。他便在原地等，呼啸的风雪折磨人，他忍着，等那个小点靠近，面目逐渐清晰。

纪慎语羡慕道:"师哥,你骑得那么快,像演电影。"

丁汉白问:"你想不想试试?我带着你。"

他跳下,蹬上纪慎语的马,牵扯缰绳,吼一声令马奔跑,有意无意地,用胸膛狠撞纪慎语的肩膀。

纪慎语张着嘴巴,冰雪灌进肺腑,身体却在颠簸中滚烫。一下一下,他被丁汉白撞得魂飞天外,羊群、干草垛,所经事物飞快后退。

天地漫长,时光永久,四手纠缠一截缰绳。

风也无言,雪也无言,两双吹红的眼睛。

马儿停了,周遭茫茫万物皆空,丁汉白喘着,翻身下马在雪中艰难行走,寻到一片雪厚的地方,扬手展臂,接住纪慎语的飞扑。

他疲惫,也痛快,但各色情绪掺杂仍能生出一线坏心。接住纪慎语的刹那膝盖一软,他抱着纪慎语向后倒去,拍在雪地上,迫使纪慎语压实他的心肝脾肺。

纪慎语惊呼,而后藏在帽中笑起来,骨碌滚到一边,和丁汉白并排仰躺在雪面。天如蓝水翡翠,地如无瑕白玉,只他们沉浸其中。

丁汉白扭头,伸手压下纪慎语的帽子,露出纪慎语的侧脸。"小纪,我第一回是叫你小纪。"他说,"后来作弄人,喊你纪珍珠。"

纪慎语转脸看他,双颊冻红,瞳仁儿透光。"师哥,我觉得你这两天有些不一样。"他犹豫,"也不对,最近总觉得你哪儿不一样。"

丁汉白问:"烦我?"

纪慎语否认,瞥见丁汉白压帽子的手,通红。他摘下一只手套,笨拙地侧身给丁汉白套,棉花很多,有一点小。丁汉白任由摆置,一只手暖了,问:"你那只手冷不冷?"

不冷是假,纪慎语握拳,轻轻地笑。

丁汉白不压帽子了,握住纪慎语那只裸露在外的手,包裹得密不透风，说出的话絮絮叨叨："你那本事太伤身，稍有不慎犯险，最坏那步可能致死、致残。即使平平安安，手艺学透，手指也磨烂虬结成死疤。你不害怕？不论前者，单说后者也不怕？你明明那么怕疼，怎么能忍受那样的罪？"

纪慎语恍惚，喊一声"师哥"。

丁汉白的叹息融在雪里："我说了我犯贱，替你怕，为你疼。我骂过、训过的人不计其数，全是给自己出气，让自己顺心。就你，一回回、一句句，都是为你操心。"

纪慎语蜷缩胳膊要抽回手，这一动作惹得丁汉白侧目，那眼神失落、生气，噬人一般。丁汉白当然生气，他一腔在乎给了这白眼狼，而对方反要拒他于千里之外。

为什么？

凭什么？！

"珍珠。"他沉声，笑里藏刀，"景儿这么好，师哥给你留个念。"

丁汉白说完，如虎豹伺猎，待纪慎语望来便绷身而起！

"师哥？"纪慎语惊慌地叫他。

丁汉白正要动手好好教训，那小南蛮子两眼睁大，软绵绵甩出一记耳光。丁汉白翻身躺倒，目光如钩似箭，将纪慎语牢牢钉在视野中央。

他猖狂大笑，逍遥到了极点。

这草原，这人间，丁汉白想，总不算白来一遭。

04

风雪渐停，丁汉白的头脑也渐渐清醒，然而越清醒越得意，有种为非作歹的畸形快意。他从雪地爬起，望着跑出近百米的身影，呼唤一声，只见纪慎语反而跑得更快。

纪慎语从当时害怕到眼下冷静，已经说不出是何种心情，头绪如漫天雪花，厘不清辨不明。

跑着跑着，他脚下一绊，跪倒在地。马蹄声入耳，他知道是丁汉白追了上来，听得见丁汉白一声声叫他。

纪珍珠，这名字他讨厌过，在一开始。

可他从没像此刻这般，听见就觉得恐惧。

丁汉白任着性子追上，下马将纪慎语拎起。"珍珠？"他手中一空，纪慎语挣开继续跑，他伸手拦，审时度势地道歉。

他算是明白心口不一的感觉，嘴上念叨着"对不起"，心中却八匹马都追不回，毫无悔意。纪慎语慌得像被痛踩尾巴的野猫，防备心和拳头獠牙一并发挥。

丁汉白低吼："我放开你，别闹腾。"说罢缓缓放开了手。

纪慎语心乱如麻，冲出去几步，回身看向丁汉白："你那会儿是撒癔症吗？"

丁汉白答得干脆："不是。"

纪慎语陡地失控："就是！一定是！"他连连后退，靴子后跟激起一片冰渍。

浑蛋王八蛋，他嗫嚅。

丁汉白低头看他，他又掉下一颗眼泪。

"珍珠……"丁汉白说，"是我不好，我们先回去，一哭小心冻伤脸。"也许他坏到了极点，可纪慎语的一滴泪砸下，让他坏透的心生出片刻仁慈。他哄着，抱纪慎语上马，不敢再用胸膛猛撞，只能挥着马鞭肆虐。

他们二人终于归来，丁尔和早在蒙古包喝完三碗羊奶。回赤峰市区，其间纪慎语缩在车后排发呆，瞥见那顶蓝色蒙古帽，恨不得开窗扔出去。不只蒙古帽，金书签、琥珀坠子，他都要归还丁汉白。

就这样计划着，自认为可以与之割裂，下车上楼，坐入告别的宴席，纪慎语失了魂魄般不发一言。夜里，他收拾行李，卷被子去另一间卧室睡觉。

丁汉白靠着床头，叮嘱："白天躺雪地上可能着凉，盖好被子。"

纪慎语咬牙切齿，还有脸提躺雪地上？！

他扔下行李冲到床边，将被子蒙住丁汉白，拳打脚踢。丁汉白毫不反抗，坐直任他发泄，他又没出息地想起丁汉白为他和劫匪拼命，想起丁汉白不打招呼接他放学，想起丁汉白脱下外套，为他擦干淋漓的双脚。

回忆开闸，有开头，无尽头，终归这人对他的好更多。纪慎语停下手，一派颓然，伸手拽了一下被子，想看看丁汉白被他打伤没有。

丁汉白仰面看他，他说："以后别对我好了。"

赤峰的最后一夜，这二人都没睡着。

第二天踏上归程的火车，还是一方卧铺小间，纪慎语直接爬上床躺好，背朝外，作势睡觉。丁尔和问："他怎么了？"

丁汉白乱撒气："还能怎么？看见你心烦呗。"

纪慎语盯着墙壁，火车晃荡，他却老僧入定，而后两眼酸涩不堪，闭上，静得像方丈圆寂。挨过许久，有乘务员推着餐车卖饭，他听见丁尔和要去餐车吃，那岂不是只剩丁汉白和自己？

他一骨碌爬起来："二哥，我跟你去吃饭。"

丁尔和似是没想到："行……那走吧。"

丁汉白安坐床边，眼睁着纪慎语逃命般与丁尔和离开，哭笑不得，又感觉有趣。他从来讨厌谁才欺负谁，可摊上纪慎语，烦人家的时候欺负，如今不讨厌了，还是忍不住欺负，总之煞是缺德。

丁汉白对自己此般行径思考无果，索性继续看那本《酉阳杂俎》。看到卷十三，纪慎语随丁尔和吃饭回来，他不抬头，等纪慎语重新上床，说："老二，你不是觉得无聊吗？我给你讲故事吧。"

丁尔和疑惑地点点头，他什么时候觉得无聊了？

丁汉白讲道："这卷叫尸穸，第一个故事是永泰初年，扬州的一个男子躺在床上休息。"他使眼色，丁尔和会意："这么巧，看来扬州男子吃饱了就爱躺床上休息。"

纪慎语蹙眉睁眼，那一卷他还没读，只能听着姓丁的阴阳怪气。

丁汉白继续讲："这位扬州男子睡着了，手搭在床沿，突然被一只大手抓住，死命地拉，叫天天不灵，叫师哥也没人应。"

纪慎语闻言将手臂蜷在胸前，抠着棉衣拉链。

"说时迟，那时快！地面豁出一条裂缝，那双手把男子拽下床，掉进了洞里！"丁汉白声情并茂、抑扬顿挫，"男子掉进去，裂缝迅速闭合，地面只留一件米色棉衣……不对，是一件长衫。"

丁尔和问："那怎么办？"

丁汉白喊："立刻挖地啊！挖了几米深，土地中赫然出现一具尸骸，连肉星儿都没有，显然已经死去好多年。"

天上一天，地上一年，那地上片刻，地下会不会时光飞逝？丁汉白不停发散恐怖气氛："知道为什么有手拽男子吗？因为地底下有亡魂。"他沉下一把嗓子，"这是火车，火车下面是铁轨，那么多工程，修铁路是最危险、死人最多的。"

话音刚落，车厢内顿时漆黑一片，丁汉白冲到铺前摸索纪慎语的手臂，猛拽一把，变着声嗓吓唬人。"师哥！"纪慎语喊他，缩成一团往里面躲。

丁汉白又装英雄："快来师哥这儿。"

纪慎语吓了一跳，循着声儿扑去，被丁汉白从铺上抱下。这时火车过完隧道，又亮堂起来，丁尔和早已笑歪。他恼羞成怒不停挣扎，丁汉白说："老二，去抽根烟。"

车厢只剩他们，丁汉白解释中藏着戏谑："对不起，我跟你闹着玩儿的，谁让你不搭理我。"

纪慎语欲哭无泪，放弃挣扎做待宰羔羊。丁汉白恻隐微动，将人放下盖被，抬起书继续讲。他难得这样轻声细语，慈父给爱子讲故事也不过如此，偶尔瞥一眼对方，直讲到纪慎语睡着。

这一睡就睡到了天黑。

数站靠停，旅人耐着性子熬到终点，鱼贯而出，纷纷感叹冷了许多。

前院客厅备着热汤好菜，三个小年轻成功采买归来，既要接风还要庆功。落座，纪慎语默默吃，丁汉白在右手边讲此行种种，趣事、险情，唬得满桌人情绪激动，喝一口汤润喉，递上采买单。

丁延寿展开一看，顿时变脸，桌上也霎时安静。他问："六成冻石，二成鸡血？胡闹！谁让你这么办的？！"

丁汉白说："先吃饭，吃完我好好解释。"

丁延寿气血上脑："解释？解释出花儿来也是先斩后奏！这么多年摸索出来的比例，去时连零头都给算出来，你平时任性妄为就算了，店里的事儿也敢自作主张！"

纪慎语从碗里抬头，张嘴要为丁汉白辩解，可都要与对方划清界限了，于是又生生压下。姜漱柳见状立刻说："慎语，这几天在内蒙古冷不冷？去草原没有？"

话锋忽转，纪慎语回答："不冷，草原上全是雪。"他干笑，不由得想起丁汉白在草原上造的孽，强迫自己换个话题，"小姨给我织的手套特别暖和，我每天戴着。"

姜漱柳为了防止这父子俩吵起来，竭尽心力聊其他，就此看向姜采薇："我们年轻的时候送礼物也都是送围巾、手套，自己织。"

姜采薇说："你能送姐夫，我只能送这几个外甥。"

姜漱柳建议："过完年二十四了，也该谈个朋友。"姐姐从来不爱催这些，形势迫人只好唠叨，"等你一晃二十七八了，好的都被人挑完了，你嫁谁去？"

姜采薇配合地说："没人喜欢我，我有什么办法？等到二十七八还没嫁人，那我就搬出去，总不能让你和姐夫养一辈子。"

这姐妹俩一唱一和，分秒不给丁延寿说话的机会，把丁延寿憋得够呛。丁汉白安心吃饭，自觉危机已过，不料左手边那位猛然站起，风水轮流转，杵掉了他的蟹黄包。

满桌人抬头望来，纪慎语心如鼓擂，他说："小姨，过几年我长大了，我想娶你。"

鸦雀无声，丁家人全部呆若木鸡，姜采薇更是吃惊得难以发声。纪慎语立得笔直，脸面通红如遭火烤，可他惴惴思忖的竟然不是姜采薇怎么想，而是……

忽然，汤碗碎裂声好似石破天惊，丁汉白砸得手臂都发麻。他大骂："你是不是疯了？！"

丁延寿支吾："慎语，虽然你和采薇没亲缘关系……"

丁汉白不依不饶："就算八竿子打不着也不行！"他连着丁延寿一起瞪，"除非你愿意和自己徒弟当连襟！"起身踹开椅子，他怒视着纪慎语："还是你想当我小姨夫？！"

咬牙切齿，字句间似能嚼下一块肉，丁汉白这剑拔弩张的气势太过骇人，似乎还要掀掉桌子。姜采薇忙打圆场："都坐下，开玩笑开到我身上来了，明天就领个男朋友回来让你们瞧。"

丁汉白炮火乱轰，冲姜采薇吼："知道他没人惦记，你偏要左一副手套、右一盒桃酥地哄着，他不念着你念谁？！"

姜采薇冤比窦娥，那手套明明是他丁汉白让骗人的。

这顿接风洗尘的饭实打实气疯几个，简直异彩纷呈。饭后，丁汉白欲抓纪慎语回小院，却被丁延寿扣下，他无法，手心抹了糨糊似的，光松开便花去一时三刻。

纪慎语一溜烟儿逃了，如躲洪水猛兽。

许多天不在，小院有些冷清，灯泡倒还是那么亮。纪慎语身心俱疲，行李懒得收拾，洗把脸便上床歇下，三五分钟后，又下床插上门闩，不够，又锁上窗子。

丁汉白舟车劳顿，被老子关起门上家法，不管道理是不是大过天，瞒着不报必须教训。几十下鸡毛掸子，钢筋铁骨都难免肿痛，何况他这一身冷不得热不得的肉体凡胎。

打完，丁延寿才容许出声："解释吧，说不清就去水池里睡觉。"

丁汉白一五一十地解释，他根本不是突发奇想，而是去之前就计划清楚。丁延寿脑仁儿疼，惊讶于儿子说改就改的魄力，但更忧心："你有什么把握稳赚不赔？"

丁汉白说："稳赚不赔是最基本的，我要让'玉销记'一步步回春。"承诺这回事儿，他敢许，就有把握，"就算一败涂地，我也会自掏腰包补账。"

丁延寿问："你哪有那么多钱？"

丁汉白胡编："大不了卖身，难不倒我。"

丁延寿叫他气得几欲昏厥，卖身？从小惯着养大这败家东西，吃喝玩乐的开销算都算不过来，张嘴就说卖身？卖血倒更靠谱！

更深露重，丁汉白终于被放行，小院却只剩一盏孤灯。他没恶劣到推门破窗，只在廊下转悠两遭便回屋睡觉。

西洋钟整点报时，代替了鸡鸣破晓。

丁汉白没赖床，爬起来去隔壁问声洋气的"早安"，不料被褥整齐，人去楼空。他明白纪慎语躲他，那就饭桌见，谁知在前院仍扑了空。

姜漱柳说："慎语一早去图书馆了，饭都没吃。"

姜采薇担心："会不会因为昨晚的事儿不好意思，在躲我？"

丁汉白目也森然，笑也酷寒："你有什么好躲的？难道真以为他想娶你？不过是给你解围，能不能别太当真？！"

他发一通火，也不吃饭，开车将石料拉去"玉销记"入库，忙起来就顾不上别的了，水都没喝干到下午，临走特意去追凤楼打包牛油鸡翅。

丁汉白驱车到家，进小院见卧室掩着门，这是纪慎语回来了，顿时看那盆富贵竹都觉可爱。"纪珍珠？"他叫，步至门口一推，正对纪慎语的侧脸。

纪慎语坐在桌前看书，没有抬首，连余光都很克制。

丁汉白说："我买了牛油鸡翅，搁厨房热着呢，我换好衣服咱们去吃。"他见纪慎语无反应，可也没拒绝，只当人家不好意思。

丁汉白大步回屋，豁开门，摘表的手却顿住。地毯还是几何花纹地，圆桌还是乌木雕花的，可桌上的东西无比刺眼——纯金书签、琥珀坠子、蒙古帽，竟然还有他那件洗干净的外套。

这一出完璧归赵真是果断决绝，丁汉白将表捭在地上，抓了那几样便冲向隔壁。雕花描草的门叫他踢开，他气得发抖："都还给我？什么意思？"

纪慎语说："我不想要了。"

丁汉白骂："你不想要就不要？你不想让我欺负，我不是照样一直欺负你？！"

纪慎语倏地望来，神情隐忍又痛苦。

"也该疯够了。"他捏皱书页,心要跳出来落在纸上,"我是你师弟,就不能放过我?"

丁汉白靠近,一寸寸挡住光线,纪慎语无力地垂首。"师弟是吧?"丁汉白坐下,"你为了屁大点事儿跟我这个师哥掰扯,害怕了就喊我,难受了夜半敲我的门。桩桩件件我懒得细数,好师弟,你那么聪明,那你扪心自问,你过意得去?"

纪慎语何尝没想过,他寝食难安,没一刻停止思索。他当然在意丁汉白,偌大的家他与丁汉白最亲近。

丁汉白将那几件礼物推推,说:"要还就所有东西都还清。"

纪慎语吃惊地扭脸,丁汉白又说:"院子里的玫瑰,我费的那份心,你什么时候还?你打算怎么还?"

那一地玫瑰早已凋零殆尽。

纪慎语说得那样艰难:"可我……"

丁汉白俯身掐住纪慎语的脸:"小南蛮子,你想不明白,我给你时间想,住在同一屋檐下,我有的是工夫折腾你。你跑不了,逃不了,就算卷铺盖归了故土,我也直接下到你们扬州城把你捉回来!你休想同我断了关系!"

那吼声回荡,绕梁不绝。

纪慎语心神震动,傻傻地望着丁汉白。

第二章

汉白玉佩珍珠扣

——

丁汉白蓦然眼眶发紧，却不影响手中动作，

一边凸榫，一边凹槽，一边龙纹，一边凤纹。

双面抛光，分为鸡心佩，合为同心璧。

——

01

还没到正儿八经的寒冬，纪慎语却觉得折胶堕指，一出门，牙关轻轻打战。走过刹儿街，他在池王府站被丁汉白追上，简直冤家。

丁汉白穿着件短式皮夹克，国外哪哪儿最流行的飞行员款，甫一出现便吸引等车群众的目光。他摘下车把挂的点心盒子，说："给梁师父的，你捎去。"

纪慎语无言接住，丁汉白逼他开口："连谢谢都不说，和我那么亲？"

他只好道谢，道完扭脸装作看车，反正不与丁汉白的视线相撞。丁汉白倒也不恼，倾身瞧一眼他的背包，空荡荡，问："以后真不挂琥珀坠子了？"

纪慎语迟钝数秒，轻轻点了点头。

"何必呢，挂不挂都不妨碍你我的关系，跟小玩意儿置什么气？"丁汉白这么一说，果然，纪慎语倏地抬眼警告，生怕旁人听去一耳朵。

丁汉白满意道："总算肯看我一眼了？"从起床碰面，到同桌吃饭，他这么高大一人活像一缕空气，满桌亲眷关心他挨了家法疼不疼，独独这扬州狠心男子不闻不问。

丁汉白自认活该，他当初躲对方，三十年河东，三十年河西。

"走了。"他一捏铃铛，轻轻地，把铃铛想成纪慎语的脸。身影渐远，纪慎语终是忍不住望一望，反手摸背包外兜，里面藏着那条琥珀坠子。

远行一趟，淼安25号又恢复邋遢，梁鹤乘洗衣服冻了手，古井无波地揣着袖子。纪慎语一到，烧壶热水沏茶，拆开点心盒子，什么都给备好才去打扫。

老头儿以往独居没觉出什么，有了这徒弟食髓知味，一阵子不见备感无聊。"你别忙活了，过年再收拾。"他细嚼槽子糕，"跟我讲讲，去这一趟怎么样？"

纪慎语差点扔了笤帚，怎么样？水土不服吐个昏天黑地，遭遇劫车死里逃生……并且遇到佟沛帆和房怀清。他实在张不开嘴，每一件都挺要命。

犹豫过后，他拣无关轻重的说："买了不少巴林冻石，哪天雕好给你瞧瞧。还有极品大红袍，估计得师父和师哥亲自雕，想看只能去'玉销记'。"

梁鹤乘问："你那师哥不是要你跟他合伙倒腾古玩吗？你答应他没有？"

纪慎语摇头，洗净手，亲自给梁鹤乘斟茶。"师父，其实我遇见两个人。"他还是说了，但试探着梁鹤乘的反应，"在奇石市场遇见的，你认识，就是佟沛帆。"

梁鹤乘微微吃惊："他去倒腾料子了？"

瓷窑关张，人还得挣口饭吃，不奇怪。纪慎语避重就轻地讲，先把佟沛帆一人亮出来。梁鹤乘听完问："不是俩人吗，还有谁？"

纪慎语道："姓房。"

咬一半的槽子糕滚到地上，沾了灰，他捡起来一点点抠饬干净，干净也没用，都再无胃口。梁鹤乘眉飞齿冷："他不该也是卖主？发了大财怎么会去受那个罪？"

徒弟不言，留足时间给师父讥讽个痛快，一腔陈年的失望愤恨，挖出来，连根扬尘，久久才能平息。"咱这行要是懂分寸，几辈子富贵享不完，可有了本事，往往也就失了分寸。"梁鹤乘说，"房怀清本事没学透，贪欲就盖都盖不住了，哪怕如今富贵逼人，但我绝不看好以后。"

纪慎语踌躇许久，不准备欺瞒："师父，他已经折了。"

梁鹤乘骤骤抬双眼，以为那只是阴沟翻船，赔了钱财。不料纪慎语说："他险些丢了命，命保住了，但没了一双手，吃饭都要人喂才行。"

他不忍细说，眼见老头儿目光明灭，那腔怒意霎时消减，化成惊愕与惋惜。嘴上骂得再狠，心中再是不忿，真知晓昔日徒弟出事儿，老头儿仍免不掉伤怀。

片刻之后，纪慎语小心地问："师父，你既然知道分寸，为什么不图富贵？"

梁鹤乘将遗憾从房怀清那儿转到自己身上，摇头苦笑，连灌三杯茶水。他坦白："我就是折过才知道分寸重要，这颗长了瘤子的烂肺也许就是报应，就算图富贵也没命享了。"

师徒围桌，吃了点心，也交了心。

梁鹤乘转念又思索，报应与否暂且不论，可花甲之年收一高徒，绝对是上苍垂怜，便也释怀了。

纪慎语待足一天，傍晚映着斜阳出巷口。他提溜着琥珀坠子，忍不住想，这黄昏的景儿美丽与否，原来全看心情。彼时丁汉白载着他，琥珀衬晚霞，是光影斑驳；而此刻，他独自走出巷口，只觉得西风残照。

耽误这些日子，明天要上学去了，他舒口气，寻到了躲避的方法。

群居的丁家人夏天因热拆伙，天一冷恨不得顿顿饭聚成一团。铜火锅，上次砸盘摔筷的画面历历在目，谁看了都心有余悸。丁延寿安抚大家，毕竟他刚狠揍了丁汉白，估计这顿能吃得和和美美。

牛油融化，遇辣椒后铺一层红油，姜漱柳一瞄："还没开吃呢，谁把萝卜片嚼完了？"

丁可愈随手一指："纪珍珠生吃的，我瞧见了。"

纪慎语捧着自己那碗麻酱笑，二指夹住颗糖蒜掷出去，稳准狠地砸在对方眉心。丁可愈一愣："会武术啊……力道还挺大！"

纪芳许早年教纪慎语练手指力道，玻璃窗，中间画一点，夹起小石子反复地扔，力量和准头一起练。纪慎语不知道击碎多少窗户，可正因为带有破坏性，才觉得有趣。

丁汉白未进其门先闻人声，进去见纪慎语和丁可愈聊得正欢，各执一碟糖蒜丢来丢去。等纪慎语瞧见他，蒜也不扔了，话也不说了，那点笑模样更是雁过无痕。

他就那么招人恨？和老三都能笑闹起来，他这原本最亲的反而被打入冷宫。

人齐下肉，丁汉白胃口不佳，左手边那位缩着肩，生怕被他碰到。可怜他挨了打，脚不沾地忙一天，回来还要面对这种场景。

丁延寿说："慎语，把你那边的韭花给我。"

纪慎语起身递上，不可避免地碰到丁汉白的手臂。丁汉白不禁闷哼一声，端着麻油碟抖三抖，撩袖子，一褶一褶挽好，露出小臂上交错的伤痕。

深红泛紫，渗着血丝，破皮处结着层薄薄的痂。

那鸡毛掸子某年打得木棍四劈，丁延寿缠了圈扎实的铁丝，伤人更甚。

纪慎语因那哼声侧目，看清伤口忘记将目光收回，手臂这样，肩膀后背只会更严重。他急忙问："疼不疼，你擦药——"他又刹车，如止损，怕问完更纠缠不清。

丁汉白说："疼是肯定疼，我就算心肠坏，也是肉长的。"他夹一片鱼，侧身搁纪慎语的碟中，"药也自己胡乱擦了，知道你不乐意帮我。"

鱼肉鲜嫩，筷子一掐烂成小片，纪慎语知道这是怀柔政策。他唯恐自己心软绥靖，没吃，话也不应，转去与姜采薇化解尴尬，询问姜廷恩怎么周末没来。

姜采薇说："快期末了，他爸让他在家学习。"

提到学习，时机正好，纪慎语说："师父师母，我想住校。"

大家微微惊讶，这些人个个儿都没受过罪，家里好吃好喝的，住校多艰苦。纪慎语理据充分，期末一完就高三下学期了，想多多用功，生活太舒适反而懒惰。

丁汉白心说：放屁，亏这人想得出来，躲到学校以为万事大吉？他不待丁延寿发表意见，截去话头："不行，我不同意。"

姜漱柳问："你为什么不同意？"

他说："成天待在学校，什么时候去'玉销记'干活儿？"还不够，目视前方，余光杀人，"住校不用交住宿费？没钱。"

众人心头诧异，暗忖丁汉白何时这么小气？况且日日相处，众人也都知道丁汉白其实最关心纪慎语。丁尔和尤其纳闷儿，在赤峰的时候明明命都能豁出去，怎么现在像决裂了？

"先吃饭，吃饱再说。"丁延寿打圆场，生怕亲儿子又摔羊肉骂人。

纪慎语下不来台，脸皮又薄，低头盯着碗，像要把麻酱活活盯成豆腐乳。良久，饭桌气氛松快起来，他到底没忍住，在桌下轻踹丁汉白一脚。

他藏着点心思，预料丁汉白不会将他怎样，因为知道丁汉白与他最亲，仗着丁汉白与他最亲。他讨厌自己这德行，可又有说不出的隐秘快意。

他再一回神，碟子里又来一只白虾。

丁汉白叫那一脚踹得浑身舒坦，没觉出痛，立马夹只虾回应纪慎语。

"吃一口。"他低声道，"只许你出招，不许我拆招？"

纪慎语说："我不想看见你。"明明咬着牙根儿说的，却像急出了哭腔。

丁汉白心头糟烂，凝视他片刻后搁下筷子，起身离席，反常般没有挺直脊背，躬着，僵着臂膀。大家纷纷询问，他连气息都发颤："伤口疼得受不了了，回屋躺会儿。"

丁尔和说："今天理库架子倒了，汉白后肩挨了一下才顶住。"

纪慎语扭脸盯着，没想到那么严重，他那句话如同引线，将一切痛苦全扯了起来。刚耐不住要追上去，姜漱柳先他一步，他只好继续吊着颗心。

酒足饭饱，丁延寿和丁厚康学古法烹茶，铺排了一桌子，电视正放去年的晚会，将气氛烘托得很热闹。除却有伤的丁汉白，其他小辈儿都在，他也只能硬着头皮陪伴。

屋内是其乐融融的茶话会，屋外不知道何时下起雨。夜雨敲窗，如纷乱的鼓点，纪慎语的心跳一并紊乱，等人走茶凉，丁延寿又叫他留下。

丁延寿问："怎么忽然想住校？"

纪慎语还是那套说辞，他明白，要是重编别的理由反而不可信。丁延寿想了想，说："学校的吃住条件都差，高三重要，那更得好吃好喝补给着。是不是道远，觉得上学放学麻烦？这样，骑你师哥的自行车，天气不好就叫他开车接送。"

纪慎语连连否认，更不敢让丁汉白接送，一句句听到这儿，他似乎连面对丁延寿的底气都没有。"师父，我不怕苦。"他如此辩驳。

丁延寿却说："师父怕。你是芳许的孩子，我怎么能叫你受苦？抛开这个，夏天来的，现在冬天了，就算小猫小狗都有感情了，何况我拿你当儿子，我舍不得。"

纪慎语七窍发酸，他何德何能，他走的什么大运。"师父，我，"胸中满溢，他再三斟酌，唯恐错了分寸，"你愿意让我叫你一声吗？"

丁延寿怔住，随后揽住他，拍他的后背。他叫一声"爸"，这辈子原只叫过纪芳许一次，拖到最后作为告别，此刻百感交集，背负着恩情再次张口。师父也好，养父也好，都填补了他生命中的巨大空白。

住校的事儿就此作罢，纪慎语走出客厅时有些麻木。他一路关灯，雨声淅沥，掩不住耳畔丁延寿的那番话。何以报德？他却把人家亲儿子折腾了、折磨了，慢刀迟迟斩不断乱麻。

前院的灯关尽，姜漱柳又拉开一盏："傻孩子，全拉黑你怎么看路？"

纪慎语顿住："师母……师哥怎么样了？"

姜漱柳说："他到处找止疼片，最后吃了片安定强制睡了，把我撵出来，伤也不让瞧。"

纪慎语话都没答，直直奔回小院，湿着衣服，大喇喇地冲进卧室。丁汉白睡得很沉，侧趴着，床头柜放着安定和一杯水。

"师哥？"纪慎语轻喊，掀被子撩睡衣，露出斑驳的红紫痕迹，伤成这样，昨天居然还有精力大吼大叫。左右睡得死，他进进出出，最后坐在床边擦药热敷。

肩上、背上、手臂，怎么哪儿哪儿都有伤痕？

腰间长长的一道，交错着延伸到裤腰里。纪慎语捏起松紧带，轻轻往下拽，不料后背肌肉骤然绷紧，这具身体猛地蹿了起来！

他惊呼一声，扔了药膏，瓷罐碎裂溢了满屋子药味儿，而他已天旋地转被丁汉白制服在身下。丁汉白说："你扒我裤子？"

纪慎语质问："你装睡？你不是吃安定了？"

丁汉白答："瓶子是安定，装的是钙片。"

纪慎语挣扎未果，全是演的，从饭桌上就开始演！丁汉白虚虚压着对方，伤口真的疼，疼得他龇牙："别动！既然烦我，又不想见我，为什么大半夜猫进来给我擦药？"

"师母让我来的。"

"哦？那我现在就去前院对质。"

"我同情你受伤！"

"那你连我也一并可怜可怜吧。"

"你是你，伤是伤……"

"那我明天打老三一顿，你给他也擦擦药。"

丁汉白的嘴上功夫向来不输，再加上武力镇压，终将纪慎语逼得卸力。纪慎语不再犟嘴，陡然弱去："就当我是犯贱。"

后面逼问的话忘却干净，丁汉白语气温柔了一些："你就不能说句软话？"他俯首，"或者关爱关爱我？"

纪慎语不满道："都偷偷来给你擦药了，还要怎样关爱？"他藏着潜台词，全家那么多人，除了亲妈数他在意，何止是关爱，已经是疼爱了。

"这不算。"丁汉白悄声说，"你扒了我的裤子，起码也要让我扒一下你的。"

纪慎语气绝，这不知廉耻的北方狼脸都不要了！

02

常言道，病去如抽丝，丁汉白却好得很快。一早，雨没停他便出门，去崇水那片破胡同接上张斯年，师徒俩数日没见，一见面连句热乎话都没有。

张斯年被雨声惊扰一宿，困着，蜷在车后排像个老领导。丁汉白心甘情愿地当司机，开着车在街上七拐八绕，不确定目的地。

许久，老头儿受不了了："孙子，你到底去哪儿？我都晕车了！"

丁汉白乐道："我看街景甚美，带您老兜兜风啊。"他如同侦察地形，在市区里最繁华那一带转悠，新盖的、待拆的，全装在心里盘算着。

张斯年问："六指儿的徒弟答应跟你合伙了吗？"

丁汉白答："没答应。"何止没答应合伙，连他这活生生的人都拒之于千里之外。"师父，其实那徒弟就是我师弟。"他告诉张斯年，"自古师兄弟之间都容易产生点别的什么，你明白吧？"

张斯年耷拉着瞎眼，没明白。

"算了，回头有了喜讯再细说。"丁汉白不爱讲失败的事儿，没面儿，再不吭声，直奔了蒹葭批发市场。那市场占地面积不小，没楼没铺，搭棚吆喝就行。而旁边的一条长街，也算个古玩市场吧，人员流动性强，基本都是业余爱好者。

师徒二人还没吃早饭，各拿一个烧饼，从街末尾朝前进。下过雨，出来的人不算多，每人就一两件东西，而且许多还不接受钱货交易，只接受以物易物。

丁汉白目的性不强，有缘就入手，无缘也不伤怀。逛来逛去，没什么合意的，张斯年问："瞎消磨工夫，去趟内蒙古带什么好东西了？"

丁汉白说："一堆冻石、杂样，鸡血少，但是有大红袍。"其实他这些天一直惦记着那些石头，既然承诺要赚钱，就得多花些心思。

一位老阿姨，托着一只圆肚白玉瓶，丁汉白蹲近细观，越发觉得精巧可爱。他问："阿姨，我能瞧瞧吗？"

上手一摸，温玉叫冷天冻得冰凉，玉质上乘，器型是万历年间才有的。"阿姨，这是件仿品。"丁汉白不欲详解，但因为这玉太好，所以哪怕是仿品也招人喜欢。

老阿姨说："这是我先生家里传下来的，当初作为我们结婚的聘礼，的确不是真品。但我们都挺喜欢，如果没困难肯定不愿意脱手。"

丁汉白垂眸瞧瓶口，似乎见瓶中有东西，反手倒出枚坏的珍珠扣子。

老阿姨说："我有些老花眼，腰也不好，扣子掉了让我先生帮忙找，他找到竟然随手扔在瓶里了。"

他们倒腾古董的，不只耳聪目明，五官哪一处都灵敏非常。张斯年嗅嗅，说闻见一股鲜香，应该是清炖鸡汤。老阿姨拍拍包，里面装着保温壶，每天去医院之前来这儿站会儿，寻个合适的买主。

灾病面前，什么宝贝、什么意义，都不如变成钱来得重要。

丁汉白说："阿姨，您说个价吧，我不还嘴。"他并非大发善心，而是真心喜欢，再是觉得有缘。清清冷冷的白玉瓶，倒出枚珍珠扣，叫他浮想联翩。

交易完，丁汉白觉出饥肠辘辘，走几步回头，张斯年古怪地打量他。他问："怎么了？"

张斯年说："一脸烧包样儿，你是不是岁数到了，想媳妇儿了？"

糙话臊人，但更刺激肾上腺素，丁汉白叫"想媳妇儿"这话弄得五迷三道，开门上车犹如脱鞋上炕，勒上安全带好比盖上龙凤被，万事俱备，就差个给好脸色的"媳妇儿"。

他插钥匙点火，哼歌，不顾张斯年在后头坐着，可劲儿抖搂出那腔缱绻旖旎。

等晚上见到，丁汉白收起浪荡作风，端上正经模样，吃个饭一直似笑非笑。丁汉白就这么神经病，得罪了纪慎语后软硬兼施，现下放线入水，不纠缠不唠叨，讲究松紧有度。

纪慎语不懂那些弯弯绕，只庆幸丁汉白改了性子。许是醒悟，许是知错就改，反正是好的……他捧着碗，咽下口酸菌汤，可莫名心中也酸。

丁汉白的脾性令他烦乱纠结，可他又在同丁汉白的纠缠中享受被在乎的快意。

纪慎语恻然，也算得了便宜卖乖，他瞧不起自己这样。心事过重，着急上火长出好几个口疮燎疱，一碗汤喝得痛彻心扉，他回小院时冷风一吹，颤两下，浑身有发热发烫的趋势。

丁汉白在身后，问："写完作业没有？来看看料子。"

正事不能耽搁，纪慎语有点昏沉地跟去机器房，房内冷得待不住人，他忍下几个喷嚏。丁汉白从"玉销记"带回两块巴林冻石，一块深豆青，一块淡淡的黄，问："这两块石头我要做蝠钮方章和引首兽章，想要你来处理做旧，这之前我再确认一次，你无论如何都不会放弃作伪的手艺？"

纪慎语一头雾水："不会。"

丁汉白说："那你就光明正大地做，不要再偷偷摸摸的。"

纪慎语惊讶道："行吗？师父知道怎么办？"

丁汉白一坐，跷起二郎腿："有什么不行？"他想到丁延寿，身上的伤痕隐隐作痛，话说出来却云淡风轻，"这手艺启蒙于纪师父，你生父教的，那你的养父有什么好反对？"

天降惊喜，纪慎语半天没回过味儿，确认无误后一口答应，别说两件章，丁汉白刻一件他做一件都行。忽地，他想起重点，问："师哥，你按照旧时款式雕，我再做旧，然后脱手？"

他疑惑，丁汉白之前不主张作伪倒手，希望修复残品啊。

丁汉白说："你光明正大地做，做完我要光明正大地摆在'玉销记'卖。"

纪慎语摸不准丁汉白的意图，但明白必定有些道理。一切交代清楚，双方需要叮嘱的细节也都一一告知，他打个哆嗦，寻思无事了，要回屋休息。

"慎语。"丁汉白搁下二郎腿，叫他。

纪慎语迈出的步子收回，微微侧身，问怎么了。丁汉白忽然一笑，说："我今天可没主动招惹你，处处克制，你什么感觉？"

沉默，这道题没法答，丁汉白笑得更明显："不会一点感觉都没有吧？那我这欲擒故纵还继续吗？我本来准备耐着性子纵你个三五天，可这一天还没过完，我就蚂蚁噬心了。"

纪慎语昏沉立着，刻意冷冷地说："随便，什么样对我来说都无所谓。"

丁汉白哪儿信："真的？我软的硬的都用了，三十六计还有什么来着？趁火打劫是不是？"

纪慎语说："你让我造东西给店里，可以，按之前说的修复真品，也可以。只要用得着我，你尽管开口，但不要再来烦我了，行吗？"

大手拍了桌子，丁汉白的好脾性坚持不过三秒。"我这人很坏，现在却乐意放低身段求个手足情深。"他说，振振有词，"可要是百般招式都没用，你再三把话说绝，那手足情深我也就不强求了。我还就做一回土匪霸王，管你乐不乐意。"

纪慎语惊骇非常，他原本害怕暴露动摇之色，却没想到坚定不移没用，丁汉白万事只由着自己性子，根本不考虑其他。

他逃也似的奔回房间，锁门关窗，上床藏在被子里。他觉得冷，冷得打战，比在草原那天还难捱。待脚步声迫近，他连发抖都不敢，已经草木皆兵。

丁汉白立在窗外，里面漆黑一片，他连个轮廓都瞧不清楚。

脚步声离远，纪慎语蜷缩成团紧了紧被子，口中的溃疡燎疱疼得厉害，连着嗓子，一并烧灼起来。许久许久，他终于昏沉入睡，发着烧，嘴唇裂开一道口子。

隔壁也黑了灯，丁汉白卷被思忖，近日的事情叫他烦心，他在琢磨那圆肚玉瓶要如何处置。单纯摆着，有些无趣，毕竟那是一只饱含夫妻情义的，又与他有缘的物件儿。

晃到半夜，三跨院所有人都睡了。

万籁俱寂，突然枝头乱晃，攀枝的喜鹊全都振翅飞走。前院的野猫尖锐嘶鸣，扑开卧室门跑进跑出，撞翻椅子，造出一片混乱噪声。

丁延寿欲低吼恐吓，还未发声，觉出床垫摇晃，轻微地，逐渐剧烈起来。"地震了！"他拽起姜漱柳，扯外套给对方披上，夫妻俩立刻冲出去叫各院的人。

丁汉白本就未睡熟，霎时睁开眼夺门而出，隔壁锁着门，他边踹边喊，震感越发清晰。"纪珍珠！地震了！"足足三脚，那门被他踹开，也终于被他踹坏。他奔到床边顾不得人是睡是醒，连着被子抱上就跑。

丁汉白一股脑儿跑出小院，急着去前院看他爸妈。幸好反应及时，全家都已从卧室离开，而地震也渐渐结束。丁延寿说："都别回去睡，谁也拿不准后边怎么样，今天凑着在院子里吧。"

怀里一动，丁汉白低头瞧，被子掩着，他用嘴咬住一角拨开，露出纪慎语热烫的脸来。纪慎语烧得迷糊，冷了半宿终于觉出暖和，却不料正被难为情地抱着。

引颈一瞅，老天爷，师父、师母、小姨，全家人都在，他连发生什么都顾不上听，望向丁汉白，恨不得摇尾乞怜。丁汉白强忍住笑，大发慈悲又将被角遮上。

听完嘱咐，丁汉白抱纪慎语回小院，廊下危险，坐在石凳上。怀里满当当的一团，他拍一下，说："怎么睡那么死？门都叫我踹坏了。"说着朝被子里一摸，滚烫，打着寒战，"发烧了怎么不说？！"

他将纪慎语裹好搁在石桌上，也不管还震不震了，回屋一趟折腾出热水和药片，喂下去，低头抵着纪慎语额头试温度。

"幸亏咱们这儿不是震源。"丁汉白说。

纪慎语舌尖顶着上颚，地震发生时丁汉白哪知道是否虚惊一场，却选择救他，他明白，再狠不下心说划清界限的话，道一句谢，垂首打起瞌睡。

下过雨的大冬天，室外冷得够呛，丁汉白只穿着睡衣睡裤立于瑟瑟风中。过去一会儿，面前裹紧的棉被一点点松动，闪条缝儿，探出一截手指。

丁汉白问："干什么？"

纪慎语说："我怕你冻着。"

丁汉白凑上去，眼瞅着那条缝儿豁大，迎接他。他靠近，一只手在外搂着被子，一只手缓缓探进缝儿里取暖。

纪慎语说："别碰着我了。"

丁汉白说："不是你怕我冻着吗？就让我暖暖呗，不怕我再生病？"他这么说着，却一步退开，南屋北屋跑进跑出，折腾出过夜的东西。

一张吊床，绑在两棵树之间，棉被铺一条搭一条，齐活儿。丁汉白将纪慎语抱上去，晃晃悠悠，纪慎语爬出来抓他，他脱鞋一翻，晃得更加激烈。

并肩躺不下，侧躺又不平衡，丁汉白仰面挨着纪慎语，等于盖了条人肉暖被。而纪慎语枕着他的肩，不吭声，乖乖地退烧。

安稳到天亮，一大家子人困顿非常，就丁汉白生龙活虎，尽早赶去"玉销记"，老板、伙计一同检查料库，好在上着防震措施，没有发生损坏。

丁延寿摊开报纸："这地震局净马后炮，也不知道还闹不闹动静。"

伙计说："咱这临街的店铺好跑，就是柜台上的物件儿比较危险。"

丁延寿应："灾祸面前顾不上身外之物了，能跑就行，最怕人多的大楼，要么跑不及，要么人挤人发生踩踏。"

丁汉白旁听半天，猛地立起来，搐上车钥匙就撤。学校人口集中，要是真再震起来，那一教学楼的学生怎么跑？纪慎语生着病，肯定早早被压死！

六中锁着大门，丁汉白到了之后就在车上等着，趴方向盘上眯一觉，睡醒又去小卖部里坐着。他喝汽水，吃面包，喝完吃完伸个懒腰，问老板打不打扑克。

"我输了给钱，你输了给东西。"

一下午平安度过，丁汉白玩儿得投入，俨然忘记地震的惶恐。五点一到，校门口开闸泄洪，他攥着牌张望，锁定纪慎语慢悠悠的身影。

纪慎语先瞧见门口的汽车，再抬头对上丁汉白。丁汉白问他："提前放学了？"

他答："嗯，因为地震，学校还要提前期末考试。"

丁汉白拎着一袋子零食，不提自己守候一天，先显摆："赢的，拿着吃吧。"路上，纪慎语在旁边嚼麦丽素，致使他想起自己还饿着，

"打开饼干，喂我。"

纪慎语照做，只当喂猪，喂了一路，饼干屑掉得哪儿哪儿都是。

总算到家，一整天的风平浪静能安抚人心，其他人聚在客厅恢复如常。他们回小院，被褥还堆在吊床上，丁汉白说："跟干了什么没收拾似的。"

纪慎语抱起被子回屋，丁汉白跟着他，问："这就挪地方了？万一又震起来怎么办？我都一起睡习惯了——"

纪慎语倏地扭脸，用眼神堵这人的嘴。

丁汉白斜倚轩窗，问："你觉得我这人怎么样？"

纪慎语说："不是什么好人。"

丁汉白点头："那你可要把门窗锁紧，小心我这坏坯子把你啃得骨头都不剩。"他说完拥着棉被将纪慎语推进卧室。

纪慎语目露惶恐，丁汉白却不知心软为何物，紧紧逼问："谁昨晚奋不顾身救你？见你发烧，谁担着风险倒水拿药？一晚上叫你压得手腿酸麻，谁抱怨过一句？嚼一路糖豆儿，又是谁给你赢的？"

纪慎语无话可驳，理亏得很："你到底想怎么着……"

"好师弟。"丁汉白再忍不住，说，"你以后多同我亲近亲近，不要再嫌我烦你了。"

03

光从门上雕刻的缝隙透进，将丁汉白嗤笑的样子照得更显理直气壮。

纪慎语还提着零食袋子，因此连恼羞成怒的底气都没有。"你别闹我了。"他只能这么说，说了也像没说，"我帮你浇花、洗衣服，干什么活儿都行，你饶了我。"

丁汉白还没回应，外面传来一阵高跟鞋的声音，是姜采薇来叫他们吃饭。他觉出纪慎语身体绷紧，逼道："你不答应？那我喊小姨过来评评理。"

纪慎语慌张摇头，抬手捂住丁汉白的嘴。姜采薇纳闷儿地喊："你们在不在啊？"

纪慎语硬着头皮："小姨，我收拾完书包马上去。"

姜采薇又问："汉白呢？姐夫说他上午就从店里走了。"

嘴巴被松开，丁汉白回："我帮他收拾好一块儿过去。"再低头，见纪慎语垂着两手，棉被缓缓朝下坠落，他捞起一扬，将二人罩在被子之下，说："我在六中门口守了一天。"

他最会攻心，又说："生怕万一地震，你跑不出来。"

纪慎语心头一紧，感动吗？那是自然。但他不能表现出来，表现出来之后，他除了躲避就没别的法子了。

晚上看电视时砸核桃，丁汉白嫌慢，抓过一把挨个儿用手捏，一下一个。他们这行，手部的力量不容小觑，结茧的指腹扒拉硬壳也不觉得疼，很快剥好一碟。

丁延寿问："慎语呢？念书那么累，叫他来吃核桃补补脑。"

纪慎语哪儿敢待，面对师父师母能要他的命，一早溜没影了。丁汉白说："期末考试提前了，忙着复习呢。"一碟又一碟，他给纪慎语攒了许多。

待到周末，同样考完放假的姜廷恩来玩儿，五个师兄弟凑齐在机器房。操作台上摆着石料，除却丁汉白，其他人各一块，要开会讨论怎么雕、雕什么。

姜廷恩小声说："我这次考得不赖，我爸奖励我零花钱了。"

纪慎语分享喜悦："我又考了第一，师父也特别高兴。"

姜廷恩顿时开心减半，人比人气死人，一想到纪慎语没那么多零花钱，又得到心理平衡。"要不你改天去我家看书吧？"他声音低得像特务接头，"我请同学吃饭才借来，咱们一起看。"

纪慎语一听书便有兴趣，问："你不能拿来吗？我突然去你家不礼貌吧？"

这时丁可愈从旁边凑来，揭穿道："傻师弟，你以为他带你看诗抄啊？他那是不敢带出来的彩色书刊。"

他们聊得火热，纪慎语夹在中间听那俩人吵架，音量渐高，丁汉白皱眉扫来又吓得他们立刻坐好。"废话那么多，正事儿屁都不放。"丁汉白说，"老三，你雕什么？"

他哪儿有师哥的样子，俨然师父德行。他挨个儿问一遍，挑三拣四、冷嘲热讽，轮到最后的五师弟，却温柔顿生："慎语，你呢？"

纪慎语答："我都行，你给我定吧。"他惦记着为丁汉白做旧的事儿，干脆再加上自己这块，让丁汉白做主。可话到丁汉白耳朵里就变了味儿，他生生琢磨出三分依赖，四分信任，幻想了个花飞满天。

讨论完散会，三家"玉销记"，五个人揣着料去看店出活儿。纪慎语一路巴着姜廷恩，如同找到避开丁汉白的理由，而姜廷恩只觉大哥面色骇人，还不知自己成了活靶子。

丁汉白在门厅坐镇，他那两块早已完成，指腹新生的茧子就是记录。

纪慎语和姜廷恩在机器房用功，画形出坯，纪慎语和人家亲近嘛，大方地教"纪式绝学"。奈何姜廷恩迟迟无法理解，反怪他教得不好。

纪慎语脱口而出："换成师哥早明白了，你笨就是笨。"

姜廷恩憋口气："……废话，我要是和师哥一样厉害，我爸就不只给零花钱了，房子都要过户。"他说完揪住纪慎语的痛脚，"你在扬州没分到家产吧？以后分家的话得自己买房子，我建议你做上门女婿。"

纪慎语故意道："我做你们姜家的上门女婿怎么样？"

姜廷恩独生子一个，算来算去只有姜采薇，可姜采薇是长辈，这人总不可能做自己的小姑父吧？！如此排除，单身的只剩他自己了，再一琢磨，纪慎语和老二、老三都生疏，只与他亲近……

丁汉白正招呼客人，只见姜廷恩咋呼着冲出来，他冷眼警告。等客人离开，姜廷恩扑来抱住他，叫他好恶心。

"大哥！纪珍珠不是东西！"姜廷恩抖抖鸡皮疙瘩，"他……他竟然……"

声儿太低，丁汉白以为听错，忙确认："他跟你说的？还说什么了？"不料姜廷恩一脸苦相，凑到他耳边欲哭无泪："他、他对我有意思，居然还想嫁给我。"

丁汉白一胳膊扬开："放屁！"

后堂要被丁汉白盯出鬼来，如果是玩笑，纪慎语早该跑出来解释，可安安静静的，那小南蛮子指不定怎么偷着乐呢！

纪慎语实在冤枉，他本欲出来解释，可姜廷恩跑出时险些撞翻一只软盒，好奇瞧一眼，竟然是丁汉白雕的印章。"苍龙教子""下浮云海"，巴掌大小却包含了三种雕法，施刀精准无比，还是一贯的游刃有余。

他就这么捧着欣赏，什么都忘了。

待到天黑打烊，丁汉白押着姜廷恩折磨透了，放人，去机器房捉另一个。开门关门，惹得纪慎语抬眼瞧他，竟笑着，他还有脸笑？！

纪慎语出完活儿，捧起那盒子："我今晚就给你做。"

丁汉白鼻孔看人："谁让你碰了？"

纪慎语说："我无意看到的，真好看。"他一并装好，如同揣了宝贝，收拾好台面走到对方面前，"你雕的时候怎么不叫我看看？怕我偷师吗？"

当天夜里，纪慎语摆置出家当要上工，而丁汉白气还没消，挽着袖子修补破门。光动手不行，必定还要动嘴，他说："补什么补？这破洞留着才能提醒你，大难临头，夫妻还各自飞呢，是谁豁出命救你？"

没得到半字回应，丁汉白扭脸瞪人，见纪慎语低头勾兑药水，一派谨慎。他继续修，嘴里咬几颗长钉，把木板钉上，暂时堵住风就算齐活儿。

补好，关好，锁好，动作一气呵成。

丁汉白踱步到桌前，挨着纪慎语坐下，嗅一嗅瓶瓶罐罐，被那味道熏得捂住口鼻。"你这愣子，怎么不戴个口罩？"他瓮声瓮气，"长此以往吸肺里怎么办？"

纪慎语趁势说："梁师父得了肺癌。"

丁汉白一听就像追求养生的老太太，恨不得又腰警告一番。他回屋翻箱倒柜，没找着口罩，倒是牵出一条羊绒围巾，返回给纪慎语绕上，捂着，瞧不见皓齿，更觉得双眸明亮。

纪慎语也瓮声瓮气："你走，别守着我。"

听话不叫丁汉白，别说走，他反将凳子拉得更近。"我得看看你怎么弄。"他说，注视着桌面不像撒谎，"这属于你额外做的，我赏你零花钱，根据你花费的精力决定给多少。"

纪慎语说："姜廷恩知道又该意难平了。"

好端端的提那个傻子干什么？丁汉白忆起白天的荒唐，又默默怄起气来。纪慎语专心忙着，直到结束都没有察觉。"要阴干，之后还有四道工序。"他扭脸开口，对上丁汉白不悦的表情，"怎么了？是不是效果不满意？"

丁汉白咽下胸口那团气："满意，都不知道怎么夸你。"

纪慎语分辨不出这话是真是假，起身整理东西，明显在下逐客令。丁汉白当然懂，也起身走了，片刻后折返，端着盆热腾腾的清水，小臂上还搭着一条毛巾。

仍旧围着桌，丁汉白将纪慎语的双手浸入水中，从左兜掏出一小瓶精油，滴一点，滴完相顾无言，水凉才泡好。他给纪慎语擦手，说："把市里的百货跑遍了，就一家有这种割绒毛巾，以后用这个擦。"

擦完，从右兜掏出一盒雪花膏，蘸上给纪慎语涂抹，丁汉白瞧着那交缠的两双手，钩着纪慎语的手指，从指根捋到指尖，说："每天这样泡一泡，不会长茧子的，就别再磨指头了。"

纪慎语怔怔的，细致入微的体贴叫他难以发声，手忽然被握住，藏于丁汉白的掌心。"珍珠，喜欢和老四玩儿？"丁汉白到底没憋住，要趁着花好月圆敲敲警钟。

"不是那种喜欢。"纪慎语说。

丁汉白垂眸盯着眼前人，和颜悦色地问："我可都听见了，姜廷恩约你看书？"

纪慎语不好意思："我没有答应，也不怎么想看。"

丁汉白说："干吗那么费劲？那种书我没有吗？"待纪慎语抬眼，他松开那双手，"今天累了，睡觉。明天一早我拿给你看，比他那些精彩多了。"

他扬长而去。

三跨院黑透了，只有小院书房亮着一豆灯光，丁汉白盖被倚在飘窗上，窗台搁着墨水浓茶，手里握着英雄钢笔。他抖搂一沓子白纸，熬夜画起来，那画面不堪入目，简直丧心病狂。

古有才子执书望月，今有他丁汉白挑灯作画。

天蒙蒙亮，纪慎语隐约听见屋门开合，有人走进走出。他没在意，待天光大亮才悠悠睁眼，坐起套毛衣，晃见桌上放着本硬皮册……

难不成是丁汉白拿来的？是带颜色的书？！

毛衣只套上细脖，堆在肩上，他跑去将册子拿回被窝，趴好，掩着光轻轻掀开。扉页上那遒劲的笔迹怎么有些眼熟？

纪慎语翻页，霎时呆愣被中。

"啊！"他低呼一声。

纪慎语隐隐觉得不对，可翻书的手不受控制，一页接连一页。他面如火燎，套着毛衣的脖子都一并烧红，这也能……还有这种。

又那种！

他认知被颠覆，羞臊得要流出鼻血，渐渐看到最后。完了，看完了，他瘫软在床上，最后一页白纸无画，赫然一块方正的朱红——丁汉白印！

纪慎语羞愤难当，捶床大骂。

丁汉白！纪慎语恨得咬牙。

04

晴冬，长廊，丁汉白和纪慎语撞上，前者气定神闲，问："怎么样？是不是画技拔群？"

后者瞪目，将册子一塞，物归原主。"你耍我玩儿，我这次不跟你计较。"纪慎语色厉内荏，"师父师母那么正派，怎么教养出你这样的流氓？"

丁汉白说："关那二老什么事儿？不是你想看吗？"随手一翻，当着青天白日的面，当着丁香富贵竹的面，"这招叫——"

纪慎语扑来堵他的嘴，用着蛮力，真不会心疼人。他一把揽住，合上册子，说："珍珠，我熬了一通宵画的，浓茶根本吊不住精神。"

纪慎语自持的本事所剩无几，活像只下锅烫毛的兔儿，逃窜的步子却虚浮不定。他恨不得在院里寻个洞，一头遁了去，如此无状乱跑，又将向来倒霉的富贵竹碰翻了。

他仍是想躲，面对丁汉白，他第二反应就是躲。

而第一反应是看，偷偷地、悄悄地，像个满怀心事的小贼。

丁汉白这一剂猛药打下去，成效显著，但离要命的七寸还差一寸。吃过早饭，揣上那做好的方章，他拽着纪慎语去古玩市场。

玩珺，他们分别来了许多回，但一起来只是第二次。

人渐渐多了，丁汉白寻一处敞亮位置，别人随便用毡布旧衣铺地上，他不行，竟展开一块暗花缎子布。一枚圆卵形印章搁上面，承着日光，将丝缕线条和年岁痕迹都暴露干净。纪慎语立在一旁，捧着瓶热牛奶，静静地不发一言。

丁汉白扭脸瞧他："怎么不问问我要干吗？"

他答："你说过石头章要摆在'玉销记'卖，那今天肯定不是为脱手，估计是为了造势？"

丁汉白笑笑，揣起兜安心等待，他一早仰慕梁师父的高徒，企图和人家结交合作，甚至肖想成为知己。起承兜转，那人如今立在他旁边，真懂他的心思。

他们二位泰然自若又胸有成竹，既对自己的手艺有信心，也对这物件儿把握十足，如同等待放榜的才俊，势必摘得状元与榜眼。

来往的人络绎不绝，驻足的人也积聚渐多，均想要细看。丁汉白不做说明，任那印章从甲的手中辗转到丁，最后甲乙丙丁凑一块儿嘀咕。

"哎，借个光！"老头儿声。

纪慎语引颈一瞧，是个戴墨镜的老头儿，墨镜一摘，瞎着一只眼睛。他忙看丁汉白，丁汉白不动声色地揽他后背，装作无事发生。

张斯年道："围这么多人，有兵马俑啊？"

其他人哄笑，奉上印章，请他瞎眼张"保保眼儿"。张斯年接过，背光，指甲轻轻一抠，将那刮下的物质闻一闻，端详个够，抬眼看二位卖家，问："不介绍介绍？"

丁汉白还未吭声，有人说："看来是真的，一般假货你老远瞅一眼就够了，精品假货看完立马搁下，这物件儿你看完还问，估计真品没跑。"

又有人说："我可是第一个来的，谁也不能跟我抢。"

哪儿有什么先来后到，向来讲究价高者得。气氛越发火热，丁汉白说："'苍龙教子'，适合传家，老子传儿子，儿子传孙子，意头好。"

张斯年赞一句："意头好不好另说，雕工是真好。"他平日几乎泡在这儿，没想到遇见自己徒弟摆摊儿，经手一看，确定这印章为赝品，只是不确定乖徒弟需不需要他当托儿。

丁汉白故意引导："古人的巧手，雕工当然好。"

张斯年明了，立即问价。这一问掀起风波，上年纪的人都知道他瞎眼能断金镶玉，纷纷眼红竞价。哄闹着，此起彼伏的高声充斥耳边，纪慎语肩头一紧，丁汉白对他说："把另一块也拿出来。"

两方章，一方浅黄，太阳一晒像洒金皮；一方豆青绿，闪着幽幽的荧光。一下子来两块，群众也都经验老到，必须打听打听来历。不料丁汉白明人不说暗话："来历就是正儿八经的巴林冻石，我丁汉白一刀一刀雕的。"

满座哗然，当代活人雕的，还姓丁，傻子都会想到"玉销记"。张斯年极其夸张："你雕的？！这痕迹、透色也是你雕的？！"

有一鹤发老头儿说："瞎眼张，这做旧连你都能糊弄，恐怕是六指儿出山了吧？"年轻的不明渊源，年老的有所耳闻，打趣个不停。

丁汉白说："不好意思，这后续出自'玉销记'大师傅之手。"

纪慎语一个激灵，"玉销记"的师傅分等级，丁汉白以前上班，因此大师傅只有丁延寿。他在这短暂的骗局中满足虚荣心，没人注意他，他便安安静静地心花怒放。

而令他意外的是，既已表明这两方章为仿件儿，大家的兴趣似乎不减反增。周围议论纷纷，丁汉白对他悄声耳语："仿得好坏决定看客态度，不够好只能引来耻笑，足够好，顶顶好，那就是引发赞叹了。"

纪慎语心热："你拐着弯儿夸我？"

丁汉白说："这还拐弯儿？我都把你捧上天了。"

最终印章没有脱手，显摆够便收回，扬言要买就去"玉销记"。如此这般，市里每个古玩市场都被他们跑遍，到了后头，纪慎语恍然发觉，这是种营销手段。

接下来就要等，一个城市，各行各业自有圈子，教育圈、医药圈，古玩更是，他们要等消息发酵，让那两方章招更多的人惦记。

终于降雪，迎春大道白了一片，"玉销记"关着门，暂休整顿。丁汉白吩咐伙计重新布货，拿丁延寿当空气，丁延寿倒也配合，堂堂一老板猫在柜台后头剪年画。

纪慎语猫在丁延寿身边，玩儿丁延寿解下的一串钥匙，捏住最小一枚黄铜的，问："师父，这是不是料库角落那个盒子的？"

那盒子里面据说都是极品玉石，只丁延寿这个大师傅有钥匙。纪慎语拿着不舍得放，丁延寿说："那么喜欢？等以后给你也配一把。"

纪慎语惊道："真的？那我不成大师傅了？！"

丁延寿笑言："你跟你师哥迟早得挑大梁，何况咱们家只看技术，不看资历。"自从知道纪慎语会一手作伪的本事，他想了不少，想来想去还是觉得雕刻这行最稳妥。

纪慎语明白丁延寿的为难，夺下剪刀裁剪红纸，边剪边说："师父，我给你剪个'年年有余'，明年给你剪'满树桃李'，后年剪'龙腾虎跃'……我想当大师傅，也想每年给你剪年画。"

丁延寿扭脸看他，他咧嘴一笑。在扬州家里相见的场景还历历在目，父亲出完殡，下了葬，他孝章都没摘就被赶出家门。丁延寿当时说，跟师父走，他便跟来了。

来前奉着当牛做马的心思，来后才知道那么安逸享福。

纪慎语不禁望向丁汉白，这父子俩一个对他有恩，一个对他有义，他实在进退维谷。怔着神，丁汉白拎外套走近，眉宇间风流潇洒，说："我要去找小敏姐，晚上不回家吃饭。"

果然是要去潇洒，纪慎语想。

丁延寿说："去吧，吃完饭再看场电影，别只给自己买这买那，给人家也买点礼物。"

丁汉白本是未雨绸缪，官方纳新向来引领潮流，他想要博物馆明年开春的规划资料。那求人办事嘛，请客作陪是必不可免的。"知道，要不我把她家年货也置办了？"他听出丁延寿的意思，没解释，余光瞄着纪慎语，"反正我们要多待一会儿，许久没见还怪想的。"

他说完就走，拎着外套钩着钥匙，明明吹雪寒冬，却一副春风得意的模样。

直到外面引擎轰隆，远了，听不见了，纪慎语终于抬起头来，望着门口，撒了癔症。他搁下红纸剪刀，灰溜溜地去机器房埋首苦干，但愿早日当上大师傅。

他画形，"老翁执杖""小儿抱琴"，寻思丁汉白开车接到商敏汝没有。又画远山近水，绿树古井，他琢磨丁汉白会带商敏汝去吃什么。吃炸酱面？要是商敏汝想吃别的，丁汉白会迁就吗？

商敏汝嘴上沾了酱，丁汉白会伸手擦吗？

纪慎语及至午后画完，浅浅出坯，听伙计们说雪下大了。再大的雪也不及内蒙古的雪原壮观，他擦着钻刀停下，怎么能不想起骑马那天？

丁汉白此时在干什么？和商敏汝在公园赏雪谈天？要是商敏汝不慎跌倒，丁汉白会不会就势抱着一同倒下？扭脸对上，丁汉白又会有一套怎样的说辞？纪慎语不受控制，接天莲叶般设想许多，钻刀出溜一截，才发觉手心竟出了些细汗。

天黑打烊，出坯堪堪完成三分之一，他下车后沿着刹儿街走，望见门口没有丁汉白的车。雪厚，他踽踽前行很是温暾，突然后肩一痛被雪球砸中。

姜廷恩跑来："你走路真慢，小王八似的。"

纪慎语心不在焉地点点头，连做王八都认了。姜廷恩絮叨："你怎么闷闷不乐的？我砸你，你也没反应，咱们等会儿去砸老二、老三吧。我得先找双手套，小姑花一冬天给大哥织了一双，女人都是偏心眼儿。"

纪慎语总算有反应："小姨给我织了一双，借你戴一只。"

姜廷恩嘟囔姜采薇一路，左右是什么不疼亲侄子，等见到纪慎语所谓的手套，吃惊道："怎么是给你的？这明明是给大哥织的！"

纪慎语否认，说是给他织的。

姜廷恩满屋子嚷嚷："小姑买毛线的时候就说了，大哥喜欢灰色，到时候再缀一圈灰兔毛，给他上班骑车子戴。"凑近，比对一番，"这尺寸明显是大哥的手，你戴着不大吗？"

纪慎语兀自挣扎："大是因为要多塞棉花，塞好就合适了。"

姜廷恩嘀咕："是塞了不少，手都没法打弯儿了。"

手套被借走，纪慎语迷茫地坐在床边，姜廷恩的话信誓旦旦，叫他不得不信。但无论初衷是给谁的，最终都给了他，他依旧感激姜采薇。

这场雪没完没了地下，丁汉白偕商敏汝出入餐厅、百货，也没完没了地逛。其实商敏汝踩着高跟鞋早累了，三番五次提出散伙回家，均被他驳回。

一顿夜宵吃完，商敏汝哈欠连连："资料答应给你了，我再附赠你几本宣传册，能结束了吗？"

丁汉白看看手表："嚯，都十点多了，明天上班迟到别恨我啊。"他送商敏汝回家，到了门口仍锁着车门，"姐，你用的什么香水？"

商敏汝从包里掏出来："松木茉莉的。"

丁汉白夺过，装模作样地看，猛喷一下，沾了半身。商敏汝古怪地问："你干什么……为什么大晚上喷我的香水？"

丁汉白说："小姨快过生日了，我准备送她一瓶，参考参考。"

这累人的约会终于结束，商敏汝进门才反应过来，姜采薇是盛夏出生的，寒冬腊月过哪门子生日？

丁汉白染着一身香水味儿，磨蹭到家已经十一点，装着醉，放轻步伐走到拱门外，咳嗽一声，立即听见院里脚步声急促，躲他似的。

纪慎语飞奔进屋，他从八点就开始等，足足等到眼下。雪地叫他踩满脚印，石桌叫他按满手印，丁汉白那一声咳得他魂飞魄散。

丁汉白立了片刻，进院见灯光俱灭，黑黢黢一片。"珍珠——"他拖长音，扮起醉态，"睡了？我有个好消息要跟你讲——"

门吱呀一声打开，纪慎语捂在被子里听那脚步声迫近，屏息眯眼，像遇见狗熊装死。丁汉白停在床边，拧开台灯，自顾自地说："回来晚了些，不过约会嘛，难免的。"

纪慎语将眼睛睁开，不想听这人胡沁。

丁汉白不疾不徐："我知道你没睡，所以就不等到明天说了。"瞄一眼，沉沉嗓子，"这些日子我一直闹你，魔怔了。仔细想想，其实我也没那么来劲，还让你困扰，对不起了。"

纪慎语陡然心慌……丁汉白这是什么意思？

"以后，咱们还像以前那样，师兄师弟好好的，我再不闹你。"丁汉白说，"对了，我确实比较喜欢小敏姐。"

纪慎语脑中空白，他惦记一个晚上，等来了这样的"好消息"。又听到丁汉白说"晚安"，脚步声渐渐离开……他揪着被子，揪着心，揪着亿万根神经，唯独不用再纠结丁汉白的闹腾。

因为他此刻已经失去了。

"丁汉白！"他钻出被窝大喊。

还不够，他冲到门边拦住人家去路。丁汉白平静地看他，眨眨眼，等着他发问。他有些腿软，恍惚道："你身上好香。"

丁汉白说："嗯，香水。"

他问："离多近才能蹭上这么浓的香气？"

丁汉白答："抱着自然近。"

纪慎语霎时抬眼，底气卸掉一半，温香软玉抱着肯定舒坦。他又灰溜溜地去钻被窝，丁汉白却不饶人，说："过两年我和小敏姐结婚，你住这院子就不方便了——"

纪慎语终于忍耐不住："现在又没结婚，你说得太早了！"他折返冲到丁汉白面前，仰着头，都要拧断两条眉毛，"真到了那一天，我还能赖着不走吗？你当这是金窝还是银窝？你放心，我不但搬得利索，我还给你们雕一座游龙戏凤！"

丁汉白说："游龙戏凤也好，早生贵子也罢，你送什么我摆什么。"

纪慎语溃败，他每回都辩不过，索性不辩了，但想低声求一句慰藉："你让我搬出去，那你之前对我说过的话，都是假的吗？"

这一问等于将心豁道口子，既然无法复原，不妨人也豁出去。他捡起气势："不管真假，你说了就是说了，送什么摆什么？去你的早生贵子！"

丁汉白神经剧震，强忍下冲动，只见纪慎语薄唇一抿凑上来，一张嘴巴絮絮叨叨地说："浑蛋，好话叫你反复说尽，说好了一道将'玉销记'经营好，连以后的产业都要给我一份，你忘了？

"一盏月亮送我，一块枣花酥留给我，一地玫瑰换个印章，你也忘了？"

再忍就要立地成佛，丁汉白发了狠似的："那我就跟你说道个清楚！"

纪慎语惊愕难当，霎时明白中了欲擒故纵的计。他转身便逃，却被丁汉白紧追着擒住。

丁汉白把纪慎语制着、盯着："不把你刺激透了，你要缩头到明年是不是？"

他做不到无言付出，更做不到为着别人的看法委屈自己，他那么在乎纪慎语，当然也要让纪慎语在乎他，狠话说了一箩筐，软硬兼施地等到此刻，终于实打实地逼急对方。

"珍珠。"他轻轻地叫了一声。

情义他要，许诺他也要，这一辈子的宏图壮志风雨晴雪他都要。

纪慎语被他逼至悬崖处，却把他视作一线生机。他可真坏啊，可坏成这样怨谁？怨天怨地，怨这南蛮子误进他丁家的大门，就怨不着他自己！

丁汉白说："承诺了我，就再没的后悔。"

纪慎语应："我都给你。"

05

一夜大雪，这方小院白得不像话，屋檐栏杆，花圃草坪，连那根晾衣服的尼龙绳都变成条白线。屋里，棉被下面身体烘热，捂着那点松木茉莉的馨香。

丁汉白一向是敞开了睡，被中净是暖和劲儿，便醒得更迟。他徐徐睁眼，先望见结着霜花的窗户，再一瞧，又见纪慎语酣睡的姿态。

眼尾一溜白，是干涸的泪渍，丁汉白伸手去擦，厚茧伤人，又把人家擦醒了。"早。"他哑着嗓子打招呼。

纪慎语逐渐清明，问道："小姨给我的手套原本是给你的，对吗？"

丁汉白不答反问："听谁说的？小姨亲口告诉你的？"

纪慎语说是姜廷恩，丁汉白立即骂道："天天跟个傻子凑一起傻乐，说什么都信，他哪天要是说琥珀坠子是送他的，你是不是也双手奉上？"

纪慎语不言语，静静地盯着丁汉白看，不是就不是，如此高声叫骂反而显得心虚。丁汉白本没有心虚，但叫琥珀似的眼睛盯得一身酥麻，妥协道："你管她要给谁，既然给你，就好好戴着。"

"是你让小姨送我的吗？"纪慎语非要追根究底。

丁汉白败下阵来，只好点头承认。"你当时说梦见了纪师父，我让小姨哄哄你。"他悔得肠子发青，"早知道我哄，造孽。"

他们说了许多，说累便安静待着，忽然院里传来脚步声，稳健快速，是丁延寿。丁汉白还未反应过来，纪慎语已经惊得快要跳下床。

丁延寿喊："别睡懒觉了，起来扫扫雪！"

纪慎语忙不迭地应下，换好衣服奔到门边听声儿，等丁延寿离开才松一口气。丁汉白缓缓朝外走，说："我爸来一趟就把你吓成这样，来两趟别又跟我划清界限。"

纪慎语问："师哥，你是不是对我没信心？"

丁汉白说："我想让你明白，哪怕和千万人有恩有情，我才是顶重要的，才是最不可辜负的那一个。"

一地洁白，他们洒扫庭院，堆个雪人，点上玛瑙的鼻眼。

又去店里，他们一路上玩着雪，鞋都湿了。

"玉销记"的生意日渐红火，全是奔着两块方章而来，玉石雕件儿一向从属于工艺品，可这下搅了古玩行的水。丁汉白不歇脚地招待半上午，嗓子冒烟，将柜台上的一盏热茶饮尽，对上纪慎语抬起的眸子，疲倦换成温柔。

纪慎语问："师哥，为什么知道了仿品还趋之若鹜，不全是因为咱们手艺好吧？"

丁汉白说："你是作伪的行家，必然了解仿品分等级，完好的真品可遇不可求，而顶级的仿品稍稍次之，但也是惹人引颈折腰的好物。"

顶级之中又分着类，玉石类是最紧俏的，好石良玉只会升值，光料子成本就决定了基础价值。"玉销记"原先只经营雕件儿工艺品，可买工艺品收藏的人哪比得上古玩收藏的人？

就从石头章开始，丁汉白要将旧路拓宽，引得古玩爱好者认下"玉销记"的东西。他又存了一份私心，生意嘛，除往来积攒钱财之外，更能结交人脉，为以后铺路。

纪慎语一点即通，又问："去巴林之前你就想好了？"

丁汉白"嗯"了一声："你说我为什么要选石头开道？"

纪慎语答："你这叫抛石引玉，更好的在后头。"

知我者谓我何求。丁汉白满意得很。他交代伙计，有了势头就要吊住气，单子不能来者不拒，要限量。而后拽上纪慎语进机器房，他出活儿，陪着对方写作业。

一店的境况如此转好，丁延寿天天被姜漱柳挑刺儿，左右是那场家法动手太早。待到某一清晨，人齐，一盆豆软米烂的腊八粥搁着，围一圈喝暖了胃。

丁汉白开口："这阵子生意不错，有一人功不可没，都没意见吧？"他偏头，桌下的腿碰碰旁边的人："说你呢，别光顾着喝。"

纪慎语闻言抬头，面对满桌人有点不好意思。他实在不敢邀功，能正大光明地将那手艺使出来，已经是天大的满足。丁汉白擦擦手，从兜里掏出一封红包，紧绷，瓷实，说："正好年底了，奖励连着压岁钱一并给了。"

大家都没意见，姜廷恩羡慕得直朝纪慎语飞眼儿。纪慎语接过一瞧，一厚沓百元钞，这么明晃晃地给他，跟要罩着他似的。

他谢过，说："正好新做的两件也差不多了，钱货两讫。"

丁汉白问："你跟谁两讫？除了钱货没有人情？"

这突然一呛弄得旁人一头雾水，丁尔和忙打圆场："自家师兄弟什么人情不人情的。"

丁汉白说："也对，我这个人人家不喜欢，想必我的情人家也不稀罕。"

纪慎语周身一凛，正好撞上丁汉白投来的目光——戏谑、打趣、浑不正经……哪是跟他找事儿，原来是故意当着一大家子人与他说笑。

等散了场，姜廷恩约他买新年衣服。他看丁汉白一同起身，问："师哥，你也去吗？"

丁汉白说："我有应酬，不陪你们玩儿。"临走，再嘱咐一句，"别让姜廷恩蹭你的零花钱，那小子鸡贼得很。"

这工夫，姜采薇冒出来，要与两个小的同去。丁汉白立刻鼻子不是鼻子，眼不是眼，心中愤愤，适婚女青年不约自己朋友，成天跟小孩儿搅和着干吗？

他强横地将姜采薇带走送给商敏汝，要是允许，恨不得把姜采薇嫁出去。

街上张灯结彩，纪慎语跟姜廷恩在百货闲逛，还加了个丁可愈。

他们"师哥"不离嘴，敲诈丁可愈买这买那，后者被榨干，捂着钱包找女朋友去了。

姜廷恩没什么主见，说："我要买飞行员夹克，大哥穿的那种。"

纪慎语说："你穿得又不如师哥好看，买别的吧。"

姜廷恩气道："我怎么不如了？小敏姐说过，我比大哥帅。"他说完嘴一闭，好似暴露马脚。纪慎语没多想，问："小敏姐又没去家里，什么时候对你说的？"

姜廷恩害羞道："我十二岁生日那年说的，不行吗？再说了，大哥虽然是家里的长子，又有本事，可我还是我们家的独苗呢……我、我就要买夹克！"

他们一路玩儿一路逛，纪慎语始终两手空空，姜廷恩却像个购物狂，还要下馆子、看电影、领免费的泡泡糖，累坏了，脚丫都疼。

纪慎语后来给丁延寿和姜漱柳都买了礼物，他还想给丁汉白买，只是拿不定主意。姜廷恩话多屁稠："那倒是，大哥那儿净是好东西，兴许瞧不上你买的。"

纪慎语问："我给他买身西装，你觉得好吗？"

姜廷恩一愣："大哥只爱穿衬衫，没见过穿西装。"

纪慎语想，现在不穿，以后和人应酬总要穿，再以后做生意开古玩城，人前人后露面也该有两套西装。他自作主张买了，还捎一条领带，而后瞥见柜台斑斓，又想再添一对袖扣。

镀金的，描银的，他撇撇嘴，感觉自己做的肯定更好看。

他想了一路，做个什么样的？宝石、白玉，公交车外风景变换，他靠着窗户发怔。许久，他决定，珍珠的吧，做个珍珠的。

纪慎语心肝发紧，他与丁汉白未来的路怎么走，能走多远都未知，趁着时光还好，把可以做到的都做了。珍珠扣他要送，这辈子估计只此一对，送出去，丁汉白有朝一日戴上，那无论未来如何，他都没有任何遗憾了。

刹儿街的积雪还未融尽，湿漉漉的。

丁家大门已经贴上"福"字，格外红火。

一家人聚在大客厅，纪慎语洗完澡过来，拎着买给丁延寿和姜漱柳的礼物，姜廷恩兴高采烈地立在电视前，展示他的新夹克。

他问："大姑，我穿着帅还是大哥穿着帅？"

姜漱柳答："你帅，跟你爸年轻时一个德行。"

姜廷恩感觉不像夸他，又问丁延寿，丁延寿正看晚报，只会哼哈着敷衍。纪慎语窝在一旁，嗑瓜子、吃话梅，眼珠滴溜溜地看热闹。真好啊，他想。

姜漱柳问他："慎语，你只给我们买东西，没给自己买？"

姜廷恩说："他给大哥买西装领带，齁儿贵，把钱花完了。"

纪慎语不禁绷直脊背，霎时进入紧张状态，挨个一星半点都能撩动他的脆弱神经。"师哥很照顾我，所以我想谢谢他。"他拿捏说辞，"便宜的他肯定不喜欢，就选了贵的。"

好在那二位都没说什么，只是心疼他花钱而已。丁延寿一抖搂报纸，说："这败家子从早应酬到晚，干吗去了？"

纪慎语也不知，外面漆黑望不见什么，他只能竖着耳朵听汽车动静。他们欢聚一堂聊东说西，看激烈的武打电影，晃到十点多，电话忽然响起来。

丁延寿接听："喂？我是。什么……解放军总医院？"撂下电话，他拉姜漱柳："汉白撞车了，现在在医院——"

话未说完，夫妻俩只见纪慎语"噌"地立起来，焦急无状地往外冲，比他们这亲爹亲妈的反应还要激烈。纪慎语心急如焚，狂奔回小院拿上棉衣，里面就套着睡衣睡裤，他如一阵疾风，又卷出大门直奔向街口。

上了车，他舌头都打结，拍着靠背要去医院。

纪慎语就这样不管不顾地往医院赶，一分钟都等不及，下车后又是一路狂奔。医生打来电话，是否说明丁汉白伤得很重？会不会有生命危险，又会不会很疼？

他明明急得要死，却止不住乱想许多，冲进急诊后彻底乱了阵脚。发高烧的、过敏的、头破血流号叫哭喊的……他遍寻不到丁汉白的身影，抓住每一个医生、护士询问，都不知道他要找的人在哪里。

"不在急诊，门诊……"纪慎语掉头冲向门诊楼，逐层排查，险些撞倒一位护士，然后被劈头盖脸地痛骂。他不住道歉，道完歉靠着走廊的墙壁阵阵脱力。

丁汉白到底在哪儿，到底怎么样了？

他应该听清丁延寿的交代再来，就不会像现在没头苍蝇一般。

可他哪儿等得及，他听完那句就吓得魂不附体了。

纪慎语满头大汗，打起精神继续找，转身却在走廊尽头看见他要找的人。丁汉白肩披外套，额头缠着一圈纱布，侧倚着墙，狼狈又挺拔。

待纪慎语跑到他面前，他淡淡地说："你慌什么？"

纪慎语答不上来，抱住他，急得不停打嗝。他推开，纪慎语又凑上来，如此反复几回，纪慎语叫他推拒得伤心又难堪，抓着他的外套摇摇晃晃。

丁汉白问："你很在乎我吗？"

纪慎语不住点头，他在乎，从前只知道在乎，此刻才明白到底有多在乎。走廊那头，丁延寿和姜漱柳赶来，丁汉白说："我爸我妈到了。"

纪慎语却看着他："师哥，我白天的时候想，以后的路我愿意和你同行，愿意同你一起振兴'玉销记'，可我不能确定能同行多远。

我怕对不起师父，怕很多事儿，我此时此刻还是怕这怕那，可是最怕你离开我……"

他的师父师母正朝这边走来，他那样清晰地说完这几句话。他不傻，丁汉白再三逼他认清内心，他看清了，忠孝难两全，他只能选最要紧的那个。

丁汉白一把抱住纪慎语，他的心肠真是黑的，能自损八百弄一出车祸受伤，折腾纪慎语说出这番话来。那身体颤抖着，不住怨怼着些什么。

怨他开车不小心，左右竟还是担心他。

辗转回家，丁汉白带着一身伤进屋，床上搁着一套崭新的西装。纪慎语跟进来，关门倒水，铺床盖被，立在床边窘迫半晌。

他盯着丁汉白的额头，不放心。

丁汉白问："衣服都顾不上换，穿着睡衣就出门了？"

纪慎语点点头，倾身叫一声"师哥"。他知道自己胆小，与丁汉白在一处时，丁点风吹草动就叫他胆战，可今晚才知道，那点害怕太微不足道了。

"纪慎语。"丁汉白忽然叫他，"我立在栏杆处，看见你一层层找我。"

一场虚惊，纪慎语累得呼口气："以后你再也别吓唬我了。"

丁汉白说："我没吓你，因为你在乎我。"

他就着一点淡淡的灯光看纪慎语，那苍白的脸，那泛红的眼，每一处都被他看在眼里。纪慎语有些恍惚，扒拉开他的衬衫，只见皮肤光洁没一点伤痕……

纪慎语问："怎么撞的车？"

丁汉白含糊："冲着电线杆……"

纪慎语立马不干了，二十岁的老家伙可真鸡贼！他挣不开，丁汉白像座五指大山，像尊乐山大佛！那眼神也变了味儿，半点温柔都没了。

"浑蛋，大王八……"

丁汉白美美的："我就是个牲口，行吗？"

06

虽然丁汉白是顶天立地一男儿，可真不爱干人事儿。一场交通事故，电线杆都比他伤得重些，偏偏还要使唤这个吩咐那个，大清早就无病呻吟。

纪慎语端茶倒水，摊上这么个人能怎么办？一盆热水，三两药膏，他要给丁汉白洗脸换药。逐层摘除额头的纱布，他惊讶道："你是什么金枝玉叶？贴个创可贴的事儿还包扎。"

丁汉白倚靠床头，任由摆置。纪慎语还没发完牢骚："吓唬我就算了，师父师母有什么错？"撕开创可贴，直接按在那脑门儿上，"仰头，脖子也擦擦。"

丁汉白解开俩扣儿，引颈闭眼等着擦洗，热毛巾挨住皮肉，湿、烫，力道轻重正好，下巴至锁骨，喉结处极轻，弄得他脖颈发痒。

他忽然睁眼，抬手握住纪慎语的小臂，目光热切。纪慎语叫他瞧得不自在，攥着毛巾糊他胸口，他受着，问："为什么给我买一身西装？"

纪慎语答："你以后办事应酬总要穿，就买了。"

丁汉白说："办事应酬当然要穿，我自会买上七八套，不会穿你给的。"坐直，挨近，"你买的一身，像结婚穿的。"

这欲扬先抑叫人心绪起伏，纪慎语哭笑不得："结婚？你和小敏姐，还是和别人？"

丁汉白轻轻笑："我可不稀罕民政局的证，我要自己做一张，红缎包皮，行楷烫金，印上我的玫瑰章，就算我娶了心上人。"他趁纪慎语怔着，"不过呢，我说过，将来古玩城有你的一份，届时咱们也就是合伙人了。"

悠悠白日，丁汉白换好衣服去"玉销记"，快过年了，要整理收拾的东西不能耽搁。在一店对了下半年的账，他又将没完成的雕件儿统计一番，安排出活儿顺序。

"老板，铺首耳的鼻烟壶扔废料箱好几天了。"一个伙计壮着胆子凑来，"我舍不得扔，能、能要了吗？"

一般废料即碎料，也有些大颗的，只是鼻烟壶还没见过。丁汉白拿来一瞧，怪不得，掏膛掏坏了。他嫌道："活儿真糙，哪个笨蛋干的？"

伙计答："大老板干的。"

骂早了，丁汉白咂咂嘴瞪对方一眼，人有失手，马有失蹄，偶尔一回可以理解。他又翻开记档册，七八只玉勒子，四五只薄胎玉套坠，只见出料，没见东西。

伙计说："大老板给二店做的。"

难怪失手，原来是忙中出错。丁汉白合上册子就走，走到门口一顿，吩咐："以后二店再请我爸添件儿，要多少，用什么料，趁早告诉我。"

伙计为难道："如果大老板不让呢？"

丁汉白吼一嗓子："他还不让我迟到早退呢，我现在就撤！"当真走人，他没回家，直奔"玉销记"二店，黑着脸进门像踢馆砸店的。

丁尔和从后堂出来，微微意外，客气得很。

丁汉白在门厅踱步，寻见丁延寿的手笔，刻琼式玉勒子，凤穿云的套坠，用的都是无瑕好玉。他又奔后堂料库，径直取下挂锁的盒子。丁尔和交出钥匙，打开，里面是未琢的上等玉石。

"自家的店，活儿乱就乱了，但账不能乱。"丁汉白拿走几块，"你摊煎饼还得自己揣鸡蛋呢，不然就要加钱，哪有又吃蛋又不给钱的好事儿，是不是？"

晚上回家，这一出上门讨债就被丁延寿知道了，饭吃完，只剩一家四口。纪慎语察言观色，主动给丁延寿捏肩，想让师父消消气。

丁延寿说："就你威风，为了几块料让兄弟难堪，一家人你追究那么多干什么？！"

丁汉白立在窗边："开门做生意最忌讳一家人不分彼此，否则迟早出岔子。今天东西不够，他们让你雕几件帮衬一把，明天要是亏了账，是不是就要挪店里的款项？"

纪慎语感觉掌下肌肉绷紧，急忙安抚："师父，你别生气。"他考虑片刻，"师父，我多嘴一句，我同意师哥的看法。有些事儿就是从一道小口子开始的，之后口子越豁越大，就补不上了。"

丁汉白说："二店他们负责，如果有什么需要帮的尽管开口，你忙不过来我上，我忙不过来还有慎语，但前提是账不能乱。不然，有困难咱们就帮，他们只会越来越懒，没半分好处。"

这亲儿子难得没发飙，简直是苦口婆心，丁延寿认了，他狠不下心、拉不下脸的就让丁汉白做吧。末了，他备感慰藉地关怀："伤还疼不疼？"

丁汉白立刻犯了少爷病，疼啊，累啊，委屈啊。丁延寿看不下去，忙挥手让纪慎语弄走这烦人精，求个耳根清净。

翌日，丁汉白又睡到晌午，院里安静无声，没活人似的。他出去瞧，廊下无人，踱到隔壁窗外故技重演，悄没声地看。那屋里整洁干净，纪慎语坐在桌边画着什么，工具与木盒各自摊开。

纪慎语在画袖扣，他得先设计好样子，不能大不能小，方或者圆，哪种镶嵌法，又用什么点缀……木盒里是他从扬州带来的散料，其中一颗珍珠正好派上用场。

丁汉白轻咳，立在窗外问："你做什么呢？"

纪慎语低着头："我给你做一对袖扣。"他一顿，些许害羞，"珍珠的。"

丁汉白欠得慌："我一个大男人戴珍珠袖扣啊，多不硬气。"

纪慎语睨来一眼："我一个大男人还叫珍珠呢，我打死起名的人了吗？"

笑声哧哧，从窗外徐徐飘来，而后淡了，远了。珍珠扣子，这是迟来的礼物，丁汉白心头煮水，蹚过院子钻进南屋，取出他之前收的圆肚小玉瓶。

丈量尺寸勾画轮廓，开切割机，他将那小玉瓶切了。薄薄的白玉片，向光通透，背光莹白清润，他捏一支最细的笔，伏案屏息。

丁汉白和纪慎语分居南屋和北屋，不出半点声响，只有手里的窸窣动静。外面那样热闹，扫房子的、烧大肉的，皆与他们无关。他们在桃枝硕硕的季节相识，一晃已经白雪皑皑，冷眼过、作弄过，一点点亲近了解，滋生信任，顶着压力赌上这生。

丁汉白蓦然眼眶发紧，却不影响手中动作，一边凸榫，一边凹槽，一边龙纹，一边凤纹。双面抛光，分为鸡心佩，合为同心璧。

如此一天，夜里，纪慎语做好那对珍珠袖扣，攥在手心，喜形于色地去献宝。他先声明："我第一次做饰品，好与不好，你都不要嫌弃。"

丁汉白嫌这嫌那的脾性太深入人心，辩解不得，只能点头。他放下挽着的袖子，抻抻褶儿，伸手让纪慎语为他戴上。纪慎语摊开手掌，那两枚珍珠扣光泽厚重，是整颗珍珠切半镶嵌而成的。

戴好，纪慎语低头凝视："师哥，我那天决定送你这个，想了好多。"他抬首，"当时不知道能与你走多远，把这扣子送你，就算以后再不成也有个念想。"

丁汉白静默许久，说："慎语，我既然这样逼你，就已经想过了最坏的情况，我不是个窝囊废，护自己师弟还是做得到的。"

纪慎语听不得酸话，只得装忙，去收拾矮柜。

第二天清晨，纪慎语早早躲去前院，生怕与丁汉白对上，后来又跟丁延寿去"玉销记"。

如此躲了一天，打烊前给伙计们发过年红包，而后就放假了。傍晚归巢，他在饭桌上没看见丁汉白，回小院找，只有南屋亮着。

纪慎语敲门："师哥，吃饭了。"

丁汉白说："不饿，走。"

那人的吩咐向来掷地有声，纪慎语乖乖走了。而丁汉白已经闷在机器房整天，钻机没停，取了最好最大的一块玉石出坯细雕。

夜里，纪慎语洗完澡坐在床上看书，看得入迷，没发觉机器终于关停。

南屋一黑，丁汉白立在门当间活动筋骨，双目清明，步伐稳健。他忙活整个白昼，等的就是这一刻。

"珍珠，睡了？"他敲门，"有东西给你瞧。"

纪慎语学舌："不瞧，走。"

丁汉白说："雕了一天的好物件儿，真不瞧？"

勾人好奇，纪慎语更改主意。他捧着书，待丁汉白进屋后引颈张望，似乎看见一座巴掌大的玉石摆件儿。丁汉白绕到床边坐下，奉上那东西。

浅冰青的玉，光泽莹润，触手生温……雕了两人。广袖繁纹，鬓发散乱……

纪慎语不是慎语，是失语。丁汉白说："玉石雕人体，是真正的冰肌玉骨，叫犹抱琵琶半遮面。"

其中一个小人儿身前抱一三弦……三弦，唱扬州清曲伴的就是三弦！

纪慎语不想这人大晚上的给自己看这种东西，被他闹了个面红耳赤，讨饶道："师哥，我要睡了……"

丁汉白不管不顾："做这东西，我觉得玉比瓷更好。"他将那物件儿搁在纪慎语腿上，趁之不备，拿水杯，硬生生地打翻在床。

"啊！"

热水迅速洇湿一片，纪慎语慌忙挣扎，要抢救自己的床褥。

丁汉白说："这床没法睡了。"

纪慎语不敢回头："那我去书房的飘窗睡。"

丁汉白说："那儿也泼湿了。"他再不废话，搁下东西，拉起纪慎语朝外走，出卧室，过廊下，进屋端上门，"我也有东西要送你！"

纪慎语手心一凉，被丁汉白塞了枚玉佩。

丁汉白看着他："配你的珍珠扣，满不满意？"

纪慎语用力攥紧，那玉佩合二为一，合起来是龙凤呈祥，是兄弟同心。

前厅初见，由夏至冬，以后还有无数个春秋。丁汉白同他说了那般多的话，好听的、难堪的、混着嬉笑怒骂的……

摘出清清楚楚的一句，在最后的最后——

汉白玉佩珍珠扣，只等朝夕与共到白头。

第三章

尘归尘，土归土

丁汉白环绕纪慎语，

双手举到前方，轻轻展开，

衬着天空露出八字遗言——

善待我徒，不胜感激。

01

春节在即，"玉销记"三家店暂时关张，丁家人反比平时更忙。三跨院宽敞，洒扫起来且费一番工夫，丁延寿特地早起，一开大门被外面的四五个男人吓了一跳。

他问："你们找谁？"

为首的说："我们找丁汉白。"

丁延寿心中警铃大作，放任不管的后果就是让人家找上门来。他琢磨，丁汉白是挥霍无度欠了高利贷，还是狂妄自大得罪了哪位人物？

为首的又说："丁老板雇我们打扫卫生，让我们早点来。"

丁延寿心中大石落地，让这四五个人进院干活儿。那雇主却还呼呼大睡，拱在床中央做白日梦。良久，旁边的人微动，嘤咛梦呓，喊一句"坏了坏了"。

丁汉白睁眼："什么坏了？"

纪慎语迷糊："大红袍雕坏了……"

没想到悄摸惦记着大红袍呢，丁汉白失笑。听见有人进院，他披衣而出，瞧见干活儿的力巴，说："小点声，屋里有人睡觉。"

他吩咐完折回，纪慎语已经醒了，正挣扎着自己坐起。"我来我来。"丁汉白搁下少爷身段，充当一回小厮，扶着，盯着，生怕哪儿没到位。

纪慎语垂着头坐在床边，慢慢穿衣，慢慢系颗扣儿。丁汉白半蹲着给他套袜子。

丁汉白仰头问："困不困？"

纪慎语垂眸摇头："不困。"

院里的力巴打扫着，朝屋内好奇道："看着挺年轻，已经结婚了？"

门吱呀推开，丁汉白和纪慎语前后脚出来，一个留下监工，一个去前院吃饭。干活儿的几位眼神交换，没想到有钱人也挤在一个屋睡觉，心理顿时平衡许多。

年前如此过着，丁汉白虽喜欢游手好闲，却着实耐不住无聊，没多久便找张斯年去了。这师徒俩老地方走起，在古玩市场里慢腾腾地逛。

年节时分卖字画的很多，粗制滥造抑或精工细作，凑一处倒是很好看。丁汉白安静听讲，书画鉴别应着重什么，哪儿最唬人、哪儿容易露怯，张斯年有一句没一句地说着。

忽停，张斯年说："这画摹得不错。"

林散之的《终南纪游图》，老头儿眼瞎之前有幸见过真迹，可年岁太远了，提起平添失落。丁汉白立在一旁，说："我挺喜欢上面的诗。"

张斯年道："喜欢就买了吧，这行不就图一喜欢？"

买下那画，他没再遇见可心的，挑三拣四却也不失乐趣。丁汉白这边优哉，纪慎语却在淼安巷子里忙得满头大汗，帮梁鹤乘打扫房子。

他这些天没做别的，全在打扫卫生。

绿植枯萎，纪慎语妙手难救，只好去巷口再买几盆小花。"师父，你怎么不给人家浇水呢？"他絮絮叨叨，"这泥积攒这么厚，刷墙吗？窗户更过分，灰黄腻子，都不用拉窗帘。"

嘴不停，热水烧开吱哇伴奏，他又去倒水给梁鹤乘吃药。梁鹤乘刚刚下床，一身棉衣棉裤臃肿不堪，捂得人也没精神。

"吃不吃都这样，没用。"老头儿说。

纪慎语问："那吃天麻鸡汤有用吗？"他昨晚就炖上，一锅浓缩成三碗，家里的师父师母各一碗，另一碗带来给梁鹤乘。

梁鹤乘说："那我喝鸡汤，你别干了，把柜里的几幅字画拿出来。"

这是要教习，纪慎语忙不迭去外屋翻找，七八轴，整齐地码在绒布袋子里。他想，书画最难描摹，会不会梁鹤乘这处的手艺欠奉，所以才压了箱底。

外面年节的气氛红火，这一老一少关在里间上课，梁鹤乘昏沉地喝汤，纪慎语将最大一幅画展开，从床头至床尾，又垂到地上。

"这么长？"他微微吃惊，看清后转为震惊，"《昼锦堂图并书记卷》，真品十几米的旷世国宝？！"

这画原作早收入博物院，纪慎语没想到竟有人能临摹得如此传神。他瞧那章，瞧画卷寸厘之间的线条色彩。看不够，叹不够，他直愣愣抬眼，要把梁鹤乘此人瞪出个洞。

梁鹤乘说："不是我，是小房子画的，我当初收他就是因为他擅画。"

纪慎语想起房怀清来，讶异转为遗憾，能让梁鹤乘看上必然有过人之处，可无论多大的本事都已是昨日峥嵘。那双手被齐腕剁下，巨大的痛楚过后，下笔如神沦为吃喝都要人喂的残废，便是缠绵余生的痛苦了。

自古英雄惜英雄，纪慎语异常惋惜。他跪坐床边细观，那画布颜色质地的作伪极其逼真，连瑕疵都看不出是人为的。他问："师父，这小窟窿眼儿怎么弄的？"

梁鹤乘说："敞口放一袋生虫的米面，蛀上几口，比什么都真。"

纪慎语哈哈笑，笑着笑着面容却凝滞起来。"师父，你怎么出那么多汗？"他莫名发慌，抬手擦拭梁鹤乘的面颊，再往棉袄里伸，秋衣都被汗溻透了。

他问："师父，热吗？"

梁鹤乘却说："我冷呀……"

"师父，你是不是难受？快躺下！"他喊，下床去拧毛巾。

梁鹤乘僵硬地靠住床头，往桌上放那半碗鸡汤，可桌沿缥缥缈缈的，定不住，拿不准，叫他费了好大力气。纪慎语刚倒上一盆热水，这时里间"啪"的一声！有东西碎了。

那小碗终究是没搁到桌上，碎裂成残片溅了一地，梁鹤乘歪着枯朽身子，已经两目翻白晕厥半死。纪慎语吓坏了，掐人中，摸脉门，这儿没电话，他只得费力背上梁鹤乘朝外跑。

这条不算长的巷子来往多次，这回却觉得没有尽头一般，他背着半路认下的师父，揣着他们老少攒的积蓄。打车赶到医院，大夫接下抢救，他靠边出溜到地上。

护士问："你是病人家属吗？"

纪慎语说："我是。"

他签了字，办了住院手续，忙完重新出溜到地上。他的衣物总是干干净净，吃饭不吧唧嘴，房间每日打扫……他这样体面，此时却不顾姿态地就地发愣。

梁鹤乘有肺癌，他遇见对方那天就知道。

那绝症药石罔效，拖着等死，他也明白。

纪慎语什么都清楚，更清楚迟早有为老头儿送终的一日。可是他仍觉得突然，觉得太早，大过年的，许多老人冬天辞世，他本幻想梁鹤乘能熬过。

那冰凉的一方瓷砖被他坐热，他想让最信赖的丁汉白陪他，却又不敢走开。来了个出车祸的，又走了个打架受伤的，终于，梁鹤乘被推了出来。

纪慎语松口气，在病房扶着床沿儿端详，半晌将手伸进被窝，偷偷摸梁鹤乘的六指儿。老头儿没醒，踏实的睡态仿佛不曾患病。

大夫来一趟，要跟家属谈谈患者病情。

纪慎语问："大夫，情况比较坏，是吗？"

见大夫默认，他便推辞："我之后去办公室找您，先等等。"他忽生怯懦，没胆量独自知晓，拜托护士照看后便急忙离开医院。

古玩市场人声鼎沸，纪慎语下车后钻进去，人来人往看得他眼花缭乱。"师哥、师哥！"他喊，周围的人打量他，可声儿传不远，"——丁汉白！"

丁汉白正看一孤品洋货，留学时见得多，不稀罕，这会儿又觉得宝贝。张斯年蹲在一旁，说："我奶奶以前有对香熏瓶，镀金的天鹅手柄，和这个差不多。"

丁汉白猜测这人祖上不单是富，应该是官老爷家，问："东西后来去哪儿了？"

张斯年说："给我姑姑了，她那什么的时候举家去了台湾，再也没了联系。"

他俩没自觉，堵着人家的摊位闲聊，被人撵才起身。丁汉白抱着那幅《终南纪游图》，遥遥听见有人叫他，凝神竖耳，竟觉得是纪慎语在呼唤。

可真是着了魔，分开半天就能产生幻听，他摇头暗笑，嫌自己没出息。再一转身，于百人闹市看见最要紧的那位，他立刻将画朝张斯年一扔，撒腿便朝前跑去。

纪慎语嗓子冒烟儿，崩溃之际被奔袭而来的丁汉白一把捉住。"你怎么来了，逛逛？"丁汉白笑意疏懒，然而发觉纪慎语表情不对，"怎么了，出什么事儿了？"

纪慎语急道："梁师父晕倒住院了。"

这一老二少没多废话，直直冲着医院去，张斯年望着车外风景纳闷儿，他怎么就稀里糊涂地上了车？他去看那老东西干吗？

他们如此到了医院，梁鹤乘已经醒来，虚弱不堪，这一口气与下一口气似乎衔接不上。"师父，你怎么样？"纪慎语凑近，听梁鹤乘嗫嚅。

梁鹤乘说："没事儿，除夕还能吃上一盘饺子。"

两个小的一左一右守在床边，张斯年在床尾踱步，从进门便一声未吭。许久，丁汉白说："师父，你转悠得我头晕，停会儿吧。"

张斯年略显尴尬："我在这儿干吗？我回家睡午觉去！"他掉头就走，病床上一阵咳嗽，一下接一下，像被黑白无常掐了脖子，"咳咳咳，肺管子都叫你咳出来了！"

梁鹤乘佝偻着，顺势靠住床头："将死之人的咳嗽声，我偏给你添添晦气。"

张斯年又折返："你说你造那么多物件儿有什么用？吃上山珍海味了，还是开上凯迪拉克？六十出头病得像耄耋老朽，为什么不早点治？！"

治也治不好，其实大家都知道，但好歹多活一天算一天。

又是沉默，纪慎语倒杯热水，削一个苹果，让这两位师父消磨。他朝丁汉白眨眨眼，准备去找大夫听医嘱。梁鹤乘拦他："把大夫叫来，我也听听情况。"

纪慎语说："哪有什么情况，你就是没休息好，别劳烦大夫了。"

梁鹤乘无奈地笑，徒弟来了，他吊着精神见人，徒弟不来，他恨不得时时仰在床上。天明起不来，天黑睡不着，他那臃肿哪怨棉袄厚重，是他的瘤子一再恶化，撑得枯干肚皮都胀大起来。

丁汉白和纪慎语都不去叫大夫，就那样低头装死。许久，张斯年看不过去，叹口气："我去叫，藏着掖着有个屁用，都是受过大罪的人，还怕什么？"

大夫说了些专业的话，很长一串，还安慰些许。老派的话来讲，就是回天乏术，病入膏肓，让病人及家属都做好心理准备。

张斯年又开始踱步，丁汉白安慰几句，却也知道没什么作用。床边，纪慎语将手伸入被窝，牢牢握住梁鹤乘的右手，薄唇张合，带着无奈轻喃一句"师父"。

他经历过一次这种事儿了，纪芳许病危时几度昏厥休克，最后闭眼时他就伏在旁边。他不缺少送终的经验，但不代表也不缺乏面对的勇气。

纪慎语咬牙抿唇，没哭，捂住脸。那额头绷起淡淡的青筋，牵一发而动全身般，生生憋红了脸面。丁汉白叫他，让他别难过，看开点。

绝症不治，拖来拖去，这一天的到来是预料之中。

纪慎语更死命地咬着牙，强止住心痛，却掩面呜了一声。如果只他自己，他能忍住，还能打着精神安慰梁鹤乘一番。可丁汉白在这里，丁汉白还哄他，他就什么都要忍不住了。

当着两位老人家，丁汉白该懂得收敛，可天下间应该的事儿那么多，他还是选择随心。"珍珠，别太伤心了。"他低声说，绕过去立在纪慎语身旁。

"哭了？"他把纪慎语揽住，揉摸头发，轻拍肩头，微微弯腰询问，"我看看脸花没花，出去洗洗，顺便给师父买点吃的？"

纪慎语苦着脸点点头，转头埋首在丁汉白的腹间，衬衫的皂角味儿和周遭的酒精味儿融合，威力像催泪弹。丁汉白搂他起来，擦他的脸，小声说："弄得我手足无措，哄人也不会了。"

丁汉白揽着纪慎语出去，步出走廊，要去买点吃的。

病房里一阵死寂，张斯年倏地扭脸，对上梁鹤乘的眼睛，又倏地撇开。他踱步数遭，终究没忍住："我只是半瞎，他们当我聋了？"

那什么脸花没花，什么手足无措，什么哄人……酸掉大牙！

没多久，丁汉白和纪慎语拎着餐盒回来，丁汉白揽着纪慎语，大手包裹瘦肩，几步距离对视一眼，眼里满满都是安抚。

俩老头儿浑身一凛，梁鹤乘重重地咳："慎语，过来！"

张斯年火气彤彤："磨蹭什么？买的什么饭？！"

气氛相当怪异，四人围桌吃饭，纪慎语抬头见张斯年古怪地打量他。丁汉白为梁鹤乘端上米粥，恍然发觉对方都快死了，怒目的气势却比得上尉迟恭。

他心想，难道梁鹤乘这么快就回光返照了？

草草吃完，这纪慎语被六指的右手死死抓着，生怕他被别人拐走一般。那丁汉白往旁边凑，也被张斯年无情地拽开。

莫名其妙……直待到天黑，走之前丁汉白雇了人守夜照顾，不许纪慎语留下。纪慎语不放心，况且到了这关头，能多陪一刻都是好的。

丁汉白拽起纪慎语，低声说："明天一早你再来，梁师父晚上也要睡觉，等白天睡醒了你到跟前伺候，行不行？"

纪慎语不吭声，丁汉白就一句接一句地说，晓之以理，动之以情，那低沉的嗓子越发低沉，抓胳膊都变成抓手。太耐心了，好似瞧不见尽头，比刚才吃的粥还要热烫熨帖。

"士"可忍师父不可忍，张斯年骂："哄个师弟就这副德行，将来要是哄你老婆得趴平了成软体动物！"

梁鹤乘挣扎："我徒弟可没要他哄！"

老一辈的人作风实在强硬，直接把丁汉白和纪慎语扫地出门，推搡，嫌弃，好像看一眼都多余。待那二人灰溜溜地离开，张斯年返回床边，盯着梁鹤乘细看。

遭过风浪，受过大罪，这俩老头儿此时浑然不担心死亡来袭，一门心思琢磨那俩叽叽歪歪硌硬人的徒弟。

两个老梆子对上，目不转睛，只头脑运转。同一屋檐下的师兄弟，日日朝夕相处，互相钦佩手艺……

梁鹤乘先说："坏了！"

张斯年赶紧占领制高点："肯定是你那徒弟算计我徒弟，你是个算计人的老狐狸，他就是个蛊惑人的小狐狸！"

梁鹤乘气死："放屁！"纪慎语当初先知道丁汉白的身份，压根儿面都不想见，一定是丁汉白强迫的。他说："你那徒弟不是个正人君子，跟踪、耍横什么都干，要不跟你能臭味相投？！"

张斯年一屁股坐下："我瞎，你也瞎？"

梁鹤乘痛不成声，险些背过气去，挺过一阵，不忘以牙还牙："我徒弟虚岁才十七，除了学艺就是学习，根本不懂其他。倒是听说你徒弟留过学，那洋墨水一灌开放不少，指不定有多坏。"

越吵越烈，护士推门那一刻又恢复万籁俱寂："吵什么吵？安静点儿。"

俩老头儿道歉噤声，一副孙子样，等门一关又瞪起眼来。一个半瞎，一个六指儿，一个得过且过地苟活着，一个日薄西山已经病危。良久，两人同时叹息一声。

张斯年瞥见桌上的画，暗骂丁汉白粗心，干脆展开让梁鹤乘也看看。《终南纪游图》，他们暂忘其他，借着光，你一言我一语地点评临摹水平。

看完画看诗，颓瓦振惊风，狠石堆乱云，梁鹤乘说："我这辈子也算搅过惊风乱云了，被拆局，满世界跑，钱真是王八蛋，我那时候就明白了。"

张斯年说："钱何止是王八蛋？要不是因为钱，我爸能死？一大家人散得到处都是，还瞎了我一只眼。"

梁鹤乘点头："我不也糟了一双手？磨破结疤还不够，被按在蜇人的釉水里泡着。不过也风光过，我牛的时候谁不知道六指儿？"

张斯年一哂："风光？放在当年，丁家那三跨院给我家搁马车都不够，这辈子谁没风光过？"

这字字句句止在梁鹤乘的咳嗽声中，张斯年俯身给他顺气，离近了，两双浊目对上，比不出谁更沧桑，移开目光，还是继续看看画吧。

可真安静，他们都不喘气了似的，再不饿饿，这辈子头一回如此消停。

许久、许久，梁鹤乘嘟囔："鬼眼儿，我要死了。"

张斯年说："谁都得死，到时候学走路，到时候上学堂，到时候结婚生子，死也一样，到时候了而已，办完就得了。"

梁鹤乘缓缓地笑，胸腔发出呼噜呼噜的动静，张斯年跟着笑，狡黠、理解，还掺杂一丝安慰。那幅画不错，画的是终南山，那上面的诗也不错，他们都很喜欢。

"办完就得了。"梁鹤乘念叨，"临死你还给我上一课，我输了？"

张斯年说："平手吧，不然比起来没完没了。"

两人又笑起来，合力卷画，卷到边上只露着最后一句，停下，齐齐看去，一切都搁下了，一切都无所谓了。好的，坏的，大喜大悲的，这辈子到了此刻，死算个什么？

什么都不算。

小劫几人间，来个燃心换骨，万泉何芸芸，盼个脱胎新生。

一命将死，无畏无惧也。

02

除夕算不上悄然而至，鞭炮声、红灯笼、满盒子花生酥糖，处处透着年节气氛。丁家人多，每年的除夕夜必须欢聚一堂，共同张罗一桌好菜。

厨房拥挤，丁可愈剁馅儿，纪慎语揉面，其他老少各自忙活。一阵急促的脚步声，众人抬头，见丁汉白挽着袖子冲来，一身鸡毛。

姜采薇问："你干吗呀？"

丁汉白说："你姐让我杀鸡，那鸡满院子乱跑。"他搁下菜刀，洗洗手。纪慎语问："那就不杀了？"

丁汉白定睛看清，那人绑着围裙，勒出腰身，一双白净的手揉捏面团，分不清哪个更细腻。"杀啊，你陪我去。菜刀我用不惯，我得用刻刀。"

师兄弟几个全部罢工，一齐去院里看丁汉白表演杀鸡。年三十，干净方正的院子，树是树，花是花，一只膘肥体壮的棕毛老母鸡昂首阔步，时而展翅，时而啄地，与丁汉白对峙。

丁汉白杀鸡都要穿熨帖的白衬衫，单薄，却不觉冷似的，浑身绷劲儿，负手一只，手里握着把长柄刻刀，刀刃不过厘米长。"嘘。"他靠近，压着步子。

那鸡也不是个好相与的，扑棱扑棱乱跑，丁汉白那铁石心肠追上去，竟一脚将鸡踢飞在半空，再一把攥住翅膀。"啊！"围观三人惊呼，根本没看清丁汉白手起刀落，只见一道鸡血喷薄，溅了一米多长。

刀刃滴血，那一刀很深，太深了，鸡脑袋摇晃几下彻底断裂，掉在石砖上。纪慎语瞠目结舌，回想起自己用刀划流氓，丁汉白这出手的速度和力度是他的数倍。

不待大家回神，丁延寿冲出来大骂："败家子儿！把我的院子擦干净！"

大家又四散奔逃，丁汉白孤零零地立在院中央，抬眸，瞧见纪慎语仍安坐在廊下。他问："你怎么不回去和面？"

纪慎语说："别人不管你，我管。"

丁汉白又问："我杀鸡好不好看？"

纪慎语乐道："好看，明年能杀猪吗？"

丁汉白徐徐走近，近至廊下，扒着栏杆与纪慎语对视："杀猪啊？'珠'都要我的命了，我怎么下得去手？"

晚上，全家欢聚一堂，佳肴配茅台，个个面目绯红。丁汉白与纪慎语倒还清明，饭后拎一份饺子，去医院看望梁鹤乘。

医院冷清，不料病房已摆上酒菜，张斯年正与梁鹤乘对酌。这俩老头儿可怜巴巴的，一个有儿无用，一个垂危不治，值此佳节居然凑到了一起。

饺子摆上，伴着凌晨的鞭炮烟火碰杯，丁汉白说："您二老一笑泯恩仇了。"

梁鹤乘反驳："把'恩'去了，从前只有仇。"

张斯年附和："仇不仇，反正你也熬不过我。"

对戗点到即止，梁鹤乘的身体只能负荷几句，那六指儿的右手也夹不起饺子。纪慎语喂，老头儿咕哝道："饺子就酒，吃一口，喝一盅，什么遗憾都没了。"

纪慎语说："师父，你再吃一个。"

梁鹤乘看他，摇了摇头。这副身体进不去多少吃食，那痛劲儿也掩盖住饥饿，纪慎语不哭不叹，不讲丧气的话，反带着笑，一下一下捋那根多余的小指。

张斯年说："你师父在江湖上有个外号，叫鬼手。"

纪慎语听房怀清说过，还知道张斯年叫鬼眼儿。过往年月的恩恩怨怨，那些较量，那些互坑、算计都已模糊，哪怕窗外烟花如灯，也照不真切了。

他们深夜才回，一觉醒来是大年初一，除却噼里啪啦的鞭炮声，在卧室都能听见前院的动静。纪慎语睡眼迷蒙，一旁空着，与他抵足而眠的人早已起床。

他赶忙穿衣，这时屋外一声叫嚷，姜廷恩倍儿精神地蹿进来："纪珍珠！过年好过年好，大哥叫我喊你起来！"

纪慎语好笑道："你怎么这么早？"

姜廷恩说："姑父这儿来的人多，我们师兄弟都要在。"他一屁股坐在床边，"大哥帮着招待，走不开，所以我……"

对方一顿，纪慎语疑惑地抬头。姜廷恩问："你肩膀上那几点红是什么？"

纪慎语穿好衣服道："昨天挨着肉穿毛衣，扎的。"

等拾掇好赶去前院，好家伙，屋门大敞，廊下放着暖壶热茶，台阶下扔着七八个软垫。他一抬头，丁延寿立在客厅里，丁汉白里里外外地与客人拜年寒暄。

来人不能只瞧年纪，年纪大也许辈分小，喊叔叔的，喊伯伯的，甚至还有喊爷爷的。一拨接一拨，叔伯兄弟抑或哪儿哪儿的亲戚，小辈磕头，乌泱泱一跪。

再者是喊着"丁老板"的行里人，没完似的，恨不得首尾相接。纪慎语第一次见这阵仗，从前在扬州也热闹，纪芳许的朋友也陆续登门拜访，只是没这般壮观。

"慎语！"丁汉白喊他。

他疾步过去，还没来得及问话便被推进客厅。丁汉白冲着一屋体面的叔叔伯伯，介绍道："这就是做玉熏炉的纪慎语，石章做旧也是他，以前扬州的纪师父是他父亲。"

甫一说完，大家都面露吃惊，估计是因为纪慎语年纪小。纪慎语本身无措得紧，却一派大方地问好叫人，人家问他纪芳许的生平事，他便简洁地一一作答。

什么后起之秀，什么青出于蓝，丁汉白与纪慎语并立一处，接受铺天盖地的夸奖。有个最相熟的，拍拍丁延寿说："'玉销记'的大师傅后继有人了，你该退就退吧，退了咱们满世界玩儿去，做一回甩手掌柜。"

丁延寿大笑，与那一帮同行喝茶聊天，丁汉白和纪慎语出来，沿着廊子走一截，停在角落说话。"要张罗一上午，困的话下午睡会儿。"丁汉白说，"自从雕了玉熏炉，打听你的人就多了。"

纪慎语难掩兴奋："我以后真能当大师傅？"

丁汉白不答，他知道纪慎语喜欢雕刻，也喜欢造物件儿，这之间的取舍平衡他不会干预半句。纪慎语在这片刻沉默中知晓，靠近一步，音低一分："你不是要收残品给我修吗？我当了大师傅也会帮你的，哪怕忙得脚不沾也会帮。师父和你之间，我已经选择了辜负师父……总之，我最看重你。"

就在这光天化日之下，屋墙内长辈们谈笑风生，院墙外街坊们奔走祝贺，丁汉白定在这一隅，猝不及防地听纪慎语阐明心迹。他想握住纪慎语的手，犹豫分秒改成摸一摸头，包含师哥的情谊在内。

如此忙碌到中午，午后终于落得清闲，一大家子人关上门，搬出麻将桌自娱自乐。姜廷恩三下五除二输掉压岁钱，拽着俩姑姑撒娇去了，而后姜采薇来报仇，没回本便也落了下风。

来来去去，只有丁汉白闷声发财，最后将牌一推，和了把清一色。他不玩儿了，赢钱有什么意思，出门花钱才顶趣。他带着纪慎语，逛街加兜风，兜来兜去就到了玳瑁。

纪慎语揣着不薄的压岁钱，左右丁汉白火眼金睛，那他只等着捡漏。转来转去，丁汉白停在个卖衣裳的摊位前，马褂，宽袖对襟上衣，绣花腰带……他好奇："老板，民国的款，挺漂亮。"

大的与老板热聊，小的去买了糖葫芦吃，买回来一听，刚刚聊完辛亥革命。纪慎语躲一边吃着，酸酸甜甜，抬眼却撞上人间疾苦。一白发老人，坐在树下垂泪，与这年节氛围格格不入。

一问，老爷子摇头不说，纪慎语注意到那包袱："爷爷，您是卖东西，还是买了东西？"

老头儿扯嗓子哭号，惊动了聊得兴起的丁汉白。丁汉白颠颠跑来，没半点同情心，张口便问："是不是有好物件儿？拿出来我保保眼儿。大爷，哭不来钱财，哭不去厄运，您歇会儿吧。"

老头儿解开包袱，里面是个乌黑带花的器物。

丁汉白接过，一敲，铜器，大明宣德的款。"铜洒金，这铜精纯。"他不说完，觑一眼对方，"卖东西没见过哭着卖的，这是你买的吧？"

老头儿说："我也不瞒你们，我叫人骗了。"

既然对方坦诚，丁汉白索性把话接住："这铜绝对是好铜，器形、款识也挑不出毛病，可是这通体洒的金不对，只是层金粉。洒完包了层浆，质感粗糙。"又问，"您老砸了多少钱？"

老头儿哽咽："五万五，倾家荡产了。"

丁汉白笑话人："这么完好的宣德炉铜洒金，才五万五，能是真的？"他掂掇片刻，故做头疼状，"这样吧，三万，你卖给我。"

老头儿吃惊："假的你还买？"

他说："我看您老人家可怜，设想一下，要是我爸倾家荡产坐街边哭，我希望有个人能帮帮他。"他拉老头儿起来，面露诚恳，"我是做生意的，几万块钱拿得出。"

旁边就是银行，丁汉白取钱买下这物件儿。待老头儿一走，他揽着纪慎语立在人行道上吹风，说："小纪师父，烦请您好好修修。"

纪慎语大惊："这不是赝品吗，还要修？"

这东西表面一瞧的确是赝品，还是等级不算高的赝品，可它之所以作伪加工，是因为自身破损得太厉害。换言之，这其实是件破破烂烂的真品。

纪慎语问："那残品值五万五吗？"

丁汉白说："值的话就不用费劲加工了，而且值不值我都只给那老头儿三万，他得记住这肉疼的滋味儿，这样他才能吸取教训。"

再看那物件儿，通体洒金，色块却形状不一，纪慎语气结："专拣难活儿折腾我！"骂完见路边一辆面包车，脏脏的，却十分眼熟。

车门打开，下来的人更眼熟，是佟沛帆和房怀清。

四人又见面了，大过年的，不喝一杯哪儿说得过去。街边一茶楼，挨着窗，佟沛帆剃了胡楂年轻些许，落座给房怀清脱外套，又要摘围巾。

房怀清语气淡淡的："戴着吧。"

袖管没卷，两截空空荡荡，纪慎语凝视片刻移开眼，去瞧外面的树梢。偶然遇见而已，丁汉白却心思大动，询问佟沛帆的近况，生意上、前景上。

他明人不说暗话："佟哥，我看见你就冒出一想法，就在刚刚。"他给佟沛帆斟茶，这寻常的交往礼仪，在他丁汉白这儿简直是纡尊降贵，"我想办个瓷窑，如果有你等于如虎添翼，怎么样？"

佟沛帆问："你想合伙，还是雇我？"

丁汉白说："你有钱就合伙干，没钱就跟我干，等赚了钱一窑扩成两窑，我再盘一个给你。"他脑筋很快，"不瞒你们，我和慎语搞残品修复，瓷器比重最大，没窑不方便。将来我要开古玩城，每家店要基础铺货，初期我还想做供货商。开了合作再把散户往里拉，就好办多了。"

东西分三六九等，不是每个窑都能全部做到。丁汉白盘算过，他和佟沛帆办瓷窑，对方经验丰富，而纪慎语懂烧制，分工之后天衣无缝。这计划一提，佟沛帆沉吟，说要考虑，考虑就说明动心。

这天底下，哪有乐意四处漂泊居无定所的，何况还带一个残疾人。

纪慎语半晌没言语，他一向知道丁汉白艺高人胆大，没料到经营的头脑也这样灵活，并且还对未来计划安排得这么清楚。安静的空当，他问房怀清："师哥，你们暂时住在市里？"

房怀清说："旧房子没收拾出来，这两天在招待所。"

纪慎语点点头："师父住院了，得空的话去看看吧。"

房怀清还是那副死样子："只怕见到我，他直接就一命呜呼了。"

杯底不轻不重地一磕，纪慎语眼也冷，话也凉："一命呜呼还是回光返照，反正老头儿都没多少日子了，如果他这辈子有什么遗憾，你必定是其中一个，去认个错，让他能少一个是一个。"

房怀清满不在意地笑，似乎是笑纪慎语多管闲事。纪慎语也不恼，平静地望着对方，直到那笑容消失殆尽。"住院那天，师父让我看画，教我。"他说，"那幅画真长，是《昼锦堂图并书记卷》。"

其实周遭有声，可这方突然那么安静。

茶已经筚出三泡，烫的变凉，凉又添烫。

不知过去多久，房怀清问："在哪家医院？"

天晚才走，丁汉白慢慢开车，心情不错，毕竟得了物件儿又提了合作。纪慎语有些蔫儿，许久过去，自言自语道："梁师父真的快死了。"

丁汉白说："是，大夫都没办法。"

纪慎语回忆，当初纪芳许也是这样，一点办法都没有，还好有他和师母相送。他轻轻叹息，将郁结之气呼出，松快地说："我要送走

103

梁师父了，幸亏他遇见我，不然孤零零的。"

丁汉白问："难过吗？"

纪慎语答："我又不是铁蛋一颗，当然会难过。但比起难过，其实更欣慰，我跟老头儿遇见，我学了本事，他有人照顾送终，这是上天垂怜两全其美的结局。"

丁汉白认同道："没错，人都是要死的。夫妻也好，兄弟也好，死的那个舍不得，留的那个放不下，最痛苦了。依我说，最后一面把想说的话说完，再喊一声名姓，就潇潇洒洒地去吧。"

纪慎语说："留下的那个还喘着气，想对方了怎么办？"

丁汉白又道："没遇见之前不也自己照过吗？就好好过，想了就看看照片旧物，想想以前一起的生活，哭或者笑，都无妨。"

纪慎语倏地转过脸来："师哥，我要你的照片，要好多好多张。"

纪慎语那模样有些忐忑，还有些像恍然大悟。丁汉白应了，掉头疾驰，在街上四处寻找，整个区都被他跑遍，最终找到一家还在营业的照相馆。

他们穿着衬衫并肩而坐，在这冬天，在这相遇后的第一个新年拍下张合影。

丁汉白说："以后每年春节都拍一张，在背面注上年份。"

纪慎语应道："咱们给师父师母也拍，以后要是有了徒弟，给徒弟也拍。"

他们如此说着上了车，尾气灰白，远了。归家，纪慎语卧在书房飘窗上撒癔症，攥着相片和丁汉白送他的玉佩，等丁汉白进来寻他，他略带悲伤地一笑。

"师哥，要是老纪能看看你就好了。"

丁汉白一凛："那多吓人啊……"

纪慎语笑歪，扭着身体捶床："我想让他知道你待我好。"待丁汉白坐到边上，他凑过去，"师哥，梁师父和张师父都六七十了，连生死都参透不在乎了。等五十年后，六十年后，你也看淡一切，那还会像现在一样待我好吗？"

丁汉白故意说："我哪儿知道？我现在才二十。"

纪慎语骂道："二十怎么了？二十就哄着师弟跟你合伙，坑蒙拐骗，你哪样没做？求我的时候各种好听的轮着叫，得了好处后就什么都不答应？"

丁汉白差点跳起来："我都答应，行吗？别说五六十年后我还待你好，我跟王八似的活他个一千年，一直都待你好。"

纪慎语转怒为喜，找了事儿，一点点拱到丁汉白身边。搭住丁汉白的肩膀，他靠近低声："师哥，谢谢你。"

他把丁汉白弄得脸红了，在昏黄灯光下，白玉红成了鸡血石。

窗外烟花阵阵。

"新年快乐。"纪慎语又说。

丁汉白想，快乐什么，简直登了极乐。

03

梁鹤乘的病危通知书下来了，意料之中，师徒俩都无比平静，仿佛那薄纸一张不是预告死亡，只是份普通的晨报。

纪慎语削苹果，眼不抬眉不挑地削，用惯了刻刀，觉得这水果刀钝。梁鹤乘平躺着，一头枯发鸟窝似的，说："给我理理发吧。"

纪慎语"嗯"了一声，手上没停。

梁鹤乘又说："换身衣裳，要黑缎袄。"

纪慎语应："我下午回去拿。"

梁鹤乘小声："倒不必那么急，一时三刻应该还死不了。"

纪慎语稍稍一顿，随后削得更快，果皮削完又削果肉，一层层叫他折磨得分崩离析。换身衣裳？死不了？这是差遣他拿寿衣，暗示他是时候准备后事了。

三句话，险些断了梁鹤乘薄弱的呼吸，他停顿许久："别削了，难不成还能削出花儿来？"

纪慎语淡眉一拧，腕子来回挣动，捏着苹果，数秒便削出一朵茉莉花。削完了，果皮果屑掉了一地，他总算抬头，直愣愣地看着梁鹤乘。

"师父，你不用操心。"纪慎语说，"你不是没人管的老头儿，是有徒弟的，后事我会准备好，一定办得体面又妥当。"

日薄西山，活着的人尽心相送，送完再迎接往后的太阳。

师徒俩一时无言，忽然病房外来一人，黑衣服，苍白的脸，是房怀清。门推开，房怀清走进却不走近，立着，凝视床上的老头儿。

梁鹤乘浊目微睁，以为花了眼睛，许久才确认这不是梦里光景，而是他恩断义绝的徒弟。目光下移，他使劲窥探房怀清的衣袖，迫切地想知道那双手究竟还在不在。

纪慎语故意道："空着手就来了。"

房怀清说："也不差那二斤水果，况且，我也没手拿来。"

那污浊的老眼霎时一黑，什么希望都灭了，梁鹤乘粗喘着气，胀大的肚腹令他翻身不得。"没手了……"他念叨，继而小声地嘟囔，然后更小声地嗫嚅，"没手了……不中用了。"

房怀清终于徐徐靠近，他不打算讲述遭遇，作的孽，尝的果，他都不打算说。老头儿病危，他救不了，也放不下，因此只是来看一眼。

再道个歉。

挪步至床边，房怀清就地一跪，鼻尖萦绕着药味儿，视线正对上老头儿枯黄的脸。他嘴唇张合，无奈地苦笑："我还能叫吗？"

梁鹤乘悲痛捶床："那你来干什么？！看我的笑话？！"

房怀清苍白的脸上终于有了血色，红红地聚在眼角处，变成两股水儿，淌下来滴在床单上。"师父。"他气若游丝，"师父，我不肖。"

梁鹤乘瞥来目光，含恨带怒。昨日的背叛历历在目，他肝胆欲裂，那瘤子给他的痛都不及这混账。背信弃义，贪婪侵脑，倘若真换来富贵风光也就算了……可这算什么？身败名裂，还赔上一双手！

老头儿打不动、骂不出，这半死之身连怒火滔天都禁受不住。纪慎语扑来为他顺气，舀着温水为他灌缝儿，他挣扎半坐，呼出一字——"手"。

房怀清再绷不住，那冷脸顿时卸去，呜呜啼哭。他倾身趴在床边，空荡的袖口被梁鹤乘一把攥住，死死地，又蓦地松开。梁鹤乘那六指儿往他袖口钻，他定着不敢躲，任对方碰他的腕口。

粗糙的疤，画人、画仙、画名山大川的手没了，只剩粗糙的疤！

纪慎语跟着心酸，又在那哭号中跟着掉泪。普通人尚且无法接受身落残疾，何况是手艺人。一双有着天大本事的妙手，能描金勾银，能烧瓷制陶，结果被剁了，烂了，埋了。

房怀清悲恸一磕，赶在恩师含恨而终之前认了错。

纪慎语在这边让梁鹤乘了却心愿，丁汉白在那边和佟沛帆日夜奔走。是夜，二人在街口碰上，并行至大门口，齐齐往门槛上一坐。

大红灯笼高高挂，哪怕乱世都显得太平。

丁汉白搂住纪慎语的肩，说："今天和佟哥去了趟潼村，决心还用那旧窑，再扩建一些，伙计还从村民里面招。"

纪慎语问："那还算顺利，你为什么愁眉不展的？"

丁汉白说："佟哥只口头答应合伙，还没落实到一纸合同上，而你那野师哥似乎不情愿，我怕连带佟哥生出什么变故。"

纪慎语沉默片刻，凑到丁汉白耳边哄："那野师哥乐意与否应该不要紧吧，他总不能耽误别人的事业前程。亲师哥，明天去潼村我帮你问问。"

丁汉白手伸入衣领中捏他的后颈，问："这回去潼村还学车吗？还撒瘾症踩河里吗？"

往事浮起，纪慎语反唇相讥："那我要是再踩河里，给我擦脚的外套你还扔吗？"

丁汉白说："扔啊。"

他说完起身就跑！

纪慎语穷追不舍，扔？嫌他脚脏？

影壁长廊，穿屋过院，这冤家仗着身高腿长溜得没影儿，他一进拱门被一把拦住，晃着，笑着，在黑洞洞的院子闹一出大好时光。

第二天去潼村，纪慎语躺在后排酣睡一路，稍有颠簸都要娇气得低吟半晌。

那瓷窑已经收拾得改头换面，算不上里外一新，也是有模有样了。停车熄火，丁汉白说："我带了合同，一会儿你把房怀清支开，我单独和佟哥谈。"

纪慎语缓缓坐起："我带了一包开心果，大不了我给他嗑果仁儿。"

丁汉白哭笑不得，合着就这么一招。纪慎语没多言，下车直奔火膛参观，以后烧瓷就要在这儿，他终于能做瓷器了。

等佟沛帆和房怀清一到，丁汉白与佟沛帆去看扩建处的情况，纪慎语和房怀清钻进了办公室。这一屋狭窄，二人隔桌而坐，依旧生分得像陌生人。

纪慎语说："师哥，这潼窑落成指日可待了，正好佟哥在村里有房子，你们也省得再颠簸。"

房怀清道："落成是你师哥的事儿，跟佟沛帆没关系，他没签字也没按手印。就算他签了，那和我也没关系，算不得一条绳上的蚂蚱。"

纪慎语琢磨片刻，问："师哥，你很懂石头？"得到否定答案，他有些不解。佟沛帆近年倒腾石头，房怀清不懂，那二人就毫无合作关系，既无合作，又无生存的能力，佟沛帆为什么悉心照顾房怀清，还要听房怀清的意见？

他说："师哥，也许你和佟哥交情深，他现在照料你让你生活无忧，可以后佟哥结婚生子，成家立业，他就无法顾及你了。"他明白，房怀清过去没少来这瓷窑，一双手肯定也出过许多宝器，现如今废了，因此不愿触景伤情。

"到时候你一个人要怎么办？"他说，"让佟哥和我师哥合伙，你也在这儿帮忙，起码赚的钱能让你好好生活。"

房怀清反问："你师哥自己也能办成，烧瓷的门道你更精通，何必非巴着我们。"

纪慎语答："实不相瞒，办窑只是一部分，我师哥要做的远不止这些，他的主要精力更不能搁在这上头。"

房怀清没有接话，凝视着纪慎语不动，许久漾开嘴角阴森森地笑了。"师弟，你一边游说一边拖时间，累不累？"他一顿，声音都显得缥缈，"你那师哥已经拿着合同给佟沛帆签了吧？用不着这样，乐不乐意是我的事儿，他有手有脚怎么会被我这个残废干预？"

"哐当"一声门被破开，佟沛帆拿着一纸合同进来，甲方盖着丁汉白的章，而乙方还未签字。他走到房怀清身边蹲下，看人的眼神像是兴师问罪。

"你混账。"他说。他都听见了。

丁汉白也进来，这不宽敞的办公室顿显逼仄。他将门一关，道："你们非亲非故，一个逃命投奔，一个就敢收留照顾。搭救、养活，连前程都要听听意见。佟哥，你观音转世啊？"

房怀清投来目光："你比这师弟直白多了，还想说什么？"

丁汉白又道："佟哥，你这个岁数仍不谈婚娶，也不要儿女，不着急吗？"

这话看似隐晦，实则明晃晃地暗示什么，纪慎语惊愕地看向丁汉白，看完又转去看那二人，看来看去，脑袋扭得像拨浪鼓。

佟沛帆说："要照顾这混账，我有什么办法？"

这话如同外面小孩儿砸的摔炮，"嘭"的一声炸裂开来。房怀清苍白的脸颊涨成红色，身体都不禁一抖，倒在血泊里只是疼，这会儿是被扒光示众，钉在了耻辱柱上。

纪慎语也好不到哪儿去，他哪儿能想到佟沛帆会这么说，僵硬着给不出任何反应。丁汉白走近拉他，将他带出去，离开窑内，直走到小河边。

办公室里，房怀清睫毛颤动，冷笑着哭："就算是讨饭的，恩客还赏个面儿呢，你可真够无情的。"

佟沛帆跟着笑："我无情？我担着风险接下你，吃饭喝水喂着，穿衣洗漱伺候着，我无情？你这残废的身子由我照顾，哪一次你不满意？"

房怀清弱弱骂了句"浑蛋"。

佟沛帆认："我吊死在你这棵树上了。"他将合同放在房怀清腿上，"以后我看着这窑，你愿意来就跟着我，不愿意就在家等我下班。"

房怀清一双赤目："我来了对上他们，让他们笑话我？"

这是同意了签字，佟沛帆掏笔签名，起身凑到房怀清的耳边，心满意足地说："丁汉白和你那师弟同是一类人，谁也甭笑话谁。"

话里的两个人在小河边吹风，涟漪波动不停，纪慎语越发心烦意乱。一扭头，对上丁汉白优哉的神情，他问："你怎么那么开心？"

丁汉白敞开天窗说亮话："天下八卦数爱恨吸引人，多有趣儿。"再说了，小河边，小树林，这种地方，春光物候，自然开心。

合作就此达成，大年初八，上班的人假期结束，这潼窑也正式落成运作。

可福无双至，梁鹤乘已经命悬一线。

医院病房，纪慎语取来了黑缎袄与新棉裤，一一给梁鹤乘换上，而对方那脚已经肿得穿不上鞋，只能露着。丁汉白候在旁边，不住朝门口望，他通知了张斯年，但张斯年没来。

"师父，吃一口。"纪慎语端着碗汤圆，他明白老头儿等不到元宵节了。

梁鹤乘艰难地吃下一点，皮肉干枯地说："小房子……"他听闻合伙的事儿，叮嘱，"你要留心防范，他要是故态复萌，别伤了你。"

纪慎语点头："师父，我知道。"

梁鹤乘又说："家里的物件儿销毁或者卖掉，你要是惦着我，就留一两件搁着，其他都处理干净。"费尽心力造的，他却如弃敝屣，"徒弟最怕的是什么，是活在师父的影儿里，你没了我不是没了助力，是到了独当一面的时机。"

生命的最后一刻，师父考虑的全是徒弟。

纪慎语刚才还镇定，此刻鼻子一酸绷不住了。

"三百六十行，每一行要学的东西统共那么些，要想专而精，必须自己不断练习探索。你……你成大器只是时间问题。"梁鹤乘没劲儿了，木着眼睛一动不动。

空气都凝滞起来，无人吭声。

分秒嘀嗒，濒死的和送行的僵持着。

丁汉白说："珍珠，让梁师父好好走吧。"

纪慎语倾身凑到梁鹤乘耳边，稳着声线背出要领："器要端，釉要匀……"

老头儿呼噜续上一口气，缓缓闭目，念叨着——"器要端，釉要匀，色要正，款要究……"这一辈子钻研的本事伴他到生命最后，声音渐低，再无生息。

纪慎语连夜将梁鹤乘的遗体带回淼安巷子，挂上白幡，张罗一场丧事。纪慎语守灵两天，其间来了些街坊吊唁，但也只有些街坊而已。

第三天一早出殡，棺材还没抬，先运出一三轮车古董花瓶。街坊立在巷中围观，窃窃私语，一车，两车，待三车拉完，暗中惊呼都变成高声惊叹。

丁汉白说："还剩着些，你留着吧。"

纪慎语绑着孝布，点点头，随后举起喝水的粉彩碗，摔碎请盆。大家伙帮着抬棺，出巷子后准备上殡仪车，众人围观，这时似有骚动。

"借光借光……都让开！"

人群豁开一道口子，张斯年抱着旧包冲出，一眼瞄中那乌木棺材。他走近些许，当着那么多人的眼睛，高呼一声——"六指儿！"

纪慎语扶着棺："师父，瞎眼张来了。"

众人新奇惊讶，不知这是亲朋还是仇敌，张斯年环顾一圈，瞧见那三车器玩，喊道："——六指儿！你就这么走了，我以后跟谁斗技？！"

他突然大笑："你这辈子造了多少物件儿，全他妈是假的。要走了，今天我给你添几件真的！带不去天上，塞不进地底，你就当听个响儿吧！"

张斯年从旧包掏出一件花瓶，不待人看清便猛砸向地面，瓷片飞溅响响亮亮。丁汉白高声报名："金彩皮球花赏瓶！"

张斯年又摔一件，丁汉白继续："青花八方缠枝碗！"

这一股脑砸了三四件，遍地碎瓷，价值数十万。张斯年祭出珍藏给这六指儿，给这分不出高低的唯一对手。砸完，将旧包拉好，他转身便走。

他如同戏台上的疯子，任周遭不明情况的傻子揣测。他想，他这把亏了，姓梁的先死一步，等他撒手人寰的时候，除了徒弟，谁还来送他？

谁也不配！

殡仪车缓缓串街，行至街口便头也不回地奔了火葬场。半天的工夫，尘归尘，土归土，纪慎语料理完一切累极了，与丁汉白到家时一头栽在床上。

他又爬到窗边，推窗瞧一眼天空。

丁汉白傍在身后："梁师父的六指儿总是支棱着，比别的指头软。"

纪慎语恍惚："你摸过？"

丁汉白说："那晚你在他床边哭，他伸手给我，我摸到了。"

那伸来的手中藏着张字条，卷了几褶，笔迹斑驳。丁汉白环绕纪慎语，双手举到前方，轻轻展开，衬着天空露出八字遗言。

——善待我徒，不胜感激。

他乘着白鹤，了无心愿地去了。

04

丁延寿隐隐觉得不对，"玉销记"已经开张，可那叫嚣整改的亲儿子日日不见踪影，也不知成天瞎跑去哪儿，弄得车一层灰尘。

纪慎语一早感受到师父的低气压，于是稳妥地干活儿，生怕惹火烧身。然而他仍没躲过，丁延寿问："慎语，你师哥最近忙什么呢？"

纪慎语说："我也不清楚……师父，这个荔枝盒我快雕好了，打孔吗？"

丁延寿不吃这套："又转移话题，你就替他瞒着吧，什么时候跟他那么亲了？"

一句牢骚话而已，纪慎语却汗毛直立，小心翼翼地瞥一眼丁延寿，生怕丁延寿话中有话。他太心虚了，虚得手上险些失掉准头，赶忙躲入后堂。

如此一天，丁汉白始终没露面，傍晚归家，汽车倒是洗刷得很干净。他四处奔波，瓷窑刚办上，他这老板当然要拉拉生意，狂妄地长大，这些天把二十年的笑脸都赔够了。

他累坏了，在外当了孙子，回家当然想做做少爷，进院就嚷嚷着吃这吃那，结果一迈入客厅，丁延寿端坐在圈椅上，饭桌空着，他那助纣为虐的妈递上了鸡毛掸子。

丁汉白大惊失色："拿那玩意儿干吗？！"

丁延寿盯着他："给你松松筋骨。"

丁汉白看向姜漱柳："妈，我是不是你亲生的？你给刽子手递刀，要你亲儿子的命！"

丁家向来没有慈母多败儿，姜漱柳淡淡地说："养你这么大，吃穿用都给你最好的，整条街都没比你更任性妄为的。辞了职去店里，不求你重振家业，就让你听话负责，不过分吧？"

还没来得及回答，丁汉白肩膀一痛，挨了一掸子。那缠铁丝的长柄可媲美定海神针，钢筋铁骨都能打得分崩离析。丁延寿鲜少不问青红皂白就动手，那气势，那力度，像是捉贼拿了赃，什么罪证都已板上钉钉。

丁汉白咬牙挨着，不解释，只一味扮可怜。

他一面办了瓷窑，怎能不闻不问；一面又大肆收敛破损残品，脚不沾地地跑遍全市古玩市场，以后近到周边省市，远至全国，他都要跑一遍。

"玉销记"的生意比从前好，那巴林石的单子攒了好几张还没动手，他的确亏。想着这些，他觉得挨打不冤，并渐渐忽略了身上的痛楚。终于，一阵急促的脚步声叫他回神。

"师哥！"

纪慎语回来就被姜廷恩缠住，问东问西，问不完的蠢笨话。天黑，他要去大门口瞧一眼，谁知一进前院就听见上家法的动静。

他直直地往丁汉白身上扑，以前胆怯，如今勇敢："师父，别打师哥了！"

丁延寿吼他："你闪开，这儿没你的事儿！"

纪慎语就不走，一股子见义勇为的劲儿，丁延寿靠近一步将他推开，扬起掸子又是一下。他还扑，正好挡下一棒，那痛麻滋味儿，害他高声叫了一嗓子。

丁汉白立刻急了，冲自己亲爹吼："你会不会打？！打人都能打错！"他钳制住纪慎语朝外推，推出客厅将门一关，落了锁，转身脱掉毛衣与衬衫。

光着膀子，他单腿跪地任丁延寿发泄，胸膛双肩，肚腹劲腰，那两条胳膊都打成了花臂。姜漱柳不忍心看，却一句没劝，倒是纪慎语在门外闹得厉害，喊着，拦着，门板都要砸坏。

许久，屋内动静总算停了，纪慎语手掌通红，哑着嗓子问："师哥、师哥！你怎么样？"

丁汉白满头大汗，高声挑衅："爽得很！"

长柄隐隐歪斜，丁延寿坐回圈椅，淡然地喝了杯茶。从这败家

115

子出生，打过的次数早算不清楚，但第一回脱光挨着肉打，他也舍不得，可只能硬着头皮动手。

他不傻，能察觉到丁汉白在做些什么，他真怕这儿子与他背道而驰，拉都拉不住。

"疼不疼？"丁延寿不想问，可忍不住。

丁汉白这会儿嘴甜："亲爹打的，打死也不疼。"他晃悠着立起，凑到桌前将茶斟满，"爸，我最近表现不好，你别跟我置气，我伤筋动骨没什么，把你身体气坏了怎么办？"

丁延寿冷哼一声，他避着筋骨打的，皮肉都没打坏，这孙子挨了揍还装模作样！

不只装模作样，一米八几的个子还要扮弱柳扶风，丁汉白蓄着鼻音恶心人："妈……有没有饭吃啊，我饿死了。"

哪用得着姜漱柳忙活，门外头那个心疼得直抽抽，一开门挽袖子就冲入厨房。没什么菜，云腿小黄瓜，半截玉米碾成粒，打鸡蛋做了盆炒饭。

丁汉白套着衬衫吃，那二老走了，只有纪慎语守着他。他问："这是正宗的扬州炒饭吗？"

纪慎语说："扬州人炒的，你说正不正宗？"

丁汉白又来："扬州人怎么不给煮个汤？多干啊。"

纪慎语骂："师父打那么重，把你打得开胃了吧！"他一脸苦相，不知道丁汉白得有多疼，偏生这人还一副浑蛋样子。骂完，他乖乖地嘱咐："汤慢，你去看着电视等。"

丁汉白痛意四散，端着一盆炒饭转移到沙发上，演的什么没在意，只想象着以后自己当家，谁还敢打他？他天天回来当大爷，吃正宗的扬州炒饭。

客厅的灯如此亮着，姜漱柳放心不下，敛了几盒药拿来。好啊，那挨了打的靠着沙发呼噜呼噜吃，厨房里还阵阵飘香。她一瞧，惊道："慎语，大晚上你熬鱼汤？"

纪慎语守着锅："师哥想喝汤，我看就剩一条鱼了。"

姜漱柳问："他要是想吃蟠桃，难道你上王母娘娘那儿给他摘吗？"

受了伤当然要补补，可纪慎语不好意思辩解，更不好意思表态。他上不去王母娘娘那儿摘蟠桃，但一定会毛桃油桃水蜜桃，把能找的凑个一箩筐。

及至深夜，丁汉白喝了鱼汤心满意足，一挨床如躺针板，翻来覆去，像张大饼般来回地烙。其实也没那么痛，他脱衣服那招叫釜底抽薪，算准了他爸不忍下手狠戾。

但关心则乱，纪慎语里里外外地进出，仿佛丁延寿是后爸，他才是亲爹。

这一夜，这一大家子人，除了丁汉白谁都没有睡好。二位父母嘴硬心软，心疼儿子半宿；其他徒弟自危，生怕哪天蹈了覆辙；纪慎语更别提，醒来数十次看丁汉白的情况，门口小毯子都要被他踏烂。

偏逢老天爷通人性，没一人心情明朗，一夜过去天也阴了。

丁汉白卧床看乌云，支棱开手臂，瞧着傻乎乎的。没办法，第二天皮肉肿得最厉害，关节弯折痛不堪忍。他听见脚步声喊道："珍珠，过来！"

纪慎语出现在门口，海军外套白衬衫，脚上一双白球鞋，青春洋溢。他探进来："我赶着去店里，怎么了？"

丁汉白气道："我都残废了，你还去店里？人家佟沛帆是怎么照顾残疾人的，你能不能学学？"

纪慎语说："你欠下的单子都能糊墙了，我去给你出活儿，不知好歹。"他想去吗？他恨不得黏在床边守着这人，可那只会让师父更不满意。再说了，两个人总要有一个干活儿嘛。临走，他说："我叫姜廷恩陪你。”

不待他叫，商敏汝一家上门拜访，今儿是十五，这两家人向来一起过元宵节。纪慎语酸溜溜地说：“这下不用叫了，你青梅竹马的好姐姐来，哪还用别人陪。”

丁汉白辩解：“你都说是好姐姐了，甭醋了吧。”

纪慎语头一回噘嘴，还咬着牙：“你就是没良心！敞着睡袍给谁看呢，你知不知道检点？”

丁汉白发蒙，哄着：“我错了，我该被浸猪笼。”

“待着吧你！”纪慎语恨恨地说，跑走了。

这一天着实不好过，丁汉白紧了紧睡袍，甚至将被子拉高至胸口，紧捂着，决心遵从三纲五常。贾宝玉说女人是水做的，男人是泥做的，他看纪慎语是山西老陈醋做的。

那一坛成精的陈醋埋头在“玉销记”苦干，今天只有他来，前厅后堂都要兼顾，手没停，青玉的瑞兽水滴和黄玉狗，款识有要求，仿古做旧样样都不能少。

纪慎语替丁汉白还了一天债，午饭拖到下午才吃。一碟炝土豆丝、半碟小芹菜、二两白米饭，他没吃几口瞧见家里的车开来。丁延寿左手拎餐盒，右手攥一支糖葫芦，步伐款款进了门，和蔼可亲地笑。

纪慎语握着筷子，也跟着笑。

丁延寿说：“把你那堆鸟食挪开，我给你带了三菜一汤，还有点心。”菜当然是好菜，点心更是没见过的，“老商给汉白带的黑糖蛋糕，齁儿甜，你尝尝。”

那一包包的八宝糖没断过，再加上眼前这蛋糕，纪慎语问：“师父，师哥是不是嗜甜？”

丁延寿想到十几年前，嗜甜的小孩儿多，丁汉白那么难缠的却少有。糖罐子搁柜顶都没用，逼得人想搁房顶上，尔和、可愈、廷恩、采薇，哪个都哭着告过状，无一例外是被丁汉白抢了糖。

纪慎语早上还骂丁汉白，这会儿吃着蛋糕幻想丁汉白的儿时模样，笑得憨态可掬。打烊前，他将雕好的两小件给丁延寿过目，顺便为丁汉白美言，还得寸进尺地想干预家法条例。

丁延寿好笑地说："昨天为他急成那样，现在又啰里吧唆的，他那臭脾气倒招你喜欢。"

这话入耳，好比鱼雷入水，纪慎语把心脏从嗓子眼儿咽回去，说："师哥人很好，手艺更好。"面上波澜不惊，内里却战战兢兢。

好在丁延寿没多说，反身关上库门，捏着最小的铜钥匙去开锁，让那几块极品玉见了光。纪慎语屏息靠近，顶上乘的凝脂白玉，没雕琢就叫他一见倾心。

丁延寿说："新老总上任，买家要送上任礼。"

纪慎语问："师父，那你要雕什么？"

丁延寿笑看他："独占鳌头摆件，我管正面，你管背面。"

外面雨落下来，丁汉白就这么躺卧一天，透过四方窗望见一院潮湿。他甚少伤春悲秋，此刻无聊得想吟一首《声声慢》。"……乍暖还寒时候，最难将息。"情绪刚刚到位，院里一阵踩水的轻快脚步，他的好师弟回来了？

纪慎语伞都不打，湿着发梢撞开门，眼睛亮得像三更半夜的灯。丁汉白裹紧被子，确认自己足够检点，试探道："先生下班了？"

纪慎语屁股挨床："师父要我与他合雕极品玉，雕独占鳌头！"他伸手想碰碰丁汉白，思及伤处压下冲动。

"大师傅才有资格，我是不是能当大师傅了？"他低喃，梦话似的，"师哥，我要去路口给老纪烧纸，告诉他我能和师父一起雕极品玉了。"

丁汉白说："等晴天了，我陪你一起去。"他忍痛抬手，抚摩这颗脑袋，"晚上在这屋睡，省得你操着心跑来好几趟。"

夜雨不停，关着门窗仍觉烦扰，纪慎语洗完澡来给丁汉白身上擦药，晾干时无事可干，便伸手玩儿灯罩的流苏。一抬眼，他对上丁汉白的目光，四下无人，一时无话。

一个黑瞳仁儿，晦暗幽深；一个琥珀色，时常亮得不似凡人。

这时院里一嗓子传来，姜廷恩喊他去吃消夜，刚出锅的汤圆。

他装没听见。姜廷恩还喊，吃什么馅儿的，吃几个呀。

姜廷恩推门，大力推荐黑芝麻馅儿的。门开了，纪慎语正襟危坐。

他与姜廷恩离开，吃三个汤圆，端四个回来，应了和丁汉白的情况——不三不四。

丁汉白吃着，纪慎语又伸手玩儿那流苏。

吃完，丁汉白身上的药早干透了。

雨水更急，树上鸟窝藏着温暖，两只喜鹊傍在一处，啄着，钩着脚，羽毛湿了便振翅抖动。还有那富贵竹，那玫瑰丁香，都被摧残得可怜兮兮。

纪慎语又忍不住担心："小心伤啊！"

一口热气呼出，他半合眼睛望着台灯，好好的玩儿什么流苏？

又瞄到盛汤圆的碗，元宵节就这样过完了……他陡然一个激灵，明天竟然开学！

夜半，纪慎语呼呼大睡，丁汉白披衣补了通宵作业。你为我雕黄玉狗，我为你写数学题！

人活着必须讲究轻重缓急，对手艺人而言，学艺出活儿最要紧。纪慎语就是如此，开学后不晨读，反而每天早起扔石子，以此加强手部力量和准头。

丁汉白不堪其扰，被叮叮当当的噪声惊了梦，开门一瞧，廊下系着一排碎瓷片，编钟似的。定睛，原来还是他那堆海洋出水的残片。

他说："劲儿挺大了，不用练了。"

纪慎语确认："真的？"

丁汉白说："抓得我一礼拜不见好，入骨三分。"

纪慎语再不搭腔。他要和丁延寿合雕极品玉，五个师兄弟，就算没有丁汉白也还有老二、老三、老四，师父信任他，他必须圆满完成任务。

动手那天，丁延寿将五个徒弟全叫去"玉销记"，工具、料子摆好，吩咐纪慎语画图。其他人坐成一排围观，噤声，盯紧每一笔线条。

丁延寿说："慎语跟我学艺的时间最短，年纪也最小，但这回我选他来跟我雕这大单。"一顿，瞧一眼纪慎语的画，"为防你们谁心里不服，所以叫你们来看着，画图、勾线、出坯，直到最后抛光打磨，看看他当不当得起。"

纪慎语压力倍增，抿唇蹙眉，神思全聚在笔尖。他脑海中空白无物，只有"独占鳌头"的设计，落实到笔上，逐渐将白宣填满。

四人目不转睛地看，姜廷恩耐不住，小声问："大哥，为什么不叫你来雕？"

丁汉白故意说："长江后浪推前浪，哪儿还有我的容身之处啊。"

他瞄一眼丁延寿，这大老板一方面赏识纪慎语，一方面是刺激他呢。那一顿家法只是伤身，这是要他的心也警醒起来，告诉他，"玉销记"没了他也行，别那么肆无忌惮。

画完勾线，一上午匆匆而过，纪慎语搁下笔环顾那四人，不好意思地笑笑。众人无话，没挑剔出半分不好，却也没夸，仿佛夸出来倒显得虚伪。

丁汉白对上丁延寿的目光，挑衅道："去追凤楼包间，我请客。"

大家陆续离开，他上前握纪慎语的手，捏指腹，活动关节，再呼口热气。纪慎语指尖麻痒起来，问："师父这样，你吃味儿吗？"

丁汉白说："对'玉销记'好，你能开心，我能躲懒，巴不得呢。"

亏得丁延寿磊落半生，硬是被不肖子逼出这么一招。他这样想，先是明目张胆地偏爱小儿子，以此惹得亲儿子奋进，奈何他算盘打得好，却不知道那两人早已黏糊得不分彼此。

这一件独占鳌头公开教学，日日被四个大小伙子围观，纪慎语一开始还浑身不自在，到后面挺胸抬头，将擅长的独门绝技炫了一遍。

最后一日，抛了光的摆件儿夺目非常，那玉摸一把能酥掉心肝脾肾，挪去门厅搁好，不多时挤满人来瞧，好不热闹。纪慎语留在后堂收拾，将雕下的玉石碎料敛在一处，这么好的料子，丢一片碎屑都叫人心疼。

他忽然灵机一动，攒好收走，没扔，回家后直奔书房，翻找一本从扬州带来的旧书，教做首饰的。"玉销记"的雕件儿繁多，大型、中型气势磅礴，最不济也是环佩印章，个个都有分量。可串子很少，手链、项链屈指可数，顾客下定，也要排在大件后头。

纪慎语想法萌生，立即落实到行动上，钻进南屋便忙活了半宿。那撮子碎玉，出了三颗椭圆云纹花珠，七八颗小而滚圆的如意珠，还有更小的准备镶嵌戒指。

他遇上难题，攥着一把珠子奔入书房，把擦洗花瓶的丁汉白吓了一跳。丁汉白铺排着几件残品，笑意盈盈："过来瞧瞧。"

纪慎语顾不上，走近摊手："好不好看？"

丁汉白极为自作多情："送我？"

纪慎语笑道："请教你。"珠子少，穿金还是穿银，戒指又要如何镶嵌，小问题一堆。

丁汉白说："做首饰没那么简单，你要做一条项链，做成之前要比对无数种样子，然后选择最佳。"

纪慎语很有眼力见儿，问："你帮我吗？"

丁汉白无力招架，哪怕做凤冠、冕旒也要帮。答应包办金银材料，又讲了许多，他最后才问："都明白没有？明白了就看看我这些东西。"

桌上摆着五六件，别的也就算了，最里面搁着件黑黢黢的瓶子。纪慎语伸手够到仔细端详，擦来擦去再刮下层脏泥，就着灯光瞧瓷器原本的颜色。

"茶叶末釉？"他微微吃惊，"是真的？"

丁汉白说："真的，请你来修。"

纪慎语心脏绞痛，茶叶末釉珍贵又昂贵，毁成这德行真叫他心痛。"我要铁，这颜色得用铁做呈色剂。"他搁下东西，又拿纸笔，窝在丁汉白身边边记边说，"底足胎釉那儿是锯齿状，款识阴刻，内里飘绿星……得改改釉水配方。"

丁汉白静静地听着，懂的、不懂的，听那轻声细语灌进他耳朵。他低声说："真是宝贝。"

纪慎语嘀咕："是啊，这个大小，要是完好无损至少值四十万。"

丁汉白摇头："我说的是你嘛。"

碎玉珠链着实费了不少工夫，这期间纪慎语下课都不休息。一个寒假过去，别的同学走亲戚、回老家，去这儿、去那儿。一问他，雕刻修复造古董，还做起了首饰，极不合群。

但他也是虚荣的，去了草原，骑了烈马，美化一番讲出来炫耀。

同桌小声凑过来，谁谁老家定了亲，春考完就回去摆酒结婚了。他一愣，旋即想到自己，脸也跟着红。

丁汉白真靠谱，将纪慎语做的一套玉首饰带去三店，云纹花珠伴白金细链，配两枚白金镶玉戒指。这一套首饰在满厅摆件儿中格外惹眼，不到打烊就被买走了。

丁汉白隐隐后悔，他躲丁延寿才去的三店，早知道反响那么好，应该拿去一店显摆显摆。纪慎语晚上得知，开心地去给姜廷恩打电话，游说对方与他一起做首饰。

"可咱们店里很少做，合适吗？"姜廷恩犹豫。

纪慎语说："只要东西好，自然受欢迎，而且首饰设计麻烦，但做起来比摆件儿简单。"他捂着听筒费尽口舌，总算哄得姜廷恩答应，随后又去找丁延寿。

丁延寿和姜漱柳给院里的野猫洗了澡，俩人正在床上逗猫。纪慎语进门一愣，立即要退出去，他鲜少见夫妻恩爱的日常光景，替师父师母珍惜。

姜漱柳喊他，他又只好进来，傻傻地笑："师母，我找师父说个事儿。"他坐到床尾，一家三口加一只花纹大猫，脚步声传入，丁汉白来凑成一家四口。

这两小辈都为正事而来，按照先来后到，纪慎语先说："师父，我想利用雕下的料子做首饰，既避免浪费，还能创收。再者，'玉销记'中最小件就数印章玉佩什么的，首饰与其价格相当，但市场空白很大。"

丁延寿稀罕道："你还懂经营？"

纪慎语如实答："师哥分析的。"他克制眼神，只敢用余光偷看那

124

位，"玉石类首饰的专营店不多，商场专柜有一些，我想先做一些看看市场反应，不理想的话就算了……不再耽误时间。"

丁延寿问："要是理想呢，你有什么打算？"

纪慎语说："如果理想，我希望能开一个首饰展柜。"三店的生意一直不好，与其占着地方却获利不足，不如让给赚钱的东西。先设展柜，供不应求的话便占住整个前厅，甚至整间店专营首饰。

"'玉销记'的手艺是最好的，那玉石饰品渐渐也会是'玉销记'拔尖。"纪慎语设想，"或者等名气打开后，我们还能跟商场柜台合作，接单供货。"

他说完，屋内一片安静，师父师母对视完看他，师哥抱着猫低声笑。他尴尬得紧："我琢磨远了……有点异想天开。"

丁延寿问："汉白，你有什么意见？"

丁汉白说："三店半死不活，与其那么待着，不如做一回试验田。"他还是那么潇洒，"效果好，把功挂他名下，效果不好，赔的钱记我账上。"

他等了半天，这会儿奉上一沓图册，之前接的单子要动手了，一单就画出四五种图样。出图最多最快，下刀最精最劲，丁延寿这几日的气彻底消散，舒舒坦坦地定下样子。

两个出息的儿子汇报完，一并起身离开，姜漱柳喊："哎，怎么把猫抱走了？"

丁汉白说："借我玩儿一宿，别那么小气。"

那野猫自打去过小院，尝了好吃好喝，挠烂真丝的枕套也没挨打，便铁了心，定了居，再也不走了，估计逢年过节才回前院看看。

半月后，三店正式布上首饰展柜，里面形形色色的玉石首饰都出自纪慎语和姜廷恩之手。这两人跟屁虫似的，成天跟在人家后头撮碎料，恨不得在钻机下面摆个簸箕。

没一日得闲，忙完那头，周末泡在瓷窑这头，纪慎语调制釉水，仿制破损瓷片，一股脑弄好许多。丁汉白与佟沛帆盯活儿，偶尔看一眼那俩师兄弟的独门绝技，看不出门道，只看人也是满足的。

午后，还是老地方，丁汉白又教纪慎语开车，这回没撞树上，险些蹿河里。俩人并坐后排，隔着挡风玻璃欣赏一场日落，回市区时都八点多了。

客厅灯火通明，人齐着。

茶水浅淡，已经第四泡了，显然在等他们。

不知好坏，难免惴惴，纪慎语揪住丁汉白的袖子，小声问："师哥，是不是你倒腾古玩的事儿被师父知道了？"

丁汉白说："我最近天天在店里出活儿，就今天去瓷窑了。"

纪慎语未雨绸缪："你快假装肚子疼，溜了再说，万一师父又打你怎么办？"丁汉白那身筋骨受得了，他脆弱的心灵可受不了。

如此窃窃私语，惹得丁延寿催他们进屋，进去，沙发满着，椅子也满着，这么大阵仗怪唬人的。纪慎语发觉姜廷恩向他使眼色，欢快的、愉悦的，不像是坏事。

丁延寿说："三店的账簿送来了。"

丁汉白顿悟，和首饰有关！他大步过去拿账簿翻看，增幅，利润，痛快地说："这是赚了！凑这么多人吓唬谁呢？孩子都不敢邀功了！"

纪慎语走到沙发旁，被姜廷恩抱住晃了晃。丁延寿说："慎语，你们弄的首饰展柜很不错，要不要扩大，扩多少，你做主看着办。"

稍一停顿，这一家之主灌下杯淡淡的茶，然后轻描淡写地丢下炸弹一颗："即日起，慎语任'玉销记'三店的大师傅，店里大事小情他可以自行做主，除了我，别人无权干涉。"

霎时死寂，丁厚康甚至愣着没反应过来，丁汉白也着实吃了一

126

惊。大师傅……这意味着纪慎语瞬间和其他师兄弟分离开来，有了权力，正式开始持股分红。

纪慎语僵着身子，顾不上看旁人，只盯着丁延寿。他期待吗？从摸到铜钥匙那刻就期待。他开心吗？恨不能冲去街上烧纸，大喊着告诉纪芳许。可他也慌、也怕，他得到的太多了，他自认承受不起。

数道目光齐发，他震动而焦灼。

纪慎语考虑久久，终于给了反应："师父，我会认真经营三店的，一切以店里的利益为先。"这意味着答应，他想做大师傅，他要做。他没因年纪、资历而推辞半句，他有自信，并且懒得虚伪。

纪慎语蹲下，扶丁延寿的膝盖："但我不持股、不分红，只领一份工资。"

丁延寿说："你虽然还小，花不着什么钱可以攒着。"

纪慎语摇摇头："以后也不要，这辈子我都不会持股分红，我就要一份工资。"他这句是第二颗炸弹，让众人都大吃一惊。他说："家里收留我、养活我，我做什么都是应该的。"

徒弟目光恳切，这样表态，为的就是让其他兄弟心安。丁延寿明白，暂且答应下来，以后如何再说，他总不会亏待自己的儿子。

深夜散会，纪慎语浑身轻飘飘的，要不是被丁汉白拉着，他能踩花圃里。

躺上床闭眼，他盼着纪芳许入梦，第一句他就要说——老纪，看看我现在的好爸爸！

纪慎语哧哧地笑，打着滚儿，头埋枕头里，窗台上的野猫叫他笑得直喵呜，骂他没素质，骂他扰猫睡觉。

日出清晨，丁汉白难得早起，蹬着双白球鞋跑去影壁前喂鱼。一小把鱼食撒完，他等到丁延寿出门起床，打招呼："这几条怎么那么难看？"

丁延寿说："便宜不金贵，省得又被你喂死。"

丁汉白陪他爸出门晨练，沿着街，踢个石子、摘片叶子，多动症一般。"爸。"他说，"姜还是老的辣，你真辣。"

丁延寿瞪他，瞪完得意地哼哼两声。

"你让慎语跟你合雕，我以为是要刺激我，使我有危机感。"丁汉白说，"但你许他做大师傅，我忽然就明白了，你哪是刺激我，你根本就是为了跟我抢人。"

丁延寿说："慎语有雕刻的本事，也有经营的想法，我不能委屈他。况且，我指望不上你，还不能指望小儿子？"

这话噎人，可丁汉白仿佛就在等这一句。他立定，说："我不是个让人省心的，将来也许会犯什么大错。爸，求你记得，纪慎语他对你真心，对'玉销记'也用心，无论什么情况发生，冲着我来，别与他计较。"

他哪儿有过这般姿态，眼神中都是切切的恳求。

丁延寿古怪地瞧他："你犯了大错关慎语什么事儿？我干吗跟人家计较？"

丁汉白当然没说，他跑远了。小时候他总追在丁延寿后头，可现在丁延寿追不上他了，他忽然觉得难过。可世间哪有那么多两全其美，许多事注定要辜负一个，只看是否值得。

晨练完回家，他推门叫纪慎语起床，走到床边正对上纪慎语睁眼。

"我梦见我爸了。"纪慎语轻声道。

丁汉白在床边坐下，料想纪慎语一定在梦里倾诉许多，雕极品玉，没荒废作伪的手艺，当大师傅……对方一骨碌爬起来，那身体很热。

纪慎语却喃喃："我告诉他，我有丁汉白了。"

有名有姓地告诉了纪芳许，还说得有鼻子有眼儿，他离开扬州，他过得很好，他摊上的万千福报都未提，单单拎出来此事郑重一告——他有丁汉白了。

丁汉白脑海中轰鸣，什么都值了。

06

开春，"玉销记"的要紧事就是筹备上新，鸡血田黄，青玉白玉，从料子到尺寸，再从风格到价格，要一丝不苟地算好、定好。

丁汉白转了性，工作勤勤恳恳。他通宵达旦出了名目表格，一早给伙计们开会，顶着眼下乌青还去二店转了一趟。

总算归家，熄火下车撞见姜廷恩，他烦道："你怎么又来了？"

姜廷恩委屈道："快春考了，我来找纪珍珠一起复习。"

丁汉白说："纪珍珠是你叫的？让你叫姜黄花梨，你乐意？"他横挑鼻子竖挑眼，末了一开后备厢，"把东西搬南屋，稳当着点儿。"

里面搁着巴林鸡血，上乘的大红袍，春季最牛气的款就它了。丁汉白累得够呛，要补个觉再动手，补觉之前还得觍着脸去讨碗饭吃。

二十岁的大小伙子，家里的第二顶梁柱，缠着妈要这要那。姜漱柳嘴里骂着，手上忙不停地准备，之前那通家法，最近的认真工作，丁汉白又从不肖子上升为了心肝肉。

小炒牛里脊、烫鲜蘑、麻油拌冰草、二薯粥，丁汉白一人坐在桌前细嚼慢咽，饱了，舒坦了，回小院后倒头就睡，刚躺下又爬起来，操不完的心。

隔壁门扉半掩，他班主任似的立在外面，瞄、睨、瞥、觑，变着花样偷窥。里面安安静静，纪慎语和姜廷恩挨坐于桌前，狗屁复习，摊一本斑斓图画书看得上瘾。

那姿势、那氛围，别是学宝黛共读《西厢记》。

丁汉白心中警铃狂响，该不会是姜廷恩拿来的破书吧？

"哐当"一声，里面二人吓得一抖，丁汉白罗刹转世，面目阴沉："姜廷恩，这书是不是你拿来的？"

姜廷恩吓得磕巴："我找、找了好久才找到，马、马上就拿来了。"

丁汉白步至桌前，修长食指杵上姜廷恩的额头："你这孙子！"一顿，看清书上的图画，分明是粉钻彩晶，金银铂玉，一页页全是各色首饰。

他对上纪慎语，那人眉眼略弯，明晃晃地笑话他。"师哥，你忙了一宿，安生休息吧。"纪慎语起身，推着他出屋，而后抵着门低声暗语，"丁汉白，你这大傻子！"

纪慎语直呼姓名，还人身攻击，丁汉白面子不保："我怕他教坏你。"

纪慎语心想，谁能坏得过你？他退回门内，笑话够了，腹诽够了，叮嘱道："快去睡觉，白浪费我精力。"

丁汉白没懂什么精力，回屋躺下才发觉，这床是铺好的，睡衣是叠好备在枕边的，床头柜还搁着杯醒来润喉的白水。

他睡了，安稳得像尊佛。

这一觉缠绵床榻至午后，醒来时被阳光晃了眼，丁汉白冲澡醒盹儿，一身清爽地去南屋出活儿，不多时纪慎语也循声过来。

宽大的操作台，一边搁着极品大红袍，一边堆着残损的古玩真品。他们各踞一方，雕刻的、修复的、打磨的、做旧的，忙得不亦乐乎，比不出谁的妙手更胜一筹。

纪慎语先完活儿，趁着天气好将物件儿挪到走廊晾干，瓜皮绿釉，胭脂红釉，青花黄彩，浆胎暗刻……整整齐齐摆放着，给早春的院子添了笔颜色。

等这些器玩晾干，裹上旧报一装，就能寻找买主脱手了。丁汉白手上的茧子又添一层，步出南屋，挑兵点将："到时候你拿这小口尊，那梨壶给我师父去，反正他闲着也是闲着，顺便从他那儿捞几件赝品搭着卖。"

纪慎语问："还搭赝品，为什么不多拿几件修复的真品？"

丁汉白说："哪儿有一下子亮好几样真品的？就算行家看着东西为真，也不敢信，更不敢收。"这是个谨慎与冒险兼具的营生，规矩许多，不成文的讲究更多。

两日后，那瓶子干透了，釉色匀净，肉眼瞧不出损毁痕迹，细密的色斑更分不出哪颗是后天人为。临出门，丁汉白擦洗自行车，一阵子没骑，车胎都瘪了。

他抬眼见纪慎语抱包走来，老天爷，亲祖宗，几十年出这么一个俊美如玉的人，穿的那是什么东西……宽大条绒裤，皱巴巴的衬衫，深蓝色劳动外套，还踩一双绿胶鞋！

丁汉白眼睛辣痛："你疯啦！"

纪慎语冤枉："不是你让我打扮朴素点？"他费劲弄这身衣服，没承想被对方一票否决。这厮明晃晃地嫌弃他，一路上既不薅树叶，更不反手作弄。他想，出租司机还陪着侃大山呢，于是一巴掌打在丁汉白的背上。

丁汉白一动："干吗？"

纪慎语问："我丑着你了？"

丁汉白支吾："……你从哪儿弄的衣服？"

纪慎语找店里伙计借的："管得着吗？"

这二人拌嘴吵架一向如此，全靠提问，绝不回答。街上车水马龙，骑不快，他俩就你问一句我问一句，一路问到了古玩市场。下车两人对视一眼，嗓子冒烟儿，正事儿没干先去喝了汽水。

没多久张斯年也到了，三个人，两样真东西。丁汉白和张斯年早在这地界混了个脸熟，因此只能凑一起摆摊儿。纪慎语落了单，寻一块阴凉地方席地而坐，摆出包里的四个物件儿。

小口尊、葫芦洗、竹雕笔筒和扇子骨，样样巧夺天工，但只有小口尊是真品。他擎等着来人问价，几个钟头悄然而过，问的人不断绝，买的人不出现。

又过一会儿，张斯年蹭过来，只看不碰，低声问："怎么修的？"

纪慎语答："多次吹釉。"

张斯年说："这点绿斑做得真好，不是调颜料弄的吧？"

纪慎语回："氧化法。"

张斯年想了想："貌似听过，这叫娃娃面？"

纪慎语说："斑少，叫美人醉。"

又待片刻，张斯年起身自叹："六指儿能瞑目喽。"负手瞎转，瞅一眼长身玉立卖梨壶的丁汉白，再瞥一眼安坐等买主的纪慎语，哼起京戏，忽生功成身退的念头。

其实算不上功成身退，可徒弟那么出息，他给自己贴贴金怎么了？

继续消磨，纪慎语垂着头打瞌睡，忽来一片阴影。他抬手，对上面前的男人，仿佛从前见过。不料男人一把抓住他，怒气冲冲："你这小骗子！"

纪慎语恍然想起："你是买青瓷瓶的大哥？"

张寅心里那个恨啊，亏他自诩懂行，可屈辱的事儿一件都没少干。他一晃眼，胳膊被人拂开，竟然是不知从哪儿冒出来的丁汉白！

丁汉白说："张主任，捡漏不成怨天怨地怨自己瞎，就怨不着卖主，谁也没逼你买，是不是？"

那保护姿态，显然是一伙的，张寅气得原地团团转。这还不算，他一扭脸，瞧见自己亲爹看热闹，顿觉乌云罩顶，没一丝痛快。

丁汉白哪儿还放心回去，索性挨着纪慎语一起摆摊儿，也算双双把家还了。

不多时，张寅去而复返，终究咽不下这口气，明明金丝边眼镜公文包，斯文的大单位主任，竟扯着嗓子号叫起来——赝品！假货！骗子！

张斯年麻溜儿闪人，生怕群众通过鼻子眼睛瞧出这是他儿子，丢不起那人。纪慎语脸皮薄，更没应付过泼皮无赖，问："师哥，他那样喊，咱们怎么办啊？"

丁汉白说："这圈子里凡是上当受骗的，都一毛病，靠嘴不靠眼。但凡是行家，最不关心的就是别人说什么，只认自己看到的。"

张寅闹出的动静引来许多人，一层层涨潮般，围得水泄不通。渐渐地，有人注意到那几样东西，筛去外行的，篦出易物的，终于对上懂行的人询问红釉小口尊。

这是件真品，也是件残品，他们如实说。

但残成什么样，修复了多大比例，就要看买主的眼力了。

对方细细端详，能辨出这是件真品，可看不出哪一块曾经手修复。卖了，痛快地卖了，丁汉白不能保证回回都碰上懂眼儿的，于是递上名片，说了俏话，不卑不亢地企图攀一点交情。

喜欢古玩的人太多了，可既懂行又有钱的自有收藏圈子，他要寻求契机进入这个圈子，那脱手就省时省力，甚至还会供不应求。

收工回家，丁汉白驮着纪慎语，纪慎语终于问："师哥，为什么来时要穿得朴素点？"

丁汉白说："偶尔逛逛的话就算了，常来就要收敛，尤其不能露富。但也不能像你今天似的，细皮嫩肉穿得破破烂烂，反而有点假。"

那些个器物如此卖出，断断续续地用了一个来月。纪慎语光第一次去了，后来只听丁汉白回家报价，他活像个管家婆。

月底一片春光，正是好时节，小院里屋门紧闭，两人关在书房算账，支出多少，卖了多少，何种器型最受欢迎，倒腾古玩和瓷窑各盈利多少，草稿纸纷飞，算盘珠子响个不停。

纪慎语问："距离开古玩城还差得多吗？"

丁汉白答："这才哪儿跟哪儿，你以为经商那么容易？多少人卖房卖地才能凑个本钱，赌博似的。"

纪慎语想，他既没房也没地，除却修复、作伪和雕刻也没别的本事。哎呀呀，之前还义正词严地拒绝持股分红，他把英雄当早了。拨动算盘的手停下，他愣愣地望着空气计算，每月至少出活儿几件，能拿工资多少，之前卖了些梁鹤乘的东西，也一并加上。

"师哥，"纪慎语心算完拨一个数，"我大概有这些，全给你。"

丁汉白扭脸瞧他，那目光幽深，放着光，像要把他吸进去。他探寻其中情感，被野猫在桌下踩了脚也没反应，倏地，丁汉白伸手碰他的脸，力道很轻，怕茧子弄疼他。

丁汉白久久未说话，纪慎语补充："不用你还……我的不用还。"

喵呜一声，丁汉白把野猫踹飞了，真是没眼力见儿的小畜生。他自始至终看着纪慎语，有些感动，人家才十七啊……他一早就做好照顾的准备，相处下来，纪慎语帮东忙西不说，连钱财都要给他。

"大晴天，出去转转？"丁汉白提议，嗓音沙哑，"咱们踏个青，我带你去个地方。"

炎夏来到这儿，经历秋冬到了春天，然而纪慎语还只认识几条路。这偌大的城市常看常新，高楼瓦楞都很迷人，他坐在自行车上颠簸一路，到了市里一片建筑工地外。

周围放着安全标志，未完工的楼体挂着绿色安全网，丁汉白停车仰头，说："我要把古玩城开在这儿，每天来就把车停在那个口。"

车辆川流不息，他俩在街边端详这半截大楼，似乎摘了网、挪了标，楼体簇新等着他们拎包办公。一层经营瓷杂，二层经营玉石，三层经营书画，四层经营古籍善本，五层再来些古典家具。装不下便开第二间，什么玳瑁，什么蒹葭，什么文化街，四簖的贩子们以后都要收入麾下。

丁汉白一捏铃铛蹬车驶远，直接出了二环路。草长莺飞，他改成推车步行，纪慎语仍坐在后面，任性地享受服务。

停了，他们停在一排密树底下，树后的高墙内是一片别墅，周围有湖，有花园，有鹅卵石铺就的小径。里面的住户非富即贵，归国搞投资的华侨、退休的老干部，不计其数。丁汉白说："以后分了家，我在这儿买两幢，一幢咱们住，一幢让老丁和老姜住。"

纪慎语微微恍惚："那我去维勒班市场买下那套法国餐具，摆在别墅里。"

丁汉白说："我带你去法国、去英国，去看罗浮宫和大英博物馆。让你看看那座西洋钟，真正的'真爱永恒'。还不够，我们在古玩城对面开一间茶楼，沏喜欢的茶，备着你爱吃的点心，二楼休息，每一年开一次收藏会，叫圈里的朋友都来参加。"

他讲了一串，发觉纪慎语怔着看他。

他问："你在想什么？"

纪慎语不好意思地摇摇头，他觉得遇见丁汉白很幸运，师兄弟也好，甚至对手也没关系，他都觉得幸运。

丁汉白跨上车子打道回府，这一趟转得累极了，当然也满足极了。一到家，他风风火火地回小院，进了卧室一屁股坐在床边。纪慎语跟进来，关上门，拧毛巾给他擦手擦脸。

丁汉白问："计划的种种都是我喜欢的，你喜欢什么？"

纪慎语答："我喜欢翡翠。"

丁汉白说："那我做一套给你，以后再带你见识赌石。"

纪慎语又说："我还喜欢丁香，丁香跟你的姓。"

丁汉白笑："那我们多种一些，搭着玫瑰。"

这方小院，这几间屋，这些摆设，没哪里是不好的，纪慎语吃喝不愁，也很少索求什么。

丁汉白摸纪慎语的发顶，八字还没一撇，他明天就想挑木头做个匾额，给那茶楼取名为"珍珠茶楼"。

估计行里到时候要传——古玩城的丁老板生生把那茶楼门槛踏破了。

第四章

玫瑰到了花期

———

纪慎语看得清清楚楚，那扶摇直上的孔明灯那么亮，亮过满天繁星。

他冲到院中央，仰着脸，胸中情绪堵得满满当当。

———

01

这世间一切都有迹可循，若要人不知，除非己莫为，没什么是藏得住的。丁汉白明面上在"玉销记"上班，背地里忙前跑后，倒腾古董不亦乐乎。幸好他有张斯年这么个师父，收、放、交易，简直能一手包办各个环节。

崇水旧区的破落户亮着灯，丁汉白在屋内半蹲，细看新得的两件东西。张斯年受累跑了趟安徽，正吃着犒劳的酒菜，说："斗彩开光，原主本来要拍卖，奈何没批下来，撤拍了。"

英雄不问出处，这宝贝也不计较来历，丁汉白喜欢得紧，回去的路上都不敢开快颠簸。到家熄火，他怀抱那左三层右三层包裹着的东西，轻轻蹚进前院，碰上坐门口正择菜的丁可愈。

好大一把茴香，笤帚似的，丁可愈喊："大哥，晚上吃饺子！"

丁汉白敷衍："吃饺子好。"他没法快马加鞭，只能长腿加急，恨这晃眼的大灯泡，把头发丝都照得清晰无比。

丁可愈果然问："大哥，你怀里抱的什么啊？"

丁汉白说："料子呗，还能是什么。"步出前院，回到小院，他把东西搁立柜里藏着，这才放心。亏他在家里横行无忌二十年，如今比做贼还心虚。

他这背地里的活计迟早露馅儿，但迟早迟早，迟比早好，至少过了前期玩儿命倒腾的阶段。洗漱更衣，他再去客厅时饺子刚开始包，其乐融融。

大圆桌，三盆馅儿，丁延寿和丁厚康和面擀皮，儿辈的兄弟几个围桌而坐，负责包。俩女眷每到吃饺子时便遭嫌，手慢手笨手不巧，没有动手的资格。

丁汉白挽袖子落座，掐一片面皮，挖一勺馅儿，右手搁勺子的工夫左手就把饺子捏好了，一秒而已。这几个人个个如此，连不常吃饺子的纪慎语也迅速学会。

那俩擀皮的更不用说，速度奇快，力道极均匀，每一片面皮都大小如一、薄厚适中。这一家子雕石刻玉的神仙手，此刻优哉地干着凡人活儿，小菜一碟。

饺子下锅，兄弟五个排队洗手，洗完领一碟陈醋，而后乖乖等着饺子出锅。丁延寿说："喝二两吧，开瓶酒。"

饺子，白酒，齐整的家人，就这么完满地吃起来。

席间，姜漱柳询问春考成绩，纪慎语和姜廷恩各挨表扬与批评。春考完就能领毕业证，姜寻竹想让姜廷恩再念个大专，可姜廷恩毕业证到手，连数月后的高考都不想参加。

"玉销记"毕竟属于丁家，又没人能保证姜廷恩日后会成为大师傅，自然不能把前途命运全押上。"纪珍珠，你高中毕业后还继续念书吗？"姜廷恩问。

纪慎语答："不念了，我直接在'玉销记'干活儿。"

他们这学习的话题说完，安静刹那，丁可愈随口问道："大哥，你那会儿拿的是什么料子？晚上我想去机器房挑块木料，你能帮我看看吗？"

丁汉白摘去前半句："吃完饭帮你看看。"

略过话题，不料，丁尔和又问："之前见你从车上搬下几箱东西，也都是料子？回家还挑灯出活儿吗？"

不待丁汉白回答，丁延寿的目光已经扫来，询问、审视，甚至有点兴师问罪。纪慎语洞若观火，店里的料子记档清晰，出库必定会临时登记，那没有记录说明不是料子，丁延寿此刻在问——不是料子又是什么？

"偷偷摸摸的。"丁延寿明晃晃地骂。

丁汉白登时不爽，激将法也认了。"不是料子，是我买的古董。"他轻飘飘地说，塞一个白胖饺子，"我花自己的钱买回来，没妨碍谁吧？"

丁延寿问："之前几箱，今天又有，你家有多少钱让你糟蹋？"

氛围紧张，大家都怕这父子俩饯饯起来，又闹到动家法那一步。纪慎语端着醋碟，率先按捺不住："师父，师哥知道分寸，况且要是动了公账，你肯定第一个知道。"

丁汉白急眼的话掐断在嗓子眼儿，没轮到自己冲锋陷阵，竟然被护了一次。谁料纪慎语竟没完，护他都不够，还要祸水自引："我从小就喜欢古玩，正好师哥懂行，就软磨硬泡沾他的光。如果师哥犯错，那我跟着受个怂恿指使的罪名吧。"

一时无人再追究，纪慎语端起酒盅："师父，别生我们气，喝一个行吗？喝一个吧。"

他以退为进弄得丁延寿发不出火，又马上敬酒服软给个台阶下，只得就此翻篇儿。丁汉白春风得意，饕餮转世都拉不住，居然一口气吃了六十个饺子。

饭后，他良心发现，将那新得的宝贝擦洗一番，钻前院书房哄一哄亲爹。

铜镏金的印盒，完好无损，雕的是一出喜鹊登梅。丁延寿戴上眼镜细瞧，深层职业病，不求证真假，只品鉴雕工。半晌，他骂：

"别以为献个宝就万事大吉，你偷偷摸摸干的事儿我清楚，只当玩玩儿，不影响'玉销记'就算了，哪天耽误到正经事儿，我打断你的腿。"

丁汉白说："周扒皮啊？腿断了手还能出活儿，把我困家里日夜劳作，你怎么那么有心机？"

丁延寿踹死这混账："我倒想问问你用了什么心机，叫慎语变着法地为你开脱。人家乖巧听话一孩子，为了你都学会话中有话了。"

那一句"从小就喜欢古玩"当真是把人堵死，为什么从小喜欢？等于提醒纪芳许倒腾古玩的事儿，亲爹培养起来的爱好，名正言顺。

丁汉白噙着笑不说话，合不拢那两片薄唇。

春和景明，"玉销记"一件接一件上新，一店打从拟古印章之后便风头强劲，三店因着首饰展柜也逐渐红火。

纪慎语和姜廷恩一早出门，带着纸、笔、照相机，奔了花市。这节气花多，他俩逛得眼花缭乱，姜廷恩如今背弃了丁汉白，做起纪慎语的狗腿，一切听从指挥。

白瓣黄蕊的一丛水仙，美人儿似的，那长梗犹如细颈。"咔嚓"拍下，他们做首饰必先设计，看花实则为取材。纪慎语简单描了幅速写，问："你采访小姨了吗？"

姜廷恩说："没有呢。"他俩男孩子是外行，想多了解女性对首饰的审美偏好，于是从身边下手，"我约了小敏姐，你不要告诉大哥。"

纪慎语奇怪道："你干吗舍近求远？"

姜廷恩揽住他，恨不得贴他的耳朵："我瞧明白了，大哥与小敏姐那事儿，是姑父姑姑剃头挑子一头热，成不了。"

纪慎语点头如捣蒜："你真是个明眼人。"

姜廷恩又道："那既然大哥成不了……我不行吗？"

纪慎语震惊无比:"你居然喜欢小敏姐?!"他险些扔了相机,瞪着,愣着,算了一算,"你们差了六岁啊!"

姜廷恩白他一眼:"真没见识,女大男小怎么了? 我不喜欢小姑娘,叽叽喳喳的,再说了,要是论先来后到,大哥才是插队的那个呢。"他十二岁那年,商敏汝夸他一句帅,那时候他就朦朦胧胧地动心了。当时丁汉白十五,就知道雕刻花钱吃八宝糖,懂什么爱情啊。

姜廷恩见纪慎语仍愣着,心想扬州还是闭塞了些,有点没见过世面。于是他凑近,压着嗓子:"你这就接受不了啦?"

如鲠在喉,如芒在背,纪慎语僵硬得像埃及木乃伊,噎了个七窍不通。

姜廷恩袒露心思格外痛快,撒欢儿拍了许多花,报春金腰儿、琼花海棠,把胶卷用得一点都没剩。回家,纪慎语一路沉默,到了刹儿街,姜廷恩问:"你怎么了? 我说了喜欢小敏姐你就这样,总不能你也喜欢吧?"

说着两人迈入大门,前院架着梯子,要清清这一冬的屋顶落叶,顺便检查有无损坏的瓦片。

梯子刚在檐下搁好,丁可愈抬头看见钩心处藏着个马蜂窝,快有足球大了,黑压压的。他回东院去找竿子和编织袋,要武装一番摘了那隐患。

姜廷恩抱着一盆刚盛放的兰花,跑去卧室献宝,再向姑父姑姑讨个赏。

院中霎时走空,只剩下纪慎语一个。他仰脸望着屋檐,蠢蠢欲动。小时候他在扬州的家里也上过房顶,纪芳许背着他爬梯子,还招了师母一顿骂。

他如此想着,踩住梯子开始爬,很轻巧,碰到房檐时一蓄力,彻底上去了。

他一点点从边缘处朝上，蹲着，手脚并用，半天才前进一点。下面丁可愈跑来，压着步子，生怕惊了那窝马蜂。上面的没听见下面的，下面的没瞧见上面的，这两人一聋一瞎。

檐下，丁可愈搓开编织袋，戴着手套、面罩，握着竿子，准备摘了那马蜂窝。竿子带钩，伸上去挑动蜂巢，钩住后向下拽，寸厘之间都要小心翼翼。松了，动了，一半已经探出，有淡淡的嗡鸣。

忽然，客厅里电话响起来。"真会挑时候！"丁可愈骂，撇下竿子，半途而废地跑去接听。这刹那，姜廷恩献完花跑出来，余光瞥见房顶伏着个人，只当是烦人的老三，轻巧蹑近，将梯子挪走闪人，从小就爱玩儿这种恶作剧。

院里空了，一阵风过，那摘了一半的马蜂窝晃了晃。

纪慎语撩着衬衫做兜，拾了些落叶，渐渐爬到最高处。他反身坐在屋脊上，还想伸手摸一摸吻兽，抬眼轻眺，望见了小院里的泡桐。

南屋门开，丁汉白红着指头搁下钻刀，迈出门口引颈放松。一抬头，正对上朝这儿望的纪慎语，他一惊，疯了！胡闹！学什么不好学人家上房顶！

纪慎语兀自挥手，恍然听见"咚"的一声！紧接着是无法忽视的巨大嗡鸣！

那马蜂窝终于坠落，那动静叫人头皮发麻。一时间，从房梁到地面的距离飞出上百只肥壮的马蜂，横冲直撞，复又盘旋而上。

纪慎语几乎骇得滚落房顶，匍匐而下，还抱着那一兜残叶。好不容易攀到房檐，他傻了，梯子呢？梯子明明在这儿！那四面袭来的马蜂将他团团围住，凑在他耳边，小翅儿似乎都划在他脸上。

他紧闭着眼睛，埋着脸，张口呼救，生怕马蜂飞进嘴里。

"师哥！师哥！"纪慎语闷头大喊，"姜廷恩！师父！"

丁汉白奔来时浑身一凛，好端端的从哪儿来那么多马蜂？！再一瞧角落的梯子，他要揪住恶作剧的人大卸八块。其他人闻声跑出来，一见那场景也顿时慌了，被蜇还是小事，生怕纪慎语从上面跌落。

丁汉白搬来梯子噌噌直上，靠近了，抓紧托住那狼狈的小鹌鹑，令其周转踩住梯子。他从后护着下了几级阶梯，立刻跳下，脱掉外套将纪慎语一蒙，抱起来就跑。

那一窝马蜂是否在追，那一院亲属是否在看，他通通没有顾忌。

一口气跑回卧室床边，一路上掉了一溜落叶，关好门，丁汉白放下纪慎语，自己半蹲仰面盯着。"我看看，被蜇了没有？"他急切地问，急躁地骂，"挺安稳的一个人，上什么房顶？！还偏偏上最高的！"

纪慎语心有余悸，捂着脸，手指张开露出眼睛。他要镜子，千万别被蜇成了麻子脸。

丁汉白制住对方。"怎么那么臭美？"他拂开那手，仔细端详，那脸蛋儿光滑细腻，躲过了一劫。

丁汉白手下用力，听纪慎语"嗖"的一声。他撩起衬衫，见纪慎语平坦的腹部一片红，都是装着叶子时磨的。

丁汉白坏起来："胸口有没有伤？万一马蜂飞进去，蜇了那颗玲珑心，将来变成缺心眼儿怎么办？"

纪慎语顾不上疼，说："你才缺心眼儿。"

"我给你听听。"丁汉白凑近，耳朵贴住纪慎语的心口，"嗯，跳得挺平稳。"

纪慎语不知是真是假，条件反射地闭上眼睛，天地旋转，万物昏沉，忘记外面是一片晴天朗日。

他满头细汗，衬衫都黏在了身上，喜鹊一阵啼叫，野猫倏地跳窗，他咕哝一句"师哥"。

那师哥和他提起倒腾古玩的事情，全都忽略了靠近的脚步，屋门霎时洞开，一行人浩浩荡荡地进来，丁延寿、姜漱柳、姜采薇、丁可愈、姜廷恩……鸡飞狗跳过后，都来看他们有否受伤，恍然间却只剩身心剧震！

丁延寿晃了一晃，被刺得血压飙升。姜家姐妹更是直接愕然尖叫，还有姜廷恩、丁可愈……掉了一地下巴！

那二人顿觉两眼一黑。纸真是包不住火，丁汉白怔愣数秒，挪前一步，哑着嗓子叫了声"爸妈"。

没人应他，静水漾波，晴天霹雳。

在这好时节，丁家炸开一道惊雷。

02

纪慎语早已魂不附体，立着，僵直脊梁面对众人的目光。地毯叫他盯出洞来，不然呢？他还有脸面抬起头吗？师父、师母、小姨、师兄弟，对上任何一人都叫他溃不成军。

那十几秒钟可真漫长，两军对峙也没如此艰难。丁延寿胸腔震动，一双手攥成铁拳，坚毅的脸庞涨得红中透黑。"你们，"他粗喘的气息几乎盖住声音，"你们在干什么？！"

丁汉白说："不都撞见了吗？"

他回答的一瞬等于剜去他爹妈的心尖肉，血淋淋，三年五载都未必堵得上那伤口。他目光发直，看姜漱柳的眼神忽生哀切，喊一声"妈"，包含了早准备好的愧疚。

姜漱柳站不稳了，出溜倒下，被姜采薇和姜廷恩扶住。谁不惊骇？谁不愕然？这一屋长辈兄弟几乎要把眼珠子瞪出来。

丁汉白和纪慎语被揪去大客厅，闭着门，气压低得呼吸困难。丁可愈头一回见丁延寿那般脸色，吓得跑出去收拾竿子和木梯。

一阵铃铛响，丁尔和回来吃午饭，喊道："大伯，买了卤鹅——"

丁可愈蹿来捂住他的嘴："别喊了！大伯哪还有心情吃饭！"起因草草，经过概括，起承转合至重点，臊红头脸，"我们去小院看纪慎语，一推门，大哥……"

丁尔和问："你到底想说什么？"

丁可愈险些急哭，吓坏了："大哥和纪慎语……他们俩要倒腾古玩自立门户！"

听完经过，烧鹅滚落地上，丁尔和把自行车都要摔了。他惊诧难当，顿时又明白什么，怪不得，在赤峰时的种种原来都有迹可循，急急冲到门外，恰好听见响亮的一耳光。

半生雕刻功力，坚硬的层层厚茧，丁延寿这一巴掌用了十成十的力道。他这亲儿子叫他打得偏了头，脸颊立即红肿一片，交错的血丝登时透出。

第二掌扬起，纪慎语冲到前面，不怕死、不怕疼地要挡下来。

丁延寿举着巴掌吼："你滚开！"

平日安静内向的纪慎语竟没有退缩，脸上愧惧交加，却毅然决然地挡在丁汉白身前。他苦苦哀求道："师父，师母，是我忘恩负义，你们打我，只打我吧！"

丁汉白心头一震，他知道纪慎语是个有主见的，可到底才十七岁，哪敢设想此时情景。一步上前将人挡好，一把捏住丁延寿的七寸，他说："爸，你答应过我，无论什么情况只冲着我来，不与他计较。何况，慎语是纪师父的孩子，你不能打他——"

话音未落，他肿起的脸颊又挨一巴掌！

皮肉相接的响亮声，脆的，火辣辣的，口鼻都渗出血来。"爸，妈，我实话说了。"他耳畔嗡鸣，好似围着张狂的马蜂，吞咽半口热血，觉得眩晕，"这事儿是我的主意，我要是打定主意，倒是能把人逼死。"

纪慎语骤然抬起双眼，听出丁汉白要揽祸上身，他急道："不是！不是师哥逼的，我、我！"他当着这一家子人，窘涩至极限，"我甘愿的！"

他嚷了出来，什么想法都嚷了出来，满屋子人全听见了吧，纪芳许会听见吗？他妈妈会听见吗？那一并听了去吧！

劝说也好，惩罚也罢，一切都倏然终结在姜漱柳的昏厥中。乱成一团，丁延寿箭步上前横抱起妻子，送回卧室，丁汉白和纪慎语往床边凑，前者被揪入书房，后者被扔在走廊。

门窗落锁，丁延寿将丁汉白软禁在里面，要是在旧社会，他就把这逆子活活掐死！

纪慎语立在廊下柱旁，眼瞅着丁延寿拐回卧室，那二老每次不适都是他照顾，可现在他连进屋的资格都没了。三五分钟后，姜廷恩出来，甫一对上他便猛地扭开脸，而后再偷偷望来，极其别扭。

"你是个疯子吧！"姜廷恩喊。

他没做反应，疯子、傻子、白眼狼，他都认了。踱至书房外，他凑在缝隙处向内窥探，见丁汉白冷静地坐在沙发上，敛着眉目在想些什么。

纪慎语收回目光，不禁去瞧梁上的燕巢。

姜采薇出来时就见纪慎语惶然地立着，和对方初到时的情景一样。她过去，压着嗓子问："把长辈都气成了这样，你们在胡闹什么？小姨帮你们一起求情，认个错好不好？"

纪慎语张张口……

姜廷恩一拳砸他肩上："那你想干吗？"他好似听到天方夜谭，"大姑都被气病了，你有没有良心？要不是大姑和姑父，你还在扬州喝西北风呢！"

书房里那位听得一清二楚，狠踹一脚门板，发出一声巨响。姜廷恩受惊噤声，委屈又愤怒地瞪着纪慎语，姜采薇干脆拽纪慎语走开一段路。她带着哭腔："你跟小姨说，你俩一时糊涂闹着玩儿，是不是？"

纪慎语抬不起头，但坚定地摇了摇头。

姜采薇又问："或许，是汉白强迫你的？现在我们做主，你去跟他说清楚，好不好？"

纪慎语仍是摇头，他不忍心说出戳心的话，却也不能违心地妥协。姜采薇啜泣起来，颤抖着，像这时节的细柳。他走开，走到卧室外望一眼，见丁延寿坐在床边喂姜漱柳喝水，这对恩爱夫妻叫他们弄得身心俱疲。

他被遣回小院去，便枯坐在廊下等待宣判结果。

他们要怎么办？

再不认他这徒弟，他们又要怎么办？

丁家大门关紧。丁汉白被关在书房，听着隔壁进出的动静，后来听见姜漱柳捶胸顿足的哭声。他翻来覆去，一张沙发叫他折腾个遍。

如此待着，全家一整天都没有吃饭。

日沉西山，这前院什么动静都没了。

半夜，窗台跳上黑影，是那只野猫，而后门外也晃来一身影，烟儿似的，没丁点动静。纪慎语挨到这刻，悄摸溜来，贴住门缝向内巴望，嘘着气叫一声"师哥"。

丁汉白开灯，凑到门缝回应："嘘，那二老肯定愁得没有睡着。"刚说完，门缝塞进字条，上面写着——你的脸疼吗？还流不流血？

他们就用字条交流，不出一点声音，询问、关心、求助，你来我往写了那么多句。丁汉白最后写道：你不后悔，对吗？

那字条像布满小刺，扎得纪慎语肉疼。他从兜里掏出一张写好的，折了折，塞进去一半时却顿住，百般考虑后又急急抽回。丁汉白问："是什么？给我！"

纪慎语攥着那纸，他没给，也没答。

丁汉白急了："纪慎语！你是不是怕了、后悔了？！"门外的影子骤然变淡，什么都没说就走了，究竟是默认还是逃避？

纪慎语一步步离开，他想，万一丁汉白更改心意，万一丁汉白想回归父慈子孝，那这事儿转圜后就会随风而过……所以他此时不能承诺，到时也不会纠缠。丁汉白送过他一盏月亮，那就权当是一场镜花水月。

就这样僵持了三天。

这三天中丁汉白水米未进，眼涩唇裂，躺在沙发上始终没有认错松口。第四天一早，纪慎语耐不住了，直接跪在卧室外求丁延寿消气，丁延寿撵他，他不发一言低着头，大有跪到天荒地老的架势。

丁延寿骂道："你们还要来威胁我？！"

纪慎语不敢，他想进去，想换丁汉白出来。

丁延寿问："你学不学好？他是撬不动、捶不烂的臭皮囊，你呢？你要挨到什么时候认错？"他与纪芳许知己半生，接下纪慎语照顾教养，疼了夏秋冬，在这初春竟然给他当头一棒。

亲儿子和养子都疯了！

他半百年纪见识了！

丁延寿开了书房，取了鸡毛掸，终于要动这场家法。一棍棍，虐打仇敌般扬手挥下，丁汉白死咬住嘴唇，一声声闷哼，一道道血印，那米白的衬衫浸出血来，他从沙发滚到地毯上蜷缩挣扎。

纪慎语还没扑到丁汉白身边就被姜廷恩和丁可愈死死拽住，丁延寿说："你愿意跪就跪，跪一分钟我就打他二十下，现在已经皮开肉绽，要不要伤筋动骨你决定。"

姜廷恩急道："快走吧！你想大哥被打死吗？！"

丁可愈干脆劝都不劝，直接将纪慎语朝外拖。纪慎语眼睁睁看着丁汉白浑身渗血，尝到了走投无路的滋味儿，他挣脱开，狂奔回小院翻找药箱，疯了似的，攒了一袋子塞给姜廷恩。

他抖动嘴唇："这是消毒的，这个止血！镇痛……吃一粒这个镇痛，纱布要轻轻地缠，吹着点，给他喝水，多给他喝水！"

丁可愈一把抢过："你真是自愿的？"

纪慎语风声鹤唳："你要给师父复命？"反正脸皮无用，他切切道，"三哥，你听清，我是个私生子，心术不正，最会的就是歪门邪道，所以害了师哥。"

姜廷恩破口大骂："你在说什么？！有这个工夫抢着担责，为什么不立刻认错？！"

纪慎语转身回屋，他也不知道自己在说什么，就知道那鸡毛掸子抽在丁汉白身上时，他疼得五脏肺腑都错了位。

棍棒已停，鸡毛掸子上的铁丝崩开几圈，丁汉白更是奄奄一息。"孽障，我真想打死你绝了后。"丁延寿伤完身诛心，出屋走了。

丁汉白半睁眼睛，视线中阵阵发黑，昏了。

他再醒来时又躺在了沙发上，擦了药，姜廷恩伏在一旁端详他，哭得抽抽搭搭的。他费力抬手，拭了泪，拍了肩，气若游丝："……慎语怎么样？"

姜廷恩气道："赶出去了，这会儿火车都到扬州了！"

说着，东院两兄弟过来，一个端着餐盘，一个抱着衣服。丁尔和抱起丁汉白扶着，丁可愈挤开姜廷恩，捧着汤要喂。

菜丁都切得极碎，仿佛怕咀嚼累着，每道菜清淡、软烂，饭里还搁着蜜枣红豆。丁汉白一口口吃着，似笑非笑，嘎嘣一声，饭里竟然藏着颗八宝糖。

丁可愈说："小姨做了半天，多吃点。"

丁汉白骂："少此地无银三百两，纪慎语的手艺我尝不出来？"

姜廷恩又开始哭，对不起佛祖耶稣观世音，对不起祖祖辈辈，眼泪都要溅汤碗里。丁汉白吃完换身衣服，摇摇晃晃地坐直身体，看着那仨。

残阳如血，他忽然也不知道要说什么。

丁尔和一直没吭声，此刻开口："大伯打完你留着门，就是让我们来照顾你，估计再过两天就能消气了。"

丁汉白垂下眼，哪有那么容易，只挨顿打就能换父母的妥协？他从未如此肖想。但他早考虑到最坏的结果，对纪慎语软硬兼施的时候，那日晨练他求丁延寿的时候……还有，从梯上抱下纪慎语的时候。

他不慌，也不怕，他没一刻昏头。

丁汉白之前没打算告诉家里倒腾古玩的事情，是觉得迟说比早说要好，是因为古玩城还没开，他还没做出样子。

现下只怕连这顿家法都打不动了。

喜鹊离梢，野猫跳窗，他怎么可能没察觉浩荡脚步？这惊天动地的一撞，把情绪直接逼到了高峰，而后是打是杀，就只有回落的份儿了。

丁汉白什么都准备好了，只想知道纪慎语是否后悔。

安静片刻，他低声交代："老二，你和二叔向来负责'玉销记'二店，以后一店、三店活儿多的话，多帮一帮。"不待丁尔和说话，他又吩咐老三："你晚上跑一趟崇水旧区，帮我找个瞎眼的老头儿，客气点，别空着手去。"

一点点安排，伤口又流出血来，丁汉白顿了一顿："散会，老四给我沏杯茶。"等茶水端来，屋内只剩他俩。他说："老四，虽然你咋

152

呼，但你和慎语最亲近。况且三店做首饰是他拉着你，你就算现在对他有意见，也不能忘恩负义。"

姜廷恩错杂至死："我劝得嘴里都溃疡了，我能怎么办哪！"

除了劝放弃就是劝了断，丁汉白咒骂一声撂了茶盏，他盯着地毯上发乌的血迹，说："他吃少了，你就塞他嘴里；他穿少了，你就披他身上；他担心我，你就编些好听的；他要是动摇，你就、就……"

姜廷恩又哭："就干吗？"

丁汉白说："就替我告诉他，动摇反悔都没用，一日为师还终身为父呢，既然答应我了，那这辈子就不能反悔。"

字句不算铿锵，他却仿佛咬碎牙齿和血吞。

夜极深，三跨院只小院有光，纪慎语坐在石桌旁喝水，水里盛着月亮。一过凌晨就第五天了，败露，交代，软禁，今天又动了家法，到头了吗？会有什么样的结果？

丁汉白一直不与他断绝，难道要押在书房一辈子？

他起身回屋，折腾出行李箱，叠了几件衣服。姜廷恩夜袭，大吃一惊："你在干吗？大哥就剩半条命还惦记你，你这是要弃他而去！"

纪慎语蹲在地上，丁汉白不弃他，他也不会弃对方，可丁汉白不能永远关在书房。他将书签与琥珀坠子搁进夹层，说："我们肯定不能继续住一起，我搬。"

他睡不着，收拾北屋南屋，浇灌一草一木，姜廷恩跟屁虫似的，还是那些车轱辘话。最后，鸟悄树静，对方泄气："算了。大哥说既然你答应他了，那这辈子就不能反悔。"

纪慎语一怔，想象得出来丁汉白说这话的模样，他掉两串泪，但缓缓笑了。

天未明，刹儿街的早点摊儿都还没出，丁汉白却爬起来出了书房。他就着院里的水管洗漱一番，喂鱼，扫院，把丁延寿每天的晨计都做了。

而后他便立着，立在院中央，一言不发，昂首挺拔。

日出后大亮，丁延寿和姜漱柳起床，姜采薇随后，东院二叔一家也陆续过来。众人聚在客厅门口，愤怒的、担心的、恨不成器的……情态各异。

丁延寿说："我还没叫你，倒先自己站好了。"

棍棒之下出孝子，鸡毛掸子打坏却镇不住丁汉白这混账。也许适应了痛意，也许逼到极限生出潜能，他精神饱满地立着，一身天不怕地不怕的气势。

待纪慎语过来，他们便一起站着，觍着脸也好，豁出去也罢，肩并肩地面对这一大家子长辈亲眷。

姜漱柳心中无限恨，问他们是否知错。

丁汉白说："既然都认为我们错，那就错了，但我改不了。"

丁延寿暴喝："改不了？我打折你的腿关一辈子，我看你能不能改！"紧接着他掉转枪口："慎语，他逼着你或是你学坏，都无所谓了。我只问你，你不是说认定这个师哥，无论做什么都甘愿跟着他？那他要是变成一个残废，你还跟着他？！"

纪慎语恻然："跟。我照顾他一辈子。"羞愧不堪，恨不能咬烂一口白牙。

五天了，五天的施压惩戒换来这样的结果，丁延寿气得上前一步，涨红脸庞睁着虎目。"一个不怕疼，一个不离弃，你们唱什么感天动地的大戏呢！"

怒极反笑，他转脸问姜漱柳："咱们生了这么个畜生，留着还有用吗？"

众人听出端倪，霎时慌了阵脚，喊大哥的，喊大伯的，喊姐夫的，不绝于耳。丁厚康和姜采薇几乎同时吼出，让丁汉白和纪慎语快快认错。

朗朗晴空，丁汉白说："该不该的都已走到如此这般。"

他信誓旦旦："这一遭我担着，但只要留一口气，就别想让我低头。"

丁延寿几欲发疯："……好、好！我这儿子可真有种！"他不问姜漱柳了，甩开丁厚康拽他的胳膊，"想用一顿毒打换家里答应？没那么好的买卖！从今天起，你丁汉白给我滚出家去！"

吐字如钉，众人惊愕难当，姜漱柳虚脱一般，伏在丁延寿后肩痛哭，二叔和小辈们规劝拉扯，一时间吵成一团。纪慎语晃晃，他没料到会弄得父子决裂，他这个人，他们这份情义……值得丁汉白牺牲至此吗？！

丁汉白说："爸，妈。"他双拳紧握，额头的青筋都凸了起来，冷静确认，"你们真的不要我了？"

丁延寿骂道："收拾你的东西给我滚！二十年了，我和你妈就当养了二十年的白眼狼！从此以后，'玉销记'你不许去，这个大门你进都别进！"

丁汉白竟高声喊道："打今天起，我离开丁家自立门户。成了，厚着脸皮说一句是你丁延寿的儿子，不成，夹着尾巴绝不给丁家丢人！"

他没做任何挣扎，如果毫无退路，只能被赶出家门，那他就堂堂正正地走。他搏一搏，没了家业，没了父母，他自己能活成什么样子。

这时丁延寿沉声道："你滚，慎语留下。"

丁汉白目眦陡睁，他只记得丁延寿刚正，却忘了对方老辣，放一个留一个，这是铁了心要拆散他们。纪慎语更没想到，怔愣地看向丁延寿，"扑通"一跪："师父，让我跟师哥走吧！求求你了！"

丁延寿说："你要是前脚跟他走，我后脚就一刀扎在动脉上，我去见芳许，我得对他认错，教坏了他的好儿子！"

纪慎语瞠目结舌，气头上，他不敢再求，生怕酿成弥天大错，跪着，抖着，视野中的丁延寿也在颤抖，而姜漱柳早已哭得背过气去。

这父亲半生谦逊，独独以儿子为傲，半生自律勤勉，独独纵了、惯了儿子二十年，现在却换不回一次服从。丁延寿垂下手，肺管子都要喊出来，热泪都要喊出来——"孽子！我以后再没你这儿子！"

纪慎语快要扛不住了，非要辜负一个的话，就扔了他吧。他起身摇晃丁汉白："师哥……"哆哆嗦嗦中掉下一张字条，是那晚他的答案。

丁汉白弯腰拾起，展开，上面写着——只要你不后悔，我一辈子跟着你。

够了，足够了，今天迈出大门，过往峥嵘、前路坎坷，他都不在乎。父母、手足、家业……他什么都不要了！

丁汉白响响亮亮地说："纪慎语，牵制我的东西很多，但都不要紧了。我把话撂这儿，哪怕最后我落魄收场，也绝不服软低头。"

他对着天地父母跪了一跪，而后利落起身，在此时此刻依旧狂得不像样子。丁家家训，言出必行，行之必果，他说到做到。

而后他又添一句："宁为玉碎，不为瓦全。"

03

丁家大门，丁汉白拎着行李箱立在门当间，这次迈出去也许再没机会折回。

转过身，除却父母，一大家子人都来送他，哭的还在哭，劝的还是劝，他低声对纪慎语说："玉佩装着，袖扣也装着，现在还不能带你走，过不了多久一定可以。"

纪慎语神情痛苦地点点头："我会好好照顾师父师母，你放心。"

丁汉白瞄一眼其余兄弟，半字嘱咐都没说，有心的自然会帮，无心的多说没用。张斯年已经在外面等他，他又看了纪慎语片刻，转身一步迈出了大门。

那一瞬间心绪顿空，他强迫自己不要回头。

走出刹儿街，张斯年倚着板车等在街口。"好歹是根独苗，怎么就这么点东西？"接过箱子放车上，一摸便知，"收的古玩都装了？"

古玩、书、几件衣服，就这么些。屋里摆设的宝贝、南屋的料子，一件都没动。丁汉白离远一步，终于找到对象撒气："推着破板车干吗？我是你收的废品吗？"

张斯年骂："都被扫地出门了，你当自己是香饽饽？"

这师徒俩眼看就要共患难，可还是没一句体贴的话，丁汉白扬手打车，逐出家门怎么了？他就是倾家荡产也不能和破板车并行。

张斯年一巴掌打下他的手臂，铁了心要治治他的富贵毛病。他忽然开窍，问："我说师父，你是不是推着板车有什么企图？"

一老一少在街上晃荡，走着走着，丁汉白觉出不对，没吭声，一个劲迈步，走得伤口都快崩开时到了文物局，就停在大门口，门卫瞧见他明显一愣。

这还不算完，张斯年把草帽一摘，"啪嗒"扣到他头上。"戴着，别趾高气扬的，哭丧着脸。"说完，用推车蹭脏的手掐他一把。

丁汉白强忍着，正欲发飙时望见拐来一车，驶近停下，车窗徐徐降落。怕什么来什么，是张寅那孙子！他腾地背过身，望向冒绿叶的枫藤，假装无事发生。

之前在玳瑁遇上，张寅撒泼大闹，掐掐时间，就算再小肚鸡肠的人应该也消气了。果不其然，张寅没旧事重提，稀罕道："嘀，师徒俩本事那么大，怎么还一块儿收废品啊？"

张斯年上前："你不用阴阳怪气，谁都有风光的时候，也免不了有落魄的时候。"及至车门外，从袄里掏出一物件儿，"你一直想要这个，给你带来了。"

张寅小心接住："太阳打西边出来了？"

张斯年说："东边日出西边雨，哪能人人头顶都一片晴。"

这话含义明显，张寅纳闷儿地叫一声丁汉白，想看看这猖狂分子遇到了什么难处，如今连他都要巴结，总不能是"玉销记"一夕之间破了产吧？

丁汉白款款走来，状似低声下气："张主任，给你拜个晚年。"

正月都出了，是够晚的，张寅弄清事情的来龙去脉后无比震惊。自立门户？多少人忙活一辈子都挣不来一家"玉销记"，这哥们儿三家都不要选择自立门户！张寅像盯怪物似的，生怕有诈，可行李扔在板车上，这求好的物件儿攥在他手里，不像是假的。

他问张斯年："你要收留他？"

张斯年点头，忍不住看向丁汉白："随你折腾，气死你爸没事儿，别祸害别人爸爸。"

丁汉白一副乖样："我辞职的时候留了螭龙纹笔搁，挺喜欢吧？"以往除了抬杠就是顶撞，就辞职办得可爱些，他得提一提，让对方记他一点好。

张寅哼哼一声，快要迟到，摇上车窗进去了。师徒俩打道回府，到崇水家里后丁汉白直接栽床上，层层衣服扒下，贴身的背心都被血浸湿了。

好一通上药，张斯年说："身体是革命的本钱，静养两天，搁在我这儿的古玩点点数，把账理理。"盖好被子，拍一拍，"你爸因为你倒腾古玩所以揍你？真是治家从严。"

丁汉白笑，得意，浑蛋，死不知悔改地笑。

张斯年一愣，随后一惊，什么都明白了。丁汉白咧开嘴，显摆似的："我和我师弟商量的事儿，家里不同意。"

"混账！"老头儿大吼，"别把你爹妈气死！"

四五十的丁延寿和姜漱柳雷霆震怒，这六七十的张斯年更不理解。

张斯年嗟叹："变天了、变天了……新时代了……"

丁汉白笑得浑身抽疼，没错，新时代了，他捶不烂打不死，养好了伤还要拼命干一番事业。他洋房、汽车备好了，让纪慎语跟着他不受丁点委屈。

暂时安顿下来，旧屋破床，起码能遮风挡雨。

家里，冷清五天的客厅又亮起灯，一桌饭菜布上，还是常做的清蒸鱼，还是爱喝的瑶柱汤，只不过空了一位。纪慎语如坐针毡，一味低头盯碗，开饭了，他悄悄将手放在右边的椅子上，不知道丁汉白吃了没有，吃得合不合胃口。

丁延寿说："廷恩，把多余的椅子撤了，碍眼。"

姜廷恩师命难违，可那是大哥的位置，人走了，椅子都不能留吗？踌躇半晌，他撤了自己的椅子，端着饭挪到纪慎语旁边，故意说："我觊觎这儿好久了，趁大哥不在我霸占几天。"

丁延寿说："几天？这辈子都没他了，你爱坐就坐吧。"

话音一落，姜漱柳撂下筷子，苦着脸走了。儿子做出这种事，又宁愿离家都不悔改，她这个当妈的哪还吃得下饭。纪慎语急急跟上，端着吃的尾随对方至卧室，搁好，轻手轻脚铺床，把什么都预备好就走。

姜漱柳叫他："站住！"

他一抖，立在原地喊声"师母"，愧得不敢抬头。姜漱柳瞧着他，眨巴眼睛兀自流泪。"我们哪儿对不起你们，你们怎么能这样对我们？"她搁下长辈身段，近乎哀求，"怎么会摊上这种事儿……能不能给我们一条活路呀……"

纪慎语走到桌旁跪下，道歉认罪也无法安抚对方半分。他就静静跪着，用沉默一分分帮姜漱柳冷却。久久之后，姜漱柳小声地问："汉白一定告诉你他去哪儿了，他有地方住吗？"

纪慎语低声答："应该去了崇水区的胡同，他有个朋友在那儿。"

姜漱柳念叨："他不上班了，钱花完该怎么办……"

纪慎语说："师母，你别担心，其实师哥在外面办着瓷窑，就算不做别的也有份收入。"他交代了这些，好歹让姜漱柳不那么忧虑。待丁延寿进来，他立即收声离开。

回到小院，老三和老四立在廊下等他。姜廷恩说："姑父让他搬来睡，看着你，我说我来，姑父不允许。"

这墙头草太容易叛变，靠不住，丁可愈师命难违，但心不甘情不愿。他走到纪慎语面前，同情中带一丝嘲讽："大哥真的……嗯？"

纪慎语自然没有回答，丁可愈得寸进尺："是不是啊？"

纪慎语将丁可愈一把推开，涨红脸跑进卧室。他背靠门板平复，渐渐想开了，一句羞辱而已，以后不知道还有多少，总不能一味地躲。从事情暴露，到一家子人审判，还有什么可遮遮掩掩的？他跟随一个要本事有本事、要人品有人品，连一身皮囊都上乘的丁汉白，有什么可不好意思的？！

纪慎语没再难受，躺下睡了。事情发展到这地步，纵然此刻分开，但他只求未来不看过去，打起精神，要把能做的做好。

他照常上学，只上半天，丁可愈接送他。下午去三店，丁可愈待在门厅帮忙待客，牢牢地监视着他。临近打烊，丁可愈晃悠到料库，参观完还想要一块子料，纪慎语将门一关，总算能耍耍威风："我是大师傅，我不同意给你，你就没权力拿。"

料子是小，面子是大，丁可愈说："你还有脸自称大师傅？要不是我们家收留你，你还不知道在哪儿打小工呢！祸害我大哥，搅得家无宁日，你对得起大伯吗？"

纪慎语被骂了个狗血淋头，脑袋嗡嗡，再加上没有睡好，竟捂住脑袋晃了晃。丁可愈一愣，尴尬道："……你哭了？我连脏字都没说，不至于吧？"

这老三一向觉得纪慎语好欺负，潜意识里又觉得打南方来的小蛮子脆弱，以为小蛮子爱哭。"我哪句说错了？大哥被打得半死，难道骂你几句都不行？"他走近一点，"你以为还会有大哥哄你吗？我可不吃你这套，我瞧见男的哭哭啼啼就别扭。"

纪慎语缓够抬头，清冷严肃，神圣不容侵犯一般。他说："你搞错了，以前都是师哥哭，我哄他。还有，我最烦男的叽叽歪歪找事儿，地里的大鸭子吗？"

丁可愈险些气死，小蛮子居然骂他是鸭子！

一晃过去三天，丁汉白也足足躺了三天，那硬板床让他难言爱恨，那漏风的窗户也叫他颇感心酸，洗个澡，剃胡楂，换上衬衫西裤，住在猪圈也得有个人样。

去一趟瓷窑，看看情况，他顺便借了佟沛帆的面包车。他倒腾古玩，以后办古玩城或者种种，少不了和文物局的打交道，这刚一落魄，张斯年就舍下老脸去巴结张寅，他感动，更要感恩。

他一路想着，中午约了几个搞收藏的吃饭，就在追风楼。

选了临街的包房，正好能望见对面，与人家聊着，谈着，时不时瞥去一眼。忽地，二楼晃过一道身影，是纪慎语吗？是吧？他总不能花了眼吧？

"丁老板，这釉面……丁老板？"

丁汉白魔怔了，不理会这是请客吃饭谈买卖，望着对面的小二楼，目不转睛，筷子都要被他攥折。又一次晃过，是了！没错！他放下心，招来伙计，又加了道牛油鸡翅和蛋炒饭。

纪慎语浑然不觉，丁延寿身体不适，而难度高的单子只有他能替代，于是仗着这把好手艺来一店顶上。所有愧疚难安，他就用拼命忙活来赎罪了。

他一气儿忙到这会儿，记了档下楼，其他人已经吃过午饭，给他剩着一屉包子。他钻到后堂吃，这时进来个服务生，穿着追凤楼的工作服。

服务生搁下餐盒："这是给纪慎语的牛油鸡翅和蛋炒饭。"

丁可愈问："谁给的？"

服务生答："一位客人，没留名字。"

纪慎语霎时发了疯，作势朝外跑，丁可愈眼疾手快地拦住他，死命拽着。"是大哥对不对？不能去，师父不让你们见面！"丁可愈嚷着，"鸡翅正热乎，炒饭那么香，别跑了，快点吃吧！"

纪慎语挣扎无果，伙计都要来制着他，他卸力停下，扑到窗边盯着追凤楼的大门。那里人来人往，车来车往，他生怕看漏一星半点。

半晌，大门里出来四个人，其中最高挑挺拔的就是丁汉白。他整颗心都揪紧了，傻傻地挥手，挥完贴着玻璃，按出两只手印。

丁汉白脱手两件宝贝，与收藏者握手告别，却不走，点一支烟，走两步斜倚在石狮子上。他朝对面望，一眼望见贴窗看来的纪慎语，呼一口烟，想跑过去把人抢出来带走。

隔着迎春大道，隔着车水马龙，像隔着万水千山。

"师哥。"纪慎语喃喃，神经病似的言语，"就在那儿呢，我看见他了，是他……"

待一支烟抽完，石狮子都被焐热了，丁汉白轻轻挥手，开车走了。纪慎语望着那一缕尾气消失，魂儿也跟着丢了，他钻进后堂再没出来，攥着玉佩呆坐到打烊。

丁汉白何尝不是，回崇水理账，理完对着账本枯坐到天黑。

及至夜深，三跨院的人都睡了，纪慎语悄悄爬起来，披着外套离开卧室。他没什么要做的，只不过实在睡不着。

他在廊下坐了一会儿，那时候丁汉白和他坐在这儿看书，就着一堆出水残片。他趁着月光望向小院，想起丁汉白和他在石桌旁吃消夜，还送他一盏月亮。

纪慎语走到树边，他只睡过一次吊床，就是地震那晚。行至南屋外，多少个夜晚他和丁汉白在里面出活儿。

还有那拱门，倒八辈子霉的富贵竹依然精神，四周扫得干净，没有遗落的八宝糖。边边角角都叫他巴望到了，目光所及的画面格外生动，画面上还有他闭眼就梦见的浑蛋。

思及此，他跑去擦自行车，给那"浑蛋王八蛋"又描了层金。

此时的崇水某一破落户还未熄灯，棉门帘挂了四季，终于遭遇暴力强拆。丁汉白坐着小凳，倚着门框，独自看天上闪烁的星星。

他第一次干这种浪漫事儿，仰得脖子都疼了。

张斯年在屋里问他："好看？"

他答："好看个屁。"

哪一颗都没看进去，丁汉白咬住下唇，眯眯眼睛收回视线，忍不住猜想，要是纪芳许还活着，那他们各自的人生会有什么不同？

他会遇见另一个宝贝珍珠吗？不会吧。纪慎语会遇见一个他这样的无赖吗？也休想。

丁汉白起身，去梦里会他的师弟，纪慎语进屋，去梦里见那个师

163

哥。风景未变，星星闪烁不停，他们又熬过了一天。

凌晨，西洋钟报时，嘀嘀作响。

04

丁汉白受了大罪，没吃糠没露宿，但生活质量下降一点就令他郁郁寡欢。他甚至想给规划局去个电话，建议尽早拆除崇水这片破房子。

张斯年进屋一瞧，怒道："你小子缺不缺德？往墙上画的什么？！"

墙上写了一大片"正"字，丁汉白说："我计数呢，好久没见我师弟了。"

张斯年直犯恶心："半个月都没有，你计这么大一片？"

丁汉白按小时计的，没事儿就添一笔，想得入了迷，恨不得描一幅人像。翻身离开硬板床，他这由奢入俭难的公子哥儿要去赚钱了，走出破胡同，开上破面包，奔向瓷窑监工理账，顺便与佟沛帆合计点事情。

这一路他就想啊，那师弟过得还好吗？

那一阵子没见的师弟瘦了三圈，其他不算，天天忙得脚不沾地，在外上课、负责三店的营生，回家还要伺候师父师母。丁延寿和姜漱柳早该恼了他，打骂都不为过，可那二位并没为难他，更叫他愧疚不安。

二叔一家中午没在，圆桌周围显得寥寥，桌上摆着炸酱面，七八种菜码，酱香扑鼻。姜采薇瞧纪慎语愣着，轻咳一声眨眨眼，让他趁热吃。

纪慎语挑菜码，黄豆、云腿、青瓜、白菜、心里美，当初丁汉白要的就是这些。丁汉白还给他拌匀，趁他不备用手擦他嘴上的酱。

天气暖和，野猫四处活动，闻着味儿蹲在门口。

姜采薇说："一晃都要五月了，过得真快。"

姜廷恩感叹："大哥快过生日了，五月初五。"

这俩人不知是无意还是故意，反正叫丁延寿顿了一顿，而后嘎吱咬下一口腌蒜。姜漱柳干脆搁下筷子，再没了胃口。姜廷恩转头问："纪珍珠，你不也是春天生日？"

纪慎语说："前两天过了。"

又是一阵安静，出了那档子事儿，谁还有心思过生日？桌上再无动静，这顿饭吃到最后，丁延寿离席前说："一直忙，休息两天吧。"

纪慎语起身追上，师徒俩停在廊下。他从事发就憋着，说："师父，你把师哥都赶出去了，那对我的怨恨一定也不会少，打我骂我都成，别因为受了我爸的嘱托就强忍着，是我对不住你和师母。"

丁延寿状似无奈地笑一声，打骂有什么用？那一根鸡毛掸打烂了，还不是落得人去楼空？说"对不住"又有什么用？不听不改，既然要做顽石那何必内疚，彻底硬了心肠倒好。

他说："我不会打你，也不会骂你，家法只能用在家人身上。"

这句话犹如晴天霹雳，纪慎语险些把柱子抠掉一块。丁延寿将他当作养儿，连住校那点辛苦都不舍得他吃，什么本事都教给他，让他第一个做大师傅……他还叫了"爸"。可现在他不算家人了，只是一个徒弟。

他什么分辩的话都没脸说，他真活该。

丁延寿却转头："你是个知恩重情的人，刚才那句话对你来说比打骂残酷得多。"他仍不死心，抱着一点希冀，"慎语，为了你师哥，值得落到这一步？哪怕你于心有愧，一辈子得不到我和你师母的原谅，也不肯回头？"

万般为难，纪慎语咬着牙根："值得。师哥离家都没放弃，我怎么样都值得。"反正早被扒干净示众，无所谓再揭一层脸皮，"师父，我真的想跟着师哥，他哪儿都好，我是真心想跟着他。"

丁延寿喝断："行了！他好不好我知道，你也很好，你俩将来前途可期，也许有其他人羡慕不得的生活，毁了，全毁了！"

脚步声渐远，纪慎语钉在原地许久，怔怔的，被忽然蹿来的姜廷恩吓了一跳。姜廷恩推他一把，朝着小院，埋怨道："我全都听见了，你是不是傻啊？"

纪慎语不答反问："你觉得师父说得对吗？说我们……毁了。"

姜廷恩答："当然对了，大哥本来是店里的老板，这下被撵出去成无业游民了，以后做什么都没家里的帮衬，多难啊。"

回到小院，纪慎语哄姜廷恩午睡，解闷儿的书、凉热正好的水，全给备上。正常人都知道无事献殷勤，非奸即盗，可这姓姜的愣嘛，揪着被子没想明白。

关了门，纪慎语转去书房，落锁，连只小虫都飞不进来。他绕到桌后坐好，回想起那番前途论来，有不甘、有委屈，更多的是凌云壮志。丁汉白的大好前途明明还在后头，他偏要让别人瞧瞧，他非但不会坏了对方前程，还是最能帮助丁汉白的那个。

一瓶墨水、一支钢笔，纪慎语拿出一沓白纸。他静静心，伏案写起来，从第一行至末尾，一笔笔，一页页，手没停地写了整整一下午。等墨水晾干，他检查一番装进信封，粘好，去卧室叫姜廷恩起床。

"睡饱了吗？"他好声问，"拜托你，去一趟崇水旧区，把这个交给师哥。"

姜廷恩本来迷糊，顿时清醒，接过一看，那么厚？上万字的信？他不肯，苦口婆心地劝。纪慎语将纸抽出，求道："这是很重要的东西，一句废话都没有，当我求你，以后给你使唤行吗？"

那纸上密密麻麻，有汉字有符号，还有许多道公式。姜廷恩扭脸看见床头的书和水，怪不得纪慎语巴结他呢，原来早有预谋。他答应了，等到天黑悄悄跑了一趟，没遇见丁汉白，把信交给了张斯年。

丁汉白泡在瓷窑，小办公室，他和佟沛帆隔桌开会。人脉陆续积攒，也渐渐有人愿意用潼窑铺货，他捏着一沓单子，说："我把生意谈来了，你却不接？"

佟沛帆吐口烟："接不了，你弄一堆精品瓷，甚至还有顶级精品，没法做。"分级繁多，但能做精品的瓷窑屈指可数，这是有钱没本事挣，搞不定。

丁汉白问："你的那位朋友也做不了？"

佟沛帆说："怀清跟着梁师父就学了不到七成，而且他擅长的是书画类。"

这一单做好，名声打出去，日后找上的人会越来越多，然而良性循环还没形成就触礁。丁汉白心烦散会，买一屉羊肉包子，打道回府。

一到家，屁股还没坐热，他被张斯年塞了个信封。老头儿说："你表弟送来的，这么厚，估计是一沓子钞票。"

表弟？姜廷恩能找来，肯定是纪慎语支使的。丁汉白霎时精神，拆信的工夫问："他有没有说什么？是我师弟给的？"一把抽出，是信？！背过身，生怕别人瞧见。

张斯年酸道："这厚度不像信件，别是写了本小说。"

丁汉白莫名脸红，迫不及待要看看纪慎语给他的话，然而展开后霎时一愣。那一道道公式，一项项注解，他难以置信地翻完，怦怦地，整颗心脏就要跳出来。

纪慎语竟然给他写了釉水配方，所有的，分门别类的，细枝末节都注释清楚的配方！他本不信心有灵犀，可这价值千金的一封信，正急他所急，难他所难。

羊肉包子凉了，丁汉白碰都没碰，躲在里间翻来覆去地看。他真是贪婪，有了这配方又不知足，还想抠出点别的什么，想求一句体己话，求个只言片语。

他侦察兵上身，他特务附体，把那封信都要凝视透了，每行的第一个字能不能相连？斜着呢？倒着呢？

没有，什么都没有，这狠心冷静的小南蛮子，近半月没见怎么那么自持？！

丁汉白终究没琢磨出什么玄机，放弃般折好，却在装回信封时眼睛一亮。信封里面藏着一行小字，是他熟悉的瘦金体。

——师哥，玫瑰到了花期，我很想你。

足够了，丁汉白抱着这一句话发狂，如同久旱逢甘霖，胜过他乡遇故知，羡煞金榜题名时，直叫他想起以前好光景。惊天一响，那陈旧的硬板床居然叫他滚塌了。

有这釉水配方如有神助，丁汉白将倒手古玩的事项暂交给张斯年，自己专注在瓷窑上。他一早赶去潼村，将配方中的两页给房怀清过目。

房怀清问："我师弟给你的？"

他说："全都给了。"文人相轻，这同门师兄弟也爱争个高低，他未雨绸缪，想警告房怀清一番，不料对方率先冷哼一声。

房怀清说："我这师弟看着聪慧，原来是个傻子。"普通人拿钱傍身，手艺人靠本事傍身，这连面都见不到了，这师弟竟然还把绝活儿交付旁人，蠢得很。

丁汉白咂着味儿："你的意思是我靠不住？"

房怀清说："你爸妈会放着亲儿子不要，却要个养子？纪慎语先帮你修复古玩赚钱，又贡出配方帮你烧瓷赚钱，保不齐你飞黄腾达后变了心，把他一踹返回家，到时候被逐出家门的可就是他了。"

人财两空，听着比剁双手还悲惨。

丁汉白平生最爱与人争辩，立即回道："这瓷窑赚钱指日可待，等古玩城起来了，也许还要再开其他窑，佟哥也一起飞黄腾达。你不担心自己被踹，反而操心我们的事儿，还挺热心肠的嘛。"

将房怀清噎得喘不上气，他通体舒畅，之后便脚不沾地忙起来。有了配方等于掌握了技术关窍，可以能人之所不能，那脱颖而出就是迟早的事儿。

丁汉白将还在商榷的单子一一落实，主要接高精工艺品，积累口碑。连轴转大半天，窑厂熏得慌，他跑河边草坪上一躺，铺着外套午休片刻。

阳光刺眼，他从怀里掏出空信封盖眼上，眯着，透着光分辨那一行小字：师哥——真想听纪慎语叫他一声师哥；玫瑰到了花期——浪漫，勾出种玫瑰那天的景象，他想摘一枝亲手送给纪慎语；我很想你——短短四字，言有尽而意无穷。

纪慎语刚卖出一套首饰，打个喷嚏，吸溜吸溜鼻子。丁可愈仍监视着他，只不过经过半月相处后，渐渐没了嘲讽和羞辱，偶尔还讨教一番雕刻技法。

打烊回家，公交车拥挤，纪慎语挤在窗边背书。丁可愈觑一眼，认命道："我以前觉得你从天而降，又不爱说话，假清高，这段时间总看着你，又觉得你人还不错。"

纪慎语偏过脸："糖衣炮弹，你要诈我？"

丁可愈冷哼一声，他发觉了，这师弟嘴巴厉害，但明刀明枪的，很痛快，事后也不记仇；而且，学习用功，将店里一切打理得红火有序，手艺又好，简直挑不出毛病来。

他承认："刚开始有点嫉妒，现在有点佩服。"

纪慎语一愣，要做的事情很多，经历的事情也很多，哪还有精力去计较鸡毛蒜皮，兄弟和睦最好不过。池王府站到了，下车，他说："你不烦我，我也就不烦你，就算你当初摔坏我的东西，反正也修好了。"

丁可愈迷茫道："……什么东西坏了？"

纪慎语说："玉熏炉啊，你不是打碎我的玉熏炉吗？不怪你了。"

丁可愈嚷道："谁打碎你玉熏炉了！你怪我让你穿女装引流氓，怪我没及时救你都可以，怎么还编派别的？等等，你的玉熏炉不是在一店摆着吗？！"

那模样不像撒谎，纪慎语心头一凛："真的不是你？"

丁可愈气道："不知道你说什么，反正不是我！"

纪慎语满腔猜疑，到家后若无其事地落座吃饭，看一眼丁尔和，对方朝他点点头。开饭了，自从没了丁汉白挑肥拣瘦，饭桌安静许多。

过了一会儿，他忽然说："师哥不会做饭，不知道每天吃得好不好。"

姜采薇和姜廷恩趁势帮腔，努力描绘丁汉白的惨状，吃不饱，穿不暖，居无定所。然而没等丁延寿动了恻隐之心，丁尔和说："汉白本事大，搁下雕刻奔了挣大钱的，放心吧。"

丁延寿目光扫去，示意继续说。丁尔和便说："店里一位熟客搞古玩收藏，听他说汉白在圈里挺有名的，出手就是真玩意儿、好东西。"

纪慎语急忙看丁延寿神色，插道："倒腾古玩不等于搁下雕刻，这二者并不冲突。"

丁尔和却避开这话："之前他搬东西什么的，应该就是收的古董吧，没想到已经偷偷干了一阵子。总之，不用担心，他到哪儿都差不了。"

话题戛然而止，丁延寿气滞，其他人便不敢出声。纪慎语捏紧筷子，垂眼盯着白饭，怕抬眼对上丁尔和，倒了他的胃口！

看似无波的一顿饭，却让丁延寿难受半宿。纪慎语拍背按摩，尽心照顾至深夜，离开，折回客厅踹上了门。丁尔和正看电视，闻声回头，淡淡地望来一眼。

纪慎语开门见山："二哥，你真是司马昭之心。"他故意提一句丁汉白，旁人都知道拣可怜话让丁延寿心软，偏偏丁尔和看似安慰，实则将丁汉白的动向交代底儿掉。

丁延寿这辈子最大的骄傲就是丁汉白，全因对方的手艺与担当，现在一波未平，一波又起，别人费尽心思要父子俩破冰，这混账却火上浇油。

丁尔和还是一贯的淡然样子，瞧着无辜，温柔。他说："我讲的都是实话，汉白做都做了，还怕大伯知道？"

纪慎语说："少来这套，父子之间筋脉相连，用不着你穿针引线，师哥才走半月，我永远不会持股，你就觉得轮到你了是吗？"

丁尔和问："不该轮到我？"

纪慎语说："就算他这辈子再不碰家里生意，就算明天你摇身成了大老板，那你只当天上掉馅饼，接着，识相地吃就是了，别不知满足地瞎搅和。"

丁尔和轻吐："你算个什么东西？"

纪慎语回："我不算什么，你在我眼里更不算什么。这个家做主的是师父，师哥是被师父宠大的独生子，户口本上可没有除名，你还是好好掂量掂量再得意。"

纪慎语说完就走，利利索索地，关掉一路的灯。摸黑回到小院，怒气发泄完感觉身心俱疲，他忽然笑起来，跟丁汉白厮混久了，噎人也学会几分。及至北屋廊下，他推门之际听见什么动静，一回头，在漆黑夜空中看见绽放开的巨大烟花。

红的，蓝的，黄的，闪着光，一朵接着一朵。

春节已经过完，谁这时候突然放烟花？

刹儿街尽头，丁汉白叼着烟立在角落，靠近外墙的地上搁着几盒点燃的烟花，五彩缤纷，带着响，应该能引起一些注意。

纪慎语立在屋门前痴痴地看，等到最后一朵湮灭，仿佛一切斑斓绚丽不曾发生。他还未觉失落，又有一点亮光，隐隐地，飘忽着。

丁汉白在河边摘了新发的柳条，弯折，糊两层白宣，加一只小碟，点上，此刻晃晃悠悠的孔明灯一点点深入天空。

珍珠，你看见了吗？他在心里说。

纪慎语看得清清楚楚，那扶摇直上的孔明灯那么亮，亮过满天繁星。他冲到院中央，仰着脸，胸中情绪堵得满满当当。

玫瑰到了花期。

灯上字迹分明——我也很想你。

05

丁汉白在墙外立了很久，孔明灯都飘到天边去了，他仍立着。忽地，从里面砸出来一颗鹅卵石，是垒在花圃边缘的鹅卵石。

这是纪慎语给他的信号，纪慎语看见了。

他一步步后退，恋恋不舍地离开，经过丁家大门时望一眼，不知道那二位家长近况如何。回到崇水，他简单收拾几件衣服，要去一趟上海。

他一早寄了竞买人申请，连夜走，到达后马不停蹄地参加拍卖会。张斯年正在钉床板，哼着歌，回想年少时第一次去上海的光景，回来后没干别的，看谁不顺眼就骂人家"小赤佬"。

丁汉白速战速决，换一件风衣，临走搁下两沓钞票。"别钉了，买个新床，余下的钱你收着。"他嘱咐，"另一沓如果有机会的话就给我师弟。"

张斯年问："你晚上干吗了？合着没见着？"

丁汉白要是真想见，翻墙进去并不难，可他没那么好的自制力，一旦见到就走不了了。再忍忍吧，等他回来，化成缕轻烟也要飘到纪慎语面前。

他拎包离开，趁着夜色。

凌晨出发的火车，旅客们一上车就睡。

丁汉白走到车厢接合处抽烟，回想去赤峰途中的那轮夕阳。那一刻真好啊，他从后环着纪慎语，静谧从容下藏着怦怦心跳，不像此时，只能看见自己的影子。

何止就他看着影子，纪慎语伏在窗台上望着外面的天空，期盼飘远的孔明灯去而复返，叫他再看一眼。夜是黑的，屋里明着，他也只能看见自己的影子。

天气一日日变暖，丁延寿气病的身体却不见好，丁尔和透露的信息如一记重锤，把这原则坚固的父亲打击个透。这样一来，他在家养病，让丁厚康全权管着三家"玉销记"。

饭桌上，丁尔和顺水推舟："大伯，一店最要紧，你不在的话没人坐镇，要不叫我爸先顶上吧。"说完，他去夹最后一根油条，不料被对面一筷子抢走。

纪慎语将油条一分两股，一股给姜廷恩，一股给丁可愈，说："师父，三哥看着我，我们都在三店，廷恩做首饰也在。如果二叔去一店，二哥在二店，那两家店都有些紧张。"

丁尔和说："出活儿没问题就行，我心里有数。"

纪慎语旧事重提："之前二店拜托师父做了一批玉勒子和玉套坠，说明二哥和二叔两个人都忙不过来，各店一个人出活儿怎么会没问题？"

他给丁延寿提了醒，继续说："师父，我和三哥去一店吧，你手上的活儿我本来就做了七七八八，总要有头有尾。二叔和二哥还在二店，首饰出活儿快，廷恩自己在三店就行。"

纪慎语在桌下踢踢姜廷恩，姜廷恩立刻拍胸保证，丁可愈也表示没有意见。丁延寿首肯，吃完便回屋躺着，丁尔和没搏到上诉机会。

一同出门，大腹便便的丁厚康在前面走，四个师兄弟在后面跟。在街口分道扬镳，纪慎语转身对上丁尔和，擦肩时，对方说："你在家是个外人，在店里是个不持股的打工仔，可别记错了。"

那声音很低，平淡中酝着火气，纪慎语低回："正因为我不持股，那我说什么、做什么，谁都无法给我安个野心勃勃的罪名。"

人有了目的也就有了弱点，有了弱点就会束手束脚。纪慎语光明正大，在家希望丁延寿早日原谅丁汉白，父子之间融冰；在"玉销记"他一切为店里考虑，谁耍花花肠子他对付谁。

纪慎语与丁可愈去一店，迎春大道不辜负这名字，路两旁的迎春花开得极热烈。行人扭着脖子贪看，他却心如止水似的，开门就进了店内。他于人前礼貌而周到，出活儿，待客，打理店内的方方面面。等到稍有闲余，背过身，他就沉默寡言得像块木头。

点滴空隙里，他想丁汉白。

丁汉白今晚还会出现在墙外吗？

就这一个问题，他能琢磨十万八千次。

"纪珍珠，歇会儿吧。"丁可愈进来，挽袖子扎围裙，"这些天光顾着监视你，都没摸过机器，我干会儿。"

纪慎语有眼力见儿地备好茶水，还擦钻刀，然后状似无意地说："街上那花开得真好，小姑娘们看见都走不动。"

丁可愈随口道："女孩子嘛，难免的。"

纪慎语问："三哥，你不是有女朋友吗？漂亮吗？"

丁可愈打趣他："你管人家漂不漂亮。"说完无奈一叹，"好一阵子没见面，估计生我气呢。"

丁可愈日日跟着监视，不仅顾不上摸机器，也顾不上见女朋友。纪慎语试探完心生一计，什么都没说，去门厅看柜台了。五月，没几天就是丁汉白的生日，他一定要和对方见面。

伙计晃来，瞧他自顾自笑得美滋滋，也跟着笑。

他脸一红，虚张声势，端大师傅的架子："上午出的那件记档没有？五月啦，上个月来去的料子厘清没有？"

伙计答："不是你一早亲自弄的吗？"

纪慎语忙晕了，一味地做，做完赶紧从脑中清出去，不记，统共那么大地方，得给丁汉白腾开。他又开始笑，就用这笑模样接待顾客，卖东西都更加顺利。

可惜没高兴到天黑，打烊回去他就被姜廷恩拽到姜采薇屋里，那架势，是自己人说悄悄话。"今天老二来三店了，问账。"姜廷恩说，"我不管账，但知道盈利一直在涨，就告诉他了。"

纪慎语问："他有事儿？"

姜廷恩答："不知道啊，他就说咱们办得不错，还说二店根本比不了，没提别的。"

无缘无故，丁尔和必定还有后招，纪慎语没说什么，并让姜廷恩也别在意，抬头撞上姜采薇，他有点尴尬地抿了抿嘴。姜采薇是长辈，应该也为他和丁汉白的事儿很伤心，他觉得抱歉。

不料姜采薇说："廷恩，汉白不在家，慎语有什么要你帮的，你尽力帮。"

姜廷恩嘴快:"大哥和师弟没区别是吧?"

纪慎语听出弦外之音,当着人家亲小姑的面却不能动手。可转念一想,姜廷恩既然这样说,是不是……是不是没那么反对?

屋内顿时鸡飞狗跳,姜廷恩被姜采薇追着打,香水都砸坏一瓶。纪慎语跟着躲,俩人一口气跑回小院,停在拱门内,对着脸吭哧喘气,难兄难弟。

纪慎语试探:"……你心里怎么想的?"

姜廷恩结巴:"我、我开玩笑。"心虚,眼神飘忽,招架不住,"算了,我自私……我乐意你跟着大哥,也不反对你们做的事儿!"

纪慎语惊喜道:"真的?!你这是大公无私!"

姜廷恩说:"那就没人跟我抢小敏姐了。"

无论出于什么原因都行,反正纪慎语有了第一个支持者,他恨不得立刻为姜廷恩和商敏汝雕一座游龙戏凤。俩人闹了半天,最后姜廷恩问,要不要把丁尔和问账目的事儿告诉丁延寿。

纪慎语答不用,目前只是问问而已,一脸防范显得他们小气。他还叫姜廷恩从三店拿一条项链回来,花朵形状的,记在他的账上。

第二天清晨,纪慎语蹲在花圃旁浇水,一阵急促的脚步声袭来,丁尔和带着几个伙计到了。大清早的,这阵仗总不能是打扫卫生,不待他问,丁尔和管他要南屋的钥匙。

他自然不肯给,可丁尔和提前叫来伙计帮忙,就是得到了丁延寿的首肯,要搬机器房的料。"搬哪儿?那些料都是师哥买的,不是公家的料。"纪慎语不愿意上交。

丁尔和客气地说:"的确是汉白自己的料,可他没有带走,我问大伯他是否还回来,大伯不让他回,那这些料总不能搁一辈子。留一点,其他全部搬到'玉销记'分一分。"

纪慎语僵着不动，却也想不到拖延的办法，丁尔和名正言顺还有鸡毛令，他违抗不得。交了钥匙，他无助地立在院里看伙计翻箱倒柜，那些都是丁汉白喜欢的、宝贝的东西。

丁汉白走时潇洒，什么都没拿，这么快就被人要了去。

丁尔和走来，笑得挺好看："汉白是个有种的，家业不要撇出去自立门户，似乎一点都不眷恋。其实我觉得你更应该走，跟人家亲儿子掺和一起，还日日赖在这儿吃饭睡觉，多臊得慌。"

纪慎语转身浇花，没吭声，这点羞辱他受得住。

丁尔和却没完，又道："亲儿子走了，非亲非故的留下，说出去简直滑天下之大稽。你倒心安理得，是就你这样，还是你们扬州人都这德行？你爸当初也有意思，托孤，托了个天煞孤星，专破坏人美满家庭，不过也对，你是私生子，毛病应该是从娘胎里带出来的。"

纪慎语扭脸："怎么？激我？"他把铝皮壶一撂，"我坏了丁家的门风，糟践了你们丁家的人是吗？我怎么能安生待在这儿，我应该一头跳进护城河了断是吗？可是凭什么？我没犯法，时至今日依然是'玉销记'的大师傅，你是吗？公安局没给我立案，街道派出所的民警没找我谈话，就连居委会大妈都没对我指指点点，你凭什么？你丁尔和算哪根葱？！"

纪慎语迫近一步，说："我是私生子，比不得你，你娘胎清白，根红苗正，有个了不得的伯父，还有略逊一筹的爹，那真是奇怪，你的手艺怎么还比不过我这个私生子？是你天资愚钝，还是我聪慧过人？听说你是学机械的，考过几次第一？拿过几张奖状？估计就是个中不溜吧。不如我给你指条明路，雕不出名堂趁早改行，修表开锁钎拉链，认清你这条平庸的命！"

手艺低人一等，对戗也占不了上风，废物！丁尔和面红耳赤，"你你你"地絮叨，半天没再憋出半个字，待伙计搬完，他丢下句"恶心"便走了。

纪慎语喉咙胀痛，脚步虚浮，走上北屋台阶徐徐跌倒，傻傻地瞧着这院子。富贵竹绿了又黄，玫瑰谢了又开，他遭遇这人生的颠覆，熬过，盼着有一条光明大道。

后悔吗？他每天自省。

他的心早被丁汉白填满堵死，改不了，回不了头。像个泼皮无赖与人对骂也好，呕心维护家里点滴利益也罢，他一点都不后悔。

缓过气，他关好门窗去"玉销记"，不料门厅有个戴墨镜的老头儿，正是张斯年。

隔着一截柜台，声音都挺低，纪慎语按捺着急切问："张师父，我师哥他怎么样？"

张斯年说："能吃能睡，床板都能滚塌。"一低头，在众伙计和丁可愈的眼皮子底下，"这香筒给我瞧瞧，竹雕？"

纪慎语拿出来介绍，顾珏款，雕的是瑶池献寿。张斯年攥着一串钥匙，将钥匙搁柜台上，接住香筒，看了会儿，觉得包浆配不上雕工。

老头儿陆续看了三四件，挑剔，总有不满意的地方，纪慎语便一直耐心地介绍赔笑。张斯年活脱脱一个难伺候的顾客，费劲巴拉最后什么都没买，走了。

出去片刻，他在门外喊一声："小师傅，钥匙落了！"

纪慎语抓起钥匙出来送，立门口，一交一接的瞬间手里多个信封。张斯年低声说："丁汉白给你的零花钱，他去上海了，初五回来。"

初五？那不就是丁汉白生日那天？纪慎语收好，回道："谢谢您跑一趟，我会想办法见他一面。"

张斯年想说，图什么呢？何苦啊？

丁汉白在上海奔波几天，参加拍卖会，跑几处古玩市场，还见了留学时的同窗。黄浦江边儿，他独自吹风，临走时描了幅速写。

家里怎么样了？没他见天找事儿，应该太平许多。

爸妈怎么样了？想他吗？想他的时候是愤怒多些，还是不舍多些？

"玉销记"怎么样了？他之前雕的件儿卖完了吧，以后会不会销量下滑？

最后，他想一想纪慎语怎么样了。他只能将纪慎语放在最后想，因为开闸挡不住，第一个就想的话，那其他且等着去吧。

江水滚滚，丁汉白揣着沸腾的思绪踏上归途，挨着箱子睡一觉，争取醒来时火车恰好进站。到时就是五月初五，他的生日。

当年产房六个产妇，他是第四个出生的，哭声最响，个头儿最大。每年生日姜漱柳都絮叨一遍，今年……够呛了吧。

火车鸣笛，撞破故乡的夜。

他搭一辆等活儿的三轮车，脱口而出"池王府"，说完咂咂嘴回味，认倒霉般改成崇水。到那破胡同，他敲开破门，进入破屋，嗬，破床已经钉好了。

丁汉白沾枕头就睡，把一只小盒塞枕头底下。

这一天的气氛注定不寻常，池子里的鱼摆尾都收敛些，早饭真糙，一盆豆浆完事儿，人人灌个水饱，大家不敢怒更不敢言，把某人的生日过得比清明还郁闷。

纪慎语拉丁可愈去小院，亮出那条花形项链，玉石浅淡，是卖得最好的一款。"三哥，这阵子看着我很烦吧，和你女朋友连见面都没时间，这个送三嫂怎么样？"他好生言语，"如果尺寸不合适我再改，一定要试试。"

丁可愈早就害相思病了，但他走开的话，谁来看着纪慎语？

姜廷恩掐好点儿蹿出来，一脸不悦地要抢那项链，说是顾客定好的。纪慎语阻拦："我已经送给三哥了，重做一条吧。"

姜廷恩说："那你今天就做，我看着你，不交工连饭也别吃。"

丁可愈这下放了心，装好项链安心去约会。戏演完，姜廷恩从监工的变成放风的，帮纪慎语打着掩护溜出大门。纪慎语一朝得解放，撒欢儿，小跑着奔向崇水旧区。

此时丁汉白刚醒，洗个澡，在院里铺排出收的宝贝，衬光，敞亮，一时间甚至不舍得寻找买主。欣赏完，他换衣服出门，临走拿上枕头下的小盒。

他要去见纪慎语，穿墙也要见，遁地也要见，踹开那破门，一步跨进这遥遥的胡同里。

抬眼，祖宗老天爷，胡同口闪来一道身影，轮廓熟悉，但瘦了许多，丁汉白怔在原地，早没了潇洒样，眼都不眨地盯着前方。

纪慎语跑出热汗，抬头一愣，停下步子。

丁汉白急了："停下干吗？！过来！"

纪慎语真想哭啊，可他笑得傻兮兮的，抬腿狂奔到丁汉白面前。

丁汉白竟然哭了。

"好久不见。"丁汉白哑着嗓子，"我都从二十等到二十一了。"

纪慎语说："我也从虚岁十七变成虚岁十八了。"

丁汉白追悔莫及，错过的这回生日他将来一定要弥补。

丁汉白得意了，烧包了，二百五了。

里间一屋子古玩，纪慎语看哪个都稀罕。

"伤好利索了吗？"他咕哝着问。

丁汉白脱掉上衣让纪慎语检查，肌肉光滑，没留下疤。纪慎语终于放心，一抬头，瞧见墙上大片的"正"字。

纪慎语跳上床，爬到墙边仔细地看，一排排地数。丁汉白也上来，大高个子没一点稳重劲儿，挤到纪慎语的身旁，说："我都记着。"

这也太多了，纪慎语问："外面一天，你这儿一年吗？"

丁汉白答："叫你说对了，我度日如年。"

话音刚落，钉好不久的床，竟又塌了。

06

床塌的那一刻，重力下沉，两人一起砸在了地上。这突如其来的惊吓一刺激，纪慎语哼哧哼哧哭起来，眼里的泪水儿止不住似的，没完没了地流。

丁汉白好半天才给纪慎语擦干净，哄人又花去一时三刻。纪慎语不哭了，金贵起来，懒洋洋地说："五云，拿那个竹雕香筒给我瞧瞧。"

丁汉白一愣，行吧，叫他"小丁""小白"他也得殷勤地答应。他将香筒奉上，价值好几万的顾珏款竹雕香筒，是真品，难怪张斯年嫌"玉销记"那个不够好。

想谁来谁，老头儿回来了。张斯年进屋，里间门没关，便进去一瞧。"反天了！"他喝一声，"我刚钉的床！"

张斯年护短，冲到床边接着骂："六指儿他徒弟！你居然弄塌了我的床？！"

丁汉白立起来："你徒弟我干的，你吼人家干什么？小心梁师父夜里给你托梦。"

张斯年差点扔了手里的菜，亏他还惦记这俩混账。他真是大意了，出门时哪儿能知道他的床板遭殃！

丁汉白饶是脸皮厚也有些不好意思，伸手接下，菜还热乎着，而且还有一袋生面条。今天是他生日，这是要让他吃长寿面。"师父，伟大的师父。"他又来这套，"我煮面去，您开瓶酒？"

茅台还剩着多半瓶，张斯年拂袖而去。丁汉白扭脸将纪慎语扒拉起来，撩开额发，讨教道："小纪师父，面条怎么煮？"

这向来只会吃现成的大少爷第一次下厨房，守着锅，等水沸腾扑三次，掐几棵菜心丢进去，一丢一叹。他活了二十一年，首次经历这么寒酸的生日。

张斯年问："又不是小孩儿，还年年过？"

何止年年过？丁汉白说："追凤楼包桌，有时候包一层。行里人脉多，我爸谁都不服，秉承君子之交，只在我生日的时候给人家敬酒赔笑，让行里的长辈多担待我。"

张斯年骂他："你亏不亏心！"

没应，丁汉白搅动面条说不出话，何止亏心，遭天打雷劈都不为过。但他没别的招儿，为屋里那位，为他抛不下的前程，这不可调和的矛盾必有一伤。

他于心有愧，但不后悔。自己选的路，错，就担着，对，就一往无前地走，千万别停下来琢磨，那样活像个窝囊废。

三人吃了顿长寿面，配二两小酒，过完这生日。

摔那一下，纪慎语半残似的，坐不直，立不住，两股战战抖得厉害，丁汉白极尽体贴，把好话说尽。张斯年瞧不下去，将这俩东西轰进里间，眼不见心不烦。

坐上那破床，枕边滚着一只小盒，纪慎语打开，里面是一枚珊瑚胸针。丁汉白伴在他身旁，说："在上海竞拍几件古董，遇到这个，想也没想就拍了。"

红珊瑚，雕的是玫瑰，枝朵花样极其复杂，像那印章。丁汉白因此结识这件拍品的委托人，他转述："虽然花多，但其实是男款，因为这是结婚戴的，女方穿裙戴纱，所以男方用这个点缀。"

纪慎语捧于掌心："你过生日，我却收礼物。"

丁汉白笑一声，这有什么所谓。他靠近，询问许多，这段日子过得如何，自身、家里、店里，事无巨细，像个唠叨琐碎的妈。纪慎语先告知丁延寿生病，最后才说："二哥搬了南屋的料子，说要各店分一分，还想让二叔去看一店。"

丁汉白沉吟片刻："让他搬，咱们院的东西他随便搬，店里也是，他想干吗都别管，看看他要折腾什么。"说完一顿，揪揪纪慎语的耳朵，"那些料分得公平就算了，不公平的话你要心里有数。"

他开始报名目，每一种料子，大小数量品级，纵横交错几十种，连琉璃珠子都没漏。他知道纪慎语博闻强识，听什么都过耳不忘，报完问："记住了？"

纪慎语点头，惊讶道："你全都记得？"

那些料是丁汉白的宝贝，他买了多少，用了多少，一向记得分明。屋子可以乱，院子可以乱，唯独来去的账目不能乱。可惜丁延寿不懂，这半辈子一心都扑在钻研技艺上。

匠人做不了生意，所以才那么吃力。

午后晴得厉害，最适合老人儿孙绕膝，或者有情人缱绻消磨，可惜纪慎语不能待太久。他费劲站起，扭着身体走了两步，极其僵硬。丁汉白小心扶着，不行，那搂着，还不行，干脆背着。

张斯年恨铁不成钢："用板车推回去得了！"

丁汉白不理，蹲下叫纪慎语伏肩上，背起来，趁着太阳正好出了门。他蹬着双上海回力，一步步，出了胡同到街上，找树荫，就那么从崇水朝池王府走去。

纪慎语低头，不能让行人瞧见他的脸，久而久之，气息拂得丁汉白出了一层汗，直躲他。"我坐车回去吧，你别走了。"他给对方擦擦，"将近十里地，你想累死吗？"

丁汉白说："区区十里地，我倒希望有二十里、五十里。"

此时就是这境况，分秒都要珍惜。丁汉白身高腿长，还背着一人，在街上回头率颇高，他倒不怕瞧似的，还冲人家笑一笑。

"把话写在信封里，你不怕我没发现？"他忽然问。

纪慎语说："没发现省得惦记我，发现了就知道我惦记你。"他只吃了半碗汤面，嘴上却像抹了蜜，"师哥，我们什么时候才能再见？这次我能偷跑来见你，下一次呢？"

丁汉白反问："你这次是怎么偷跑来的？"听完纪慎语的解释，他掂掂对方屁股，"你回家后要让老三知道你偷偷见我了，那老二也就知道了。我刚走一个月他就来劲，绝对巴不得你也快走。"

到时候丁尔和一定指使丁可愈看管松懈点，他们见面就容易了。纪慎语沉默片刻，他怕丁延寿知道生气，而且丁延寿不同意的话，他们要永远像这样见面吗？

丁汉白说："不会很久的，我爸当初只是缓兵之计。"纪慎语是一个活生生的人，天底下没有一个人连行动都要管着另一个人的道理，丁延寿明白，只是在拖延，并试图在拖延中等待转机。

他们一句一句说着话，拐个弯到了刹儿街街口，柳树新芽，墙角黄花，风景正漂亮。纪慎语从丁汉白的背上跳下，被背了一路，这一段着实不敢再懒了。

为了保险起见，他们应该此刻分别。

可丁汉白没停，纪慎语也没阻止。

一直走到丁家大门外，那俩小石狮子面目依旧，屋檐的红灯笼摘了，只吊着两只灯泡。影壁隔绝了里面的光景，却也给外面的人打了掩护，好坏参半。

"回去别干活儿了，睡一会儿。"丁汉白低声嘱咐。他该说一句"进去吧"，可是抿紧薄唇，无论如何都说不出来。

纪慎语靠近，仰着脸叫他一声"师哥"。

他硬着心肠退开半步，扬扬下巴："回吧。"

纪慎语难过了："还没祝你生日快乐。"

丁汉白彻底破功，上前拉着对方，直挪腾到院墙拐角处。"珍珠。"他切切地说，"等古玩城落成后我包下追风楼庆祝，我穿你送的西装，你戴我送的胸针。"

纪慎语怔怔的。

他答应下来，这些日子的疲惫也好，受的冷眼羞辱也罢，一切都没关系了。他的生活有了盼头，能精神地忙东忙西。松开，并行返回到门外，他小声道句"再见"。

纪慎语进门，前院没人，他贴边溜回小院，回卧室后才松一口气。而丁汉白仍立在台阶下，定着，愣着，目光发直地望着里面。

许久许久，他转身要离开了。

这时院内一阵脚步声，隐隐约约的，是两个人。"君子兰都晒蔫儿了，也没人帮我挪挪。"丁延寿卷袖子，把君子兰搬到影壁后的阴影里。姜潋柳拎着铝皮壶，说："你不要闷在屋里生气了，出来浇浇花、培培土，病才好得快。"

丁汉白浑身僵直，听着不算清晰的对话红了眼眶。他爸还在生气，日日闷在屋里，他妈一定也很伤心，讲话都不似从前精神。

丁延寿从花盆里挖出一片糖纸，骂道："这混账滚都滚不干净，还在我的君子兰里扔垃圾。"却捏着，不丢掉不甩开，端详上面的"八宝糖"三个字，他快五十岁了，此刻觉得分外委屈，只好冲着老婆撒气，"都是你，他从小吃糖你就不管，慈母多败儿。"

姜潋柳去夺那片糖纸，拽来拽去，与丁延寿博弈。"他爱吃，店里每月一结钱你马上就去买两包，我怎么管？慈母不敢当，你这严父可够窝囊的。"

夫妻俩立在日头下扯皮，翻些陈芝麻烂谷子的旧事。丁延寿病着，气息一乱便落了下风，姜漱柳为他顺气，换张脸，温柔地问他喝不喝汤。

丁延寿恨道："喝汤……哪年的今天不是摆最大的排场，现在，就喝个汤！"

姜漱柳要哭了："年年摆有什么用？养大个不听话的白眼狼。"和师弟的事儿，偏了重心去倒腾古玩，混账到极点。她擦擦泪，轻声问："你说，白眼狼在干什么？"

丁延寿仰面看天："你管他。"

那是身上掉下的一块肉，哪能说忘就忘呢，姜漱柳扳丁延寿的下巴，让他看着她，再与她共情出相似的情绪："你猜，他吃长寿面了吗？"

丁延寿说："我被气得都要早死了，你还惦记他吃没吃长寿面？"

姜漱柳蓦地笑了："你不惦记？那是谁翻了相册忘记收？"

哭哭笑笑，吵吵闹闹，丁汉白没有走，也没有进。隔着一面影壁看不到丁延寿和姜漱柳，对方也看不到他，那隐约的声音听不真切，断断续续气息不足，在这生机盎然的春天里显得格格不入。

他不能再立下去了，他在心里喊了声"爸妈"。

丁汉白走了。

院子里，姜漱柳扶着丁延寿绕过影壁，缓缓地，瞄一眼门外的小街，什么人都没有。他们停在水池边，夫妻俩喂鱼，争吵抬杠都柔和起来。

丁延寿说："奉茶添衣，日日去'玉销记'打卡上班，富足安稳，娶妻生子。其实……我早知道自己的儿子做不来这些。"

姜漱柳说："红木安能做马槽，性格决定命运。"

丁延寿不平："看看你生的儿子，他不做孝子，他要做英雄。"

此时两鱼相撞，溅起水花，他们跟着一顿，随后对视恍然。

第五章

自立门户

—

一个舍下三间铺子自立门户，

另一个还跟银汉逍递着，患难见真情，取舍见胸襟。

凡夫俗子等到七老八十也是凡夫俗子，

那些凤毛麟角，一早就开了光。

—

01

玳瑁所在的那一区出了规划新政策，别说街巷，连犄角旮旯都要改动。各大厂子的宿舍、旧民房、破烂门脸儿小商店，还有那一条影壁充门面的古玩市场，哪个都别想逃。

人们三五年前就知道，这城市发展速度嗖嗖的，世贸百货、国际大厦，按着中心点延伸扩散，一切终将焕然一新。市民喜闻乐见，并期待着，可那古玩市场里的你你我我不乐意，以后他们去哪儿？政策说了，这儿改成市公安局的新大院儿，谁还敢在这附近买卖吆喝？

别前脚卖一件赝品，后脚就进了局子。

先天下之忧而忧的丁汉白来了，一绕过影壁就觉出难得的冷清，逛逛，卖青花瓷的哼歌，卖唐三彩的抽烟，攀比着谁更消沉。

他立在一摊位前，卖家说："看中趁早下手，没准儿明天就找不见了。"

他问："您往哪儿搬？"

人家说："文化街、兼葭，本来这儿也没多稳定，就瞎跑着摆呗。"

丁汉白感叹："要是统一搬进大楼，租个铺子，用不着风吹日晒，也没人抢占摊位，你觉得怎么样？"

卖家一愣，觉得新奇、稀罕，又不是白领和售货员，还能在大楼里做买卖？没听过这说法，没见过那容身的大楼，这问题他答不上来。

丁汉白笑笑，继续逛，什么都没收，中午去文物局一趟，约了张寅吃饭。面对面，他斟茶夹菜，但不谄媚，把对方当朋友似的。

张寅听张斯年说了，这厮要干大事业，他能帮上忙。"你还挺能屈能伸，当初不是狂成那样吗？"他讥讽一句，先得逗个口舌之快。

丁汉白说："我没想过找你，哪怕需要局里的人帮忙，我找局长不更快？"局长跟丁延寿有旧交，也很欣赏他，更是"玉销记"的熟客。"但师父为我求你了，那别说能屈能伸，就是抬脸让你打，我也不能辜负他老人家。"他说，"而且，老头儿不光是为我，还为你。"

张寅霎时抬眸，心里期盼着解释，面上表露出不信。

"你喜欢古玩对吧？空有一腔喜欢，眼力却不到家，对吧？"丁汉白故态复萌，犀利起来，"机关办事儿慢又烦冗，我找你只是想加加速，并不是违规做些什么。你帮了没有损失，以后这圈里但凡我认识的，谁还蒙你？你看上什么，我随时帮你把关。"

直击弱点，张寅动心。丁汉白又说："你知道老头儿为什么不帮你吗？他帮你一时，等以后他没了，你跌跟头怎么办？他这是把你拜托给我，互相帮衬，都挣个好前程。"

一手理据分明的亲情牌，丁汉白知道张寅一定受不住。这家伙心量小、虚荣，可本质不坏，当时那晚跟跄地在胡同里走，是真的伤了心。有心才能伤心，张姓父子俩压根儿没到互不相干那一步。

他游说完，办妥了。

丁汉白接着晃悠，要看看那即将收尾的大楼。

旧的要去，新的欲来，更迭时最容易造就好汉。

除了好汉，当然也有小人。三家"玉销记"的代表凑在二店，等着丁尔和全权分配价值几十万的料子。纪慎语面都没露，安稳待在一店出活儿，等伙计搬箱回来，他轻飘飘地瞥了眼清单。

伙计发牢骚道："就这么点还值当分一分。"

纪慎语乐了："有总比没有强，这都是好料子。"他心里有数，亲自记档入库后接着忙，没对这次分配发表任何不满。

晚上围桌吃饭，姜廷恩耐不住了，把三店分到的料子清单往桌上一拍，要向丁延寿告状。丁尔和不紧不慢地解释，挂着笑，做首饰用料相对较少，何况那些料没一次分完。

丁延寿问："慎语，一店的够不够？"

纪慎语答："料子永远不嫌多，没什么够不够的，我服从二哥分配。"这答案模棱两可，但足够息事宁人。饭后，他在书房勾线，大件儿，丁延寿守在旁边监工。点滴里，一切矛盾仿佛暂时搁下，他还是那个听话的徒弟，丁延寿还是那个恩威并行的师父。

高大的观音像，青田石，纪慎语手稳心专，画出的线条极致流畅。画到衣裳上的莲花团纹时，他耳鼻口心相连，竟喃喃了一句"南无阿弥陀佛"。

丁延寿一愣，得意之情满溢，出活儿的最高境界就是全身心地沉浸其中，连嘟囔的话都与手下物件儿有关。可就那一瞬，他又失落到极点，这样的好徒弟，这样的好儿子，为什么偏偏忤逆？

他长长地叹息，转身蹀步到窗边。纪慎语问："师父，我画得不好吗？"

丁延寿说："画得很好。"瞧不见天边月，瞧不见夜里星，他心头蒙翳阵阵发黑。半晌，这个一家之主近乎乞求地说："慎语，咱改了那性子，行吗？"

笔尖一颤，纪慎语倏地鼻酸："师父，我改不了。"他何其委屈，替丁汉白一并委屈，"我起初也觉得这不正确，可我就是觉得师哥好……我愿意一辈子跟着他，成为对他助力最大的人，我们没有作奸犯科，没有触犯法律……我们只是互相帮助。"

一说就多，他哽住道歉："师父，对不起。"

丁延寿久久没说话，而后问："他现在还在倒腾古玩？"

纪慎语回："我不知道。"

丁延寿扭脸瞪他："你都是对他助力最大的人了，会不知道？"那混账从小就爱往古玩市场钻，还成天往家里扒拉东西，他只当败家子糟蹋钱，谁承想那败家子还要为此改行。

真真假假，难免有走眼的时候，他不怕钱财不保，实在是那亲儿子心比天高，他怕丁汉白受不了打击。何况，"玉销记"怎么办？也对，都脱离父子关系了，还管什么"玉销记"。

这难以调和的矛盾像个线团，乱着、缠着，恨不得一把火烧了。

这时纪慎语问："师父，发丝这么细行吗？"

丁延寿过去一瞧："没问题，弯眉线条还要细一半。"

一问一答，暂忘烦恼，两人只顾着眼下了。

纪慎语勾完线离开，隔壁的姜漱柳听着动静。一天二十四小时，她能纠结个二十三，丁汉白最近怎么样，分开一阵想明白没？她生了些白头发，愁成了单位最苗条的女同志。

女人细腻，做母亲的女人更是如此。姜漱柳隐隐明白，这样撵一个留一个根本不是法子，丁汉白打娘胎里出来就不会服软，纪慎语温和却也倔强坚韧，恐怕到头来没被他们分开，反弃他们而去了。

她又想起某次丁汉白挨了打，纪慎语大费周章地熬鱼汤。当时她惊讶，此刻回想什么都了然了。

纪慎语不知其他，回小院后备一身耐脏的衣裤，早早睡了。

如丁汉白所说，丁尔和叫丁可愈松懈看管，给纪慎语放行。丁可愈乐意——一是监视辛苦；二是经过相处，他觉得纪慎语人还不赖。

第二天中午，六中门口停着辆面包车，纪慎语放学就钻进去，一路嚼着糖豆儿唱着歌，直奔了潼村。瓷窑已经大变样，一批批货排得紧凑，那火膛时时刻刻都不消停。

还是那间狭小的办公室，四个人边吃饭边开会。房怀清问："丁老板都自立门户了，你什么时候出来给人家帮忙？"

纪慎语哪知道，答不上来。丁汉白接下这茬："快了。"他看着新鲜的交货单，数字密密麻麻，型号、规格、数量，最后是总价，数学不好的能呕吐出来。

一抬头，他发觉纪慎语看着他，问："真的快了？"

他又说一遍："真的快了。"

就为这么一句，纪慎语开心开胃，吃包子都咧着嘴，被房怀清骂没出息。午休短暂，他与丁汉白窝在这一小间，面前搁着丁汉白的笔记本。字迹飞舞，他努力辨认，意识到面临的大工程。

看好的大楼不等收尾，要立刻申请，古玩城张罗起来要办许多文件，各方面都要疏通关系，再然后是宣传，让圈子里的人认那新地方。

首先需要的就是大量资金。

太多有想法有雄心的人放弃在这上面了。

丁汉白的钱主要来自瓷窑和古玩，前者需要时间，后者需要契机，而现在时间很紧张。纪慎语今天来有两个任务，一是修复一批残品，二是烧制一批顶级精品。

当初梁鹤乘说过，原来的徒弟只学了不到七分，学完只图财不精进，所以房怀清如今只能靠边站。釉水配方是早写好的，丁汉白也摹好了各色图样，休息够了，纪慎语待在窑里指挥技工和伙计，等弄完出来已经灰头土脸。

他摘下口罩，对上同样脏兮兮的丁汉白，凑近闻闻，呛鼻子。丁汉白累瘦好几斤，提他的手揉指腹，掏出一块干净的帕子给他擦拭。

纪慎语问："还差多少？"

丁汉白答："修的那八件以理想价格全部脱手。"

这行脱手的难度和捡漏不相上下，何况是以理想的价格。"开张吃三年，给我来个能吃三年的宝贝吧。"丁汉白语气夸张，唱戏似的，"文物局那边办好了，相关的部门挨个儿跑，就怕软件都已到位，硬件却没跟上。"

一分钱难倒英雄汉，现在归国搞投资的华侨那么多，要是被抢占了先机得遗憾成什么样。纪慎语才十七，在外学的是雕刻作伪，在校学的是语文数学，想不到什么好主意，只能靠近，也帮丁汉白擦手擦脸，用这些关怀来安慰。

丁汉白攥住他的手，攥手心里，说："不好意思。"

他一脸茫然，丁汉白又说："小小年纪跟着我，又费力又费心，让你辛苦了。"

纪慎语一时怔着，这人第一次这样低声下气地讲话，浓浓的歉意，并藏着经历艰苦而受伤的自尊。他反握住丁汉白的手，摸那一片厚茧。

此时此刻，他无比想让丁汉白回家。

前院的客厅，那一方小院，丁汉白这只奔波疲惫的鹰该归巢暖和片刻。他想沏一杯绿茶搁在石桌上，等到夜深，换他送丁汉白一盏月亮。

"师哥，别这样。"纪慎语说，"我晚上和你吃完饭再回家，好不好？"回去挨骂挨揍都无所谓，什么都无所谓，无忧无虑时情深义重，焦头烂额时共渡难关，他哪样都要做。

直待到傍晚时分，他们临走又交了一批新瓷。

他们回崇水旧区，那片破胡同这会儿最热闹，家家户户飘出来饭香，小孩儿们挡着路踢球、跳绳，下班的能把车铃铛捏出交响乐。一进胡同口，他俩同时望见家门口立着个人。

昏暗瞧不清楚，走近些，俩人听见着急忙慌的一声"大哥"，姜廷恩等得心衰，蹿到丁汉白面前急道："你们怎么才回来？！我还以为你们潜逃了！"

丁汉白说："你再大点声，生怕街坊四邻不知道，是吧？"

姜廷恩一把拉过纪慎语，做惯了狗腿，此时竟然有些雷厉风行。"今天老二来三店，看了账本，动了资金，用三店补二店的亏空。"天黑，他气红的脸却格外明显，"我回家找姑父，姑父病着，咳嗽声比我说话声都大，老二还说我不姓丁，没资格！"

纪慎语十分镇静："我也不姓丁。"

姜廷恩着急上火，恨不能倒地长眠。他的确不姓丁，可"玉销记"是他姑父兼师父的心血，有序维持了这么多年，怎么能让人钻了空子？！

他壮起胆子揪住丁汉白衣袖："大哥！你贵姓？！"

丁汉白叫这忠诚热血的傻子弄得一乐，挣开，拉住纪慎语进门，故意喊得响响亮亮："师父——晚上有什么好菜？"

姜廷恩白长这大个子，拉不到救兵都要哭了。他掉头跑走，不甘心不情愿，打车回家找自己爹。姜寻竹无比尴尬，哪有小舅子无端管姐夫家事的？话没说完，姜廷恩又跑了，一股子身先士卒的架势。

丁家大院灯火通明，铜火锅涮羊肉，奇了怪了，每次吃这个准没好事儿。

白汽袅袅，丁延寿捧一碗骨汤，毫无胃口。丁尔和还是一副温良恭俭的模样，为大家剥着糖蒜。他问："老四，跑哪儿去了？"

姜廷恩说："我去找大哥，找纪珍珠！"他只想着用丁汉白示威，一开口就把那俩给卖了。

丁可愈一惊："他们偷偷见面了？"心虚地望一眼丁延寿，他没把人看好，生怕挨骂。姜廷恩说："二哥，你先是搬了南屋的料子，今天又来挪三店的账，你们二店不赚钱，凭什么要我们三店出血给你们补？"

这是明刀明枪地杠上了，姜漱柳要劝说时被丁延寿的咳嗽打断，丁尔和解释："无论哪家店都挂着'玉销记'的牌子，都是丁家的店，挪账也是给自家的店解一时之急。"

姜廷恩说："的确都是'玉销记'的牌子，可这些年二店归你们管，分得清清楚楚。"

仿佛正中下怀，丁尔和正襟危坐："听你这意思，是想分了家？"

一句话，整张桌都静了，住着三跨院，日日同桌吃饭，十年八年来从没人提过分家。丁厚康面上平静，丁可愈吃惊地看着自己亲哥。

"咣当"一声，丁延寿颤着手搁下汤碗。

紧接着又"咣当"一声，客厅的门叫人破开。纪慎语挺着脊背进来，不疾不徐地走到位子上，落座，直接抬眼去瞧对面的老二。

他不待人问，说："羊肉怎么搁那么远？萝卜以为羊肉不在，急着下头一锅呢。"

又是这指桑骂槐的一套，丁尔和推推眼镜，又斯文又别扭。"五师弟，你这一整天去哪儿了？"他问问题像放箭，"去找汉白？无论大伯怎么阻止，哪怕把汉白赶出家门，你俩也要合伙自立门户吗？"

纪慎语了解这手段，先提醒丁延寿他和丁汉白的事儿，让丁汉白在丁延寿那儿一点获谅的机会都没有。那再谈分家，怎么分都是对方得利了。

他缄默不言，免得火上浇油。

丁尔和说："大伯，你和我爸岁数都大了，你最近又闹病，管着三家店辛苦吃力，不如分了。"

纪慎语问："二哥，你想怎么分？"

丁尔和答："首先，你不姓丁，是个外人，并承诺永不持股，所以先摘除你。"一顿，他略带遗憾似的说："大伯，爷爷当初说过，按手艺决定当家做主的人，我们自认都不如汉白，可汉白走了，那只能退而求其次。"

纪慎语说："谁一年到头不生个病？师父生场病就分家，是盼着他好不了吗？而且听你这意思，师哥走了，迟早都要把店给你，你真是以小见大，透过这病都看到百年之后了，你诅咒谁呢？"

他们唇枪舌剑，丁延寿大手捂住胸口，试图压住那处的剧烈起伏。

丁尔和情态客气，却举着温柔刀："我并没想那么远，既然你提到百年之后，那就说说。大伯没儿子了，百年之后'玉销记'给谁？还不是给我们家？早给还能早点清闲。"

丁延寿噎着口气："尔和，你是不是心急了点？"

纪慎语瞧着丁尔和，当然心急，因为丁尔和不确定丁汉白会不会回来，所以一定要快。他瞧着那斯文扫地的东西，默默看了眼钟表。

"大伯，你也做主挺多年了，够本儿了，分家各管各的，以后享享清福吧。"丁尔和说，"汉白倒腾古玩赚的是大钱，能那么利索地走，估计也看不上家里这一亩三分地。"

这时门口传来一句——"谁说我看不上？"

真真正正的满座皆惊，大家齐刷刷地回头，只见顾长的人影一晃，面目渐渐显露清楚。丁汉白阔步走进，光明正大地，姜廷恩立即让座，狐假虎威地瞪一眼丁尔和，就差给这大哥拉横幅了。

丁汉白径自坐下，端着那份打娘胎带出来的理直气壮。他扭脸看丁延寿，又看姜漱柳，把这满桌的人挨个儿看了一遍。

"爸，当初你让我这辈子都别踏进家门一步，可我今天厚着脸皮来了。"他说着，死盯住丁厚康，"我来看看这平时闷声儿此时咬人的堂兄弟，在耍哪门子威风。"

丁厚康面露尴尬，丁尔和说："汉白，你要撒气冲着我来，别盯着我爸。"

丁汉白陡然高声："你刚才觍着脸逼我爸分家，我还就冲你爸嚷嚷了！"

丁尔和松松衣领："大伯，你允许汉白回来了？既然不认这儿子，他就没权利干预家里的任何决定。"

丁汉白极其嚣张："他不认我这儿子，我可没说过不认他当爹！"何其响亮的一嗓子，不单是喊给狼心狗肺的人听，更是喊给丁延寿知道。无论到了哪般境地，他丁汉白都不会浑到不认自己的父亲。

安静片刻的纪慎语说："二哥，你不就是怕师哥有一天会回来吗？所以才这么迫不及待地要分家。家里按技术论英雄，二叔比不上师父，你比不上师哥，这次他们父子闹翻，你心里乐开花了吧？"

丁尔和在桌下握拳，隔着镜片看向丁延寿，他知道丁延寿原则分明，说过的话一定不会反悔。"大伯，你允许汉白回来？允许他替你做主？"他在赌，赌丁延寿不会反悔，"如果你推翻之前的决定，我立刻什么意见都收回去。"

丁延寿的大手印在胸口一般，额头绷着青筋，他推翻什么？推翻不就等于接受丁汉白和纪慎语合伙自立门户的事情？各条出口全堵死了，他震天撼地地咳嗽起来，咳破嗓子吐了一口带血的唾沫。

纪慎语忙倒茶伺候，小心灌进去，硬掰下丁延寿压着心口的大手。他为对方顺气，待呼吸平复，立即奔出客厅跑向小院。

丁汉白说："你用不着来这一套，想等我爸否认，然后撵我走是不是？明跟你说了，我根本没打算回来，今天来就是为了收拾你。"他猛然站起，倾身用手支着桌面，隔着越发缥缈的白汽看丁尔和，"你不是说我爸做主挺多年了？不是说够本儿了？既然不想听他管，你问什么问？！"

一桩桩，一件件，丁汉白累一天困倦非常，要不是扶不上墙的东西上赶着，他哪有空来这一趟鸿门宴。"不吭不哈，嫉妒心可真强啊。"

他翻出旧事，"玉熏炉，是你摔的吧？还推到自己亲弟弟头上。"

丁可愈一愣，明白之后震惊无比，滋味错杂。

丁汉白又说："你们二店不止一次让我爸出活儿支援，不出工、不出料，我抓过一次，你当时屁都不敢放一个，现在外强中干的，装什么大尾巴狼？

"我前脚离家，你后脚就打听我在做什么，落魄，你终于能扬眉吐气，可惜我倒腾古玩办瓷窑，日流水顶'玉销记'半个月的量。你就巴巴地凑过来，故意透露给我爸，没把他直接气死，你是不是特遗憾？

"人要是无耻起来，那脸皮真是打磨机都磨不透。先是搬我的料子，作秀似的分一分，几十万私吞掉你也不怕撑死。料子还不够，又去挪三店的账，眼红那首饰店挺久了吧？你们爷儿俩也不怕让伙计笑话？"

丁汉白仿佛一件件扒丁尔和的衣服，皮都要剥下来。他回归今晚正题："分家，一店给你，二店给你，三店也给你？摘了他丁延寿的权，是不是还想让他给你打工？是不是对你们太好，不知道自己吃几碗干饭，你滚水池子边照照，你算个什么东西？！"

丁尔和脸色发白，丁厚康擦着汗，终于想起打圆场。什么堂兄弟，什么从小一起长大，糊涂，犯浑，揍他一顿揭过这篇儿，左右都是开脱之词。

丁汉白忽然一笑："二叔，他们之前作弄慎语那次我动了手，你当时心疼，所以我这回不打算动手。"脚步声传来，纪慎语拿着一沓纸回来。他接住，说："我那满屋的料子有清单、有收据，丁尔和未经我的同意，侵占我的私人财产，我不打你，我让警察处理。"

这比关门杀身厉害得多，"家丑"扬出去，丁尔和在行里就臭了。

谁也没想到会闹这么大，劝阻的、求饶的，数道声音并发在耳边。丁汉白没理，撤开椅子走到丁延寿身边蹲下，背起来，平稳地回了卧室。

他跪伏床边，鼓起勇气攥住丁延寿的大手。

他哽住千言万语，低低地叫了一声"爸"。

丁延寿问："你想怎么做？"

丁汉白说："我想让你好好休息，病恹恹的，怎么收拾我？"他缓缓起身，抱了抱姜漱柳，抬手摸了摸姜漱柳长出的白发。

出了卧室，丁汉白反手关好门，客厅里火锅已凉，纪慎语刚放下报警的电话。丁汉白揪住丁尔和朝外拖，像拖一摊绝望的烂泥，也像拖一条认栽的赖狗。

初夏的夜晚最是热闹，家家户户吃完饭都出来散步，最气派的丁家大门口，一众兄弟聚齐了，擎等着来拿人的警车。

这动静，这阵仗，生怕别人不知道。

丁汉白将丁尔和扔下台阶，当着围观的人，彻底断了这点兄弟情分。他早说过，真要是犯了什么错，且没完呢。

有位街坊忍不住喊道："丁家老大！这什么情况？"

丁汉白吐字如钉——"清理门户！"

02

八九点钟，刹儿街上停着辆警车，闪着灯，民警带走了丁尔和。价值几十万的料子，私藏赔物，倒卖赔钱，但无论怎么判，等再出来，从街头走到街尾只等着被戳脊梁骨吧。

不单是这条街，他们这一行都会传开，一辈子都给人当茶余饭后的笑柄。

丁汉白铁面一张，回来、翻脸、问责，到现在将人撵出家门，任一环节都没心软半分，转身对上丁厚康，这心急火燎的父亲已经满头大汗。

丁厚康哀求道："汉白，二叔看着你长大——"

丁汉白说："那你应该知道我是什么德行。"话都不叫对方说完，"二叔，难道老二不是我爸看着长大的？你还跟我爸一起长大，是亲兄弟呢。"

自己儿子昧了料子的时候，挪三店公账的时候，挂笑脸逼着分家的时候，这个可怜兮兮的爹在干什么？"一味纵容，家法是丁家人的家法，不光是治我的家法，你应该善用。"丁汉白说，"养不教，父之过，你根本难辞其咎。"

他不欲多言，蹚回前院去看丁延寿，也许今晚的一切打击太重了，丁延寿闷住气，仰靠在床头连呼吸都费劲。大家不放心，开车直奔医院急诊，量血压、测心电图，好一通折腾。

急火攻心，输上液后总算控制住，临时开了间病房，一家全都围在床边。丁延寿徐徐睁眼，扫一圈，担心的妻子、抹眼泪的小姨子、挡着光的四徒弟，还有大夫和护士。

他"嗯嗯"着——怎么少两个人？姜漱柳凑到耳边，说："汉白办手续去了，慎语打水去了。"

手续办完，丁汉白坐在走廊的长椅上，没进去。情面、颜面，他爸都顾及，恐怕会责怪他无情。更怕的是，一切办完，父子间的矛盾重提，那降下的血压估计又要飙上去。

纪慎语打水回来，进去递给姜采薇，倒一杯出来递给丁汉白。他在一旁坐下，试图活跃气氛："可惜那么好的铜火锅还没涮。"

丁汉白吃他这套，笑起来，扭脸看他。"饿不饿？给你买点吃的？"丁汉白问，喝了那水，"老二的名声算是臭了，他以后还干这行的话，费劲。"

报案这招儿，图的不是具体惩罚，单纯是宣告天下。这行先是讲一个"信"字，顾客要什么样子，用什么料子，保真、保优，这是必须的。再者，是出活儿的师父，这行认人，拿出去，这是出自谁手，顾客才有面子。

丁尔和此番过去，声誉、信誉、名誉，一损俱损，后续的恶劣影响将无穷无尽。

丁汉白这一手，比关起家门打折对方的腿狠多了，是半分情面都没留，一点兄弟亲缘都不讲。他有些累，向后靠在墙上，冷、硬、琢磨着，会不会过分了点？

他甚至想，许多年后，丁尔和成了家，有了孩子，哪天在街面上遇见，那侄子侄女会叫他一声"大伯"吗？他想远了，手掌一暖，幸好纪慎语将他拉回现实。

"师哥，别想做完的事儿，不如想想接下来要做的事儿。"纪慎语揉捏那大手，轻轻抠手掌中的茧子。他知道丁汉白在烦恼什么，又道："家里的事儿等师父亲自处理就行，你不用介怀，还是研究研究怎么把钱凑齐吧。"

真是直击要害，丁汉白"嗤"的一声："我好不容易把这茬忘了，你就不能哄我两句高兴的？！"

纪慎语乐起来，只咧嘴不出声，而后郑重地说："师哥，等师父出了院，我跟你走吧。"

丁汉白反手攥紧，点了点头。

丁家这一场地震动静实在不小，不出三天，行里传遍了，托丁汉白改行的福，古玩圈也都知晓一二。这下可好，丁汉白这个二十出头的新秀树了威风，瞬间出了名。

不过事情闹到这一步，分家是板上钉钉的事，不只"玉销记"，一墙之隔的大院也没法同住了。丁延寿犯的是急病，控制住就能出院，可他躲避似的，竟然主动又续了两天。

姜漱柳心烦，这人乐意住，她可不乐意往医院跑，便警告两天后必须出院。丁延寿哄："三店新出的镯子怪好看，给你戴一只。"

姜漱柳说："首饰都要把抽屉塞满了，你觉得我还会稀罕？"她从恋爱到结婚，直到如今，数不清有多少首饰玩意儿，奈何就长了一根脖子俩胳膊。一顿，她问："分了家，亲儿子咱们不认了，养儿子不持股，廷恩手艺够不上……那百年之后'玉销记'怎么办？"

怎么这些个人都那么会直击要害，丁延寿霎时头疼，他不就是想不通，所以才拖延时间吗？走廊外婴儿啼哭，他说："要不，咱们再生一个？"

姜漱柳勃然大怒，等怒气消散，竟扭着脸哭了。她那么好的儿子，顶天立地又有本事，为什么偏偏有那样的性子。她日日夜夜都幻想着，那俩孩子认错了，一切回归正轨，只可惜那顶天立地的好儿子王八吃秤砣，铁了心。

丁汉白穿一身衬衫西裤泡在瓷窑，检查之前纪慎语修复的几件真品，还有一批顶级精品。他眼里容不得丁点瑕疵，竟检出了三件不合格的。

纪慎语把眼珠子都要瞪出来，待丁汉白指出，只得乖乖地回炉重造。

等忙碌完一天，丁汉白的白衬衫变成泥土色，纪慎语甚至变成花脸儿。他们买了点吃的赶去医院，到病房外，丁汉白止住步子。

纪慎语独自进去，摆上碗筷，与师父师母共食。他狼吞虎咽，酱菜丝都吃出东坡肉的架势，再拿一个馒头，吭哧咬一口，恨不得整个吞了。

丁延寿和姜漱柳心知肚明，纪慎语饿成这样，总不能是在"玉销

205

记"出活儿的缘故。姜漱柳说："喝汤，非噎着才知道灌缝儿。"

纪慎语听话，端碗喝汤。

丁延寿说："那片里脊肉没瞧见哪，等我给你夹？"

纪慎语伸手夹肉。

他像个小孩儿，爸妈守着挑三拣四，却句句藏着关心。他望一眼门，蓦然红了眼眶，丁汉白在那门外默默吃着，安安静静，什么关怀都没有。

纪慎语搁下馒头，出溜到地上跪伏着："师父，师母，你们原谅师哥好不好？"他去抓丁延寿的手："师父，答应了我们吧，求求你了……"

病房内顿时安静，不喘气似的。

他久久得不到回应，懂了，站起来跑出去，碰上门那刻撞入丁汉白怀里。这是医院，一切相拥安慰都能安心些，只当是遭了坏消息。丁汉白揉他的肩，说："我都听见了。"

他低头贴着纪慎语的耳朵："别这样，我们没权利让父母同意，如果这事儿是在他们心上割了一刀，何必非要求原谅割他们第二刀。"

纪慎语说："我不想你委屈。"

丁汉白不委屈，这一辈子长着呢，总要经历些不如意。他把纪慎语哄好，估摸着里面也吃完了饭，正一正衣襟，拍一拍尘土，推门而进。

他已经做了容不下兄弟的恶，干脆把白脸的戏唱全乎。丁延寿和姜漱柳同步望来，霎时间都不会摆表情了，他说："妈，你和慎语回去吧，早点休息。"

姜漱柳问："你还在崇水住着？"

丁汉白点头，端出浑不吝的样子："今晚我留下陪床，这儿的沙发都比那儿的破床舒服。"

待纪慎语陪姜漱柳离开，丁汉白踱到床边，坐下，拿个苹果开始削。丁延寿盯着那双手，雕石刻玉的手，不知道多久没碰过刀了，思及此，他气道："我不吃！"

最后一截果皮掉落，丁汉白咬一口："我吃的。"他渐渐吃完半拉，敛着眉目，像说什么无所谓的闲话，"想好怎么分家了吗？"

丁延寿说："怎么分都跟你没关系。"

丁汉白道："别色厉内荏了，我不求你和我妈接受，也不求你们原谅，我在外面掉一层皮都不会觍着脸回来认错。可你不是我爸吗？她不是我妈吗？养大我的家有了事儿，我不可能装聋作哑。"

前半句冷酷，后半句恳切，他说："爸，我的意见是这样，三家'玉销记'，一店、三店你留着，二店给二叔他们，老二折了，还有老三，以后可愈结婚总要有份家业傍身。"

店完了是家，丁汉白思考片刻："当初的三跨院咱们家出大头，二叔出小头，他们要是搬家就把钱给他们。丁家是看手艺的，这么分一点都不亏待他们，你以后不用内疚，更不怕传出去遭人议论。"

丁延寿久久沉默，分家有什么难的，统共那些东西，问题是分完等于离心，谁也管不着谁。他没管人的兴趣，可二店挂着"玉销记"的牌子，他做不到不闻不问。

丁汉白看穿，说："爸，顾客认'玉销记'的牌子，是因为'玉销记'的物件儿上乘，他们经营不善也好，技艺不精也罢，种什么因结什么果，关门倒闭或者别的都跟咱们无关。"

丁延寿急道："那是祖宗传下来的店！"

丁汉白帮忙顺气，趁势靠近："祖上好几家，不也缩减成三家了？你只担心他们那家没落，为什么不想想把你手里的扩大？你是行中魁首，你还有慎语，还有廷恩，你要是愿意……还有我。"

丁延寿倏地抬眼，父子俩对上，遗传性的漆黑瞳仁儿，复刻般的挺鼻薄唇，齐齐卡着万语千言。丁汉白的声音很低："挺长时间了，我悄悄办瓷窑，倒腾古玩，现在正筹钱预备开古玩城。我自立门户了，但我从没想过卸下对家里的责任，雕刻的手艺和天分也注定我这辈子都要握刀。"

他和纪慎语是炸弹，也是导火索，埋藏的巨大分歧全掀开了。丁延寿仰头靠着墙，惶惶然地想，更远的以后呢？

家业没了可以再挣，可技术失传要怎么办？

丁汉白说："爸，这辈子问心无愧就好了。没什么是永远的，风光过，满足过，人是活生生的人，紧着自己高兴最要紧。"

丁延寿被这份豁达震动，甚至有些发愣，许久，舒一口气："明天办出院，分家。""家"字说完，他张张嘴，试图再次提起丁汉白和纪慎语的事儿，却又觉得徒劳，便什么都没说。

一宿过去，病房空了。

家，难成易分，关张数天的"玉销记"今日仍没有开门，但丁家院子恢复些人气。一大家子聚于客厅，丁可愈扶着丁厚康，站也不是，坐也不是。

桌上搁着一盒子，里面七七八八的证件堆叠着，房子、铺子，还有丁汉白爷爷留下的一纸遗书。丁延寿灌一杯茶，利索地分了家，分完跟着几句嘱咐。他看向丁可愈，说："照顾好你爸。"

丁可愈问："大伯，我以后还算你的徒弟吗？我还能跟你学手艺吗？"

丁延寿点点头，应允了。他的目光移到丁厚康身上，与之对视数秒，想说的话竟然忘了。丁厚康接过东西，叹一口气，提了搬家。

丁延寿点点头，也答应了。待二叔他们回东院收拾，客厅内一时无人说话，静了片刻，丁汉白从椅子上立起，说："都处理完了，我走了。"

他说完走到纪慎语身旁，轻轻牵住纪慎语的右手。众目睽睽，但也应该是意料之中，他补充："这回，我得把慎语带走。"

纪慎语说："我要跟师哥一起走。"

谁都知道，丁延寿当初以死相逼让纪慎语留下，拖延而已，怎么会是长久之计？活生生的人，哪儿控制得住，到最后，一个都留不下。

姜漱柳背过身去，哭了，丁延寿端坐在圈椅中，半晌说道："困了。"老两口相互搂着走出客厅，回卧室关上门，无力又倔强地默许了这场出走。

他们无法接受，俩小的也不求他们接受。但他们不再阻挠，放了手，从此两个儿子撒出去，自己去闯吧。

丁汉白和纪慎语回到小院，那一丛玫瑰开得真好啊，他们笑了笑，然后一起收拾行李。纪慎语当初的三口木箱派上用场，书、料子、喜欢的摆设，全装满了。

姜廷恩过来帮忙，瞧瞧大哥，看看师弟，要哭。"你们就不管'玉销记'了？"他打开柜子，"姑父姑姑多难过呀，可惜我是独苗，不然我就过继来。这、这是什么东西……"

纪慎语一瞅，是那秘戏瓷。他一把夺下藏到身后，安慰道："我是三店的大师傅，怎么会不去呢？还有师哥，他在别处出活儿也是一样的。"

叫的车陆续到了，一箱箱东西也都搬得差不多了，丁汉白和纪慎语一起，临走时擦桌、浇花、扫地。他们离开时停在前院，并立在卧室门口，磕了个头。

养育之恩，教习之恩，他们注定辜负了。

丁延寿和姜漱柳坐在床边，听那脚步声离远，外面汽车引擎轰隆，也越离越远。丁延寿扶妻子躺下，盖被、拍肩，试图营造个静好的午后。

那结着苍苍厚茧的大手动作很轻，曾牵着姜漱柳走入婚姻殿堂，曾握着丁汉白的小手讲授雕刻，曾攥紧纪芳许应了托孤的承诺。

全是昨日光景了。

太阳将落时，丁延寿步出卧室，踩过院子里的石砖，绕过影壁。东院空了，小院也空了，春风都觉萧瑟，这一大家子人至此各奔东西。

一场病叫他拄着拐杖，他便拄着，独自立在影壁前。他望向大门外，可那外头什么都没有，没有丁汉白放学归来，没有丁尔和、丁可愈追逐打闹，也没有丁厚康提一斤酱牛肉，进门便喊他喝一壶小酒。

空空荡荡，丁延寿立了一时三刻。

这个家，他到底没有当好。

03

张斯年的两间破屋实在不够住，就算够，他也抵死不要和那师兄弟同住。一日为师，终身为父，凭什么那亲爹眼不见心不烦，他却要搭上床板还刺眼睛？

幸好梁鹤乘的小院空着没卖，纪慎语和丁汉白暂时去了淼安巷子。数月没来，又赶上春天风大，那院子屋子脏得烫脚，站都没法站。可他们二人已经不是爹亲妈爱的宝贝疙瘩了，眼下艰难，什么都要忍耐。

纪慎语剪了三块抹布，将明面擦洗干净，丁汉白负责地面，扫、擦，显他劲儿大似的，弄坏两条拖布。直忙到黄昏，里里外外都洒扫一新，摆上他们的东西，瞧着还不错。

丁汉白立在院中窗外，纪慎语立在屋中窗内，一人擦一边。那积了腻子的玻璃像块猪油膏，硬生生叫他们划拉干净。推开窗，两人同时往窗台一趴，脸对脸，眉梢眼角都看得清楚。

纪慎语没话找话："盆栽长新芽了。"

丁汉白"嗯"了一声："现在没有玫瑰，以后会有的。"

纪慎语忍不住伸手，用光滑的指尖碰丁汉白的眉骨，那儿坚硬、高挺，摸到脸颊，他戳一戳，试图弄出个酒窝。丁汉白任他把玩，不嫌他手指脏污，笑起来，反把脸凑得更近。

仿佛只要有彼此，那怎样都没关系。奈何现实严酷，不出俩钟头，巷子里经过一归家的醉汉，唱着《上海滩》，"浪奔浪流"，生生把丁汉白给"浪"醒了。

他这臭脾气哪能忍，趿拉拖鞋推开窗，那醉汉恰好在门外头高歌。他喊："别唱了！要唱去上海唱！"巷子里一静，醉汉估计愣了愣，而后哼着《一剪梅》走远了。

丁汉白返回床边，纪慎语翻个身，竟含着情绪咕哝一声，不满的、委屈的，睡个觉还要撒娇。纪慎语迷茫地睁开眼，一觉睡得忘记这是哪里，恨道："今晚的床可真硬啊。"

丁汉白"扑哧"乐出声，躺下与之相并，齐齐望着黝黑的虚空。

"何止床硬，沙发的皮子都烂了，不知道从哪儿捡来的二手货。"

"也没有电视，师哥，我想看电视。"

"柜子那么小，还不够装我的衬衫呢。"

"洗澡的管子漏凉水……"

"暖壶也不是很保温……"

这二人越说越来劲，生生把困意说没了，半晌一扭脸，这破地方，就身旁的人比较珍贵。思及此，二人重新美美地睡了。

丁汉白和纪慎语暂时开始了小日子，与寻常生活无异，一早出门打拼。瓷窑、古玩市场，乃至其他省市，天黑归家，开着面包车，拎羊肉包子或者一点蔬菜，奢侈时，打包追凤楼的牛油鸡翅。

要是把存款亮出来，他们绝对是整片巷子里最大的款，可为了开古玩城，只能日夜奔波筹谋本钱。傍晚雾阴，纪慎语开窗阴干花瓶，扭脸瞧见丁汉白摆出钻刀。

许久没动手，不能荒废，丁汉白弄着块料子出活儿，忙碌一天，此时就着灯泡勾线走刀，权当放松了。小坠子，双面镂雕，雕的是藤枝树叶缠葫芦，精巧得很，连叶脉都清晰。纪慎语傍在一旁，抻两股细绳乖乖地编，平结、花结都不在话下，编好把坠子穿上。

丁汉白吩咐："找一颗碧玺，添个碧玺结珠。"

纪慎语巴巴地找，翻箱倒柜折腾出一颗，雕完穿好，关掉旧打磨机，这一晚上的工夫没白费。"明天拿'玉销记'，拿一店。"丁汉白说，"让老丁瞧瞧。"

人都不认了，但东西得瞧，瞧他没忘本，瞧他手艺没退步。

临睡，亮着一豆小灯，丁汉白倚靠床头捧着书，纪慎语侧身伏在旁边，还是那本《如山如海》，都快被翻烂了。看了会儿各代玉牛鉴定，纪慎语觉得无趣。

头顶一声笑，丁汉白说："你怎么那么黏人？"

纪慎语答："因为身边是你。"他如此诚实，明明是抬杠拌嘴的机会却来一句真心话，惹丁汉白丢了书。他忽然告状："二哥搬料子那天欺负我。"

丁汉白问："还有呢？"

他说："三哥监视我的时候总犯困。"

丁汉白道："老四也一并说了吧。"

纪慎语便说："姜廷恩……"他没说完就大笑，抬不起头。被丁汉白拧着逼问，他慌忙提醒道："这床更不禁晃！"

丁汉白道："晃塌了我钉。"

纪慎语居然使了招金蝉脱壳。他环顾一圈，誓死不从，这是梁鹤乘的房子，万一梁鹤乘还没投胎转世，灵魂飘回来看看呢？丁汉白一听大骂迷信。

"珍珠……"丁汉白粗声叫他，"我不在的时候，你有没有想过以后的事儿？"

纪慎语抿着嘴，眯着眼，悄悄地回视。

"想过。"

夜尽晨至，纪慎语睁眼闻见香气，是刚炸的油条，丁汉白一早去巷口买的。据他观察发现，只要前一晚胡闹，丁汉白第二天能殷勤得头顶开花。

他吃饱喝足去"玉销记"，一阵子没来，伙计看他的眼神有些怪。后来姜廷恩到了，他将坠子给对方，并嘱咐一些。姜廷恩去一店报账，报完跟着丁延寿上课，等回三店时已经下午了。

两人凑在柜台后，纪慎语问："师父有没有说什么？"

丁延寿什么都没说，一眼瞧出丁汉白的手艺，接都没接，却独自上楼待了很久。姜廷恩说完叹一口气，又道："姑父和姑姑要把三跨院卖掉，现在只剩他们和小姑，大还是其次，住着伤心。"

纪慎语眼酸，赶忙询问："那师父师母准备搬去哪儿？"

姜廷恩说："还没定呢，小院子都破旧，单元房住不惯，别墅倒是还有院子……可贵得很，姑父还在考虑。"他惆怅无限，"姑父很勤俭，且犹豫一阵呢，要是什么都没发生，大哥说买别墅，他一定很快答应。"

越说越愧疚，纪慎语去捂姜廷恩的嘴，忽地，他撞上伙计的视线，对方猛地转身躲开。他一愣，问："我怎么觉得他们有些奇怪？"

姜廷恩小声说："你和大哥的事儿大家都知道了。"

纪慎语瞪目："什么大家？！"

当初动静不小，行里谁不知道丁汉白自立门户，还带着师弟。丁尔和叫伙计搬料子那天说了许多，难免被听去一耳朵。东家的家庭秘密，谁能忍住不与别人嚼舌？

没有不透风的墙，只有一传十，十传百，丁汉白和纪慎语的事情已流传好一阵。版本良多，有说纪慎语巴着丁汉白的，也有说丁汉白逼迫纪慎语的，还有说二人暗度陈仓有商有量的。

纪慎语听完半身僵硬，脸红个透，如此捱到打烊。人家正常下班，他通缉犯逃命，等钻上车一抬头，老天爷，伙计们站成一堆儿挥手，冲丁汉白问好呢。

丁汉白单手掉头，另一手挥了挥，一副单位领导样儿。纪慎语急得拍大腿，吼道："还不快走！你这大王八磨蹭什么？！"

丈二和尚摸不着头脑，丁汉白懵懂地驾驶一路，末了总算明白因由。他不慌、不羞，居然还喜上眉梢，学那醉汉，唱起了"浪奔浪流"！

纪慎语灼热一整天，洗澡，叫那漏凉水的管子一浇，终于正常了。他顶着毛巾往丁汉白身边坐，对方擦他头发，他说了丁延寿要卖掉院子的事儿。

丁汉白几乎没有考虑，拍板就要换别墅，拍完想起来，他做不了主。纪慎语真的懂他，说："你没办法做主，可以让说得上话的人帮帮忙，劝一劝师父。师父嫌贵，我们悄悄给他添一些钱，让他不心疼就行。"

说了就办，丁汉白第二天一早去姜廷恩家，舅舅疼外甥，他找姜寻竹帮忙。先是舅舅的一顿责骂，怪他大逆不道，又是一通数落，怪他任性妄为，紧接着心疼起来，瘦了，糙了，怪他不好好吃饭。

大清早，那舅舅舅妈愣是忙活出四荤三素，丁汉白哪是来求人的，简直是来扫荡人家厨房的。姜廷恩更行，跟屁虫，光"想他"说了二十多遍。

他吃着大虾表明来意，言简意赅："舅舅，我带了个折子，你当官人脉多，就跟我爸说能拿到优惠，钱我出一部分。"

姜寻竹打开存折一惊："你哪儿来这么多钱？"合上，交还，"我和你舅妈都商量好了，我们出一部分钱，采薇一直跟着你们家，我们当出抚养费，而且你不在了，以后让廷恩多去住，算他的伙食费。"

想到了一起，丁汉白说："这折子你们留着，花我的，剩多少你们看着用，以后我爸妈有什么事儿，拜托廷恩多帮忙。"他从小就爱做主，不容别人反驳，只好这么定下。

可豪气干云一过，他出门就开始犯愁。本来就玩儿命攒资金，这下更不够了，他赶去瓷窑，算了账上所有能用的流动资金，弄得伙计以为有什么变故。

狭小的办公室，四人开会，筹钱。

纪慎语是技术工，扎着围裙戴着手套就来了。丁汉白守着他，给他拍土，给他擦脸，这大老板说话的工夫摆弄着他，叫人分不出情况是否危急。

佟沛帆说："我那儿有些积蓄，先给你。"

房怀清一听："又出力又出钱，小心赔了夫人又折兵。"惯常的死样子，张口能降温，"何必那么麻烦？叫这师弟做两件粉彩转心瓶，用上十成十的手艺，一卖，不就行了？"

纪慎语闻声抬头，蓄意谋财，能骗得人倾家荡产，他警告道："你别故态复萌。"

这师兄弟拌着嘴，丁汉白在一旁又过了遍账，户头已有的钱，能用的全部流水，截至楼盘下文件预估再添多少……数字纷杂，总之是不够。

他们一腔愁虑，傍晚回市区后直奔崇水，先前修复的几件东西在张斯年那儿，不知道脱手情况。丁汉白和纪慎语在胡同口下车，拎着酒菜烧饼往里走，门没关，等着他们似的。

一进屋，两人同时换副表情，不哭丧着脸了，佯装万事顺利。

这是不成文的规矩，师父要孝敬，不能给他添堵。

布上一桌酒菜，丁汉白和张斯年碰杯，纪慎语就着热汤啃烧饼，豆沙馅儿，他接二连三吃撑了，一抬眼，这才发现对面搁着百寿纹瓶。他想起梁鹤乘，情不自禁叹息一声。

张斯年看来："怎么？豆沙甜死你了？"

纪慎语说："要是梁师父在就好了。"

张斯年扫兴道："好好的，提六指儿干什么？去去去，进屋睡觉去。"他眼里，那纪慎语就是个仍在发育的半大孩子，吃了就该睡，睡着就该长。

等外间只剩师徒俩，张斯年说："小虎子白天过来一趟，说他给打听了，那楼竣工在即，盯着的投……投资商，多着呢，你抓紧点儿。"

寅虎卯兔，小虎子是张寅的乳名。丁汉白点点头，干了一杯酒。

张斯年说："我当初收你为徒，除了你有天分本事，还有个原因。"待丁汉白看来，他抱肘回想，"你特别狂，爷似的，那劲头跟我年轻的时候一模一样。"

一顿，老头儿骤然谩骂："瞧瞧现在，快跟我一样了！你被抄了家还是被弄瞎一只眼？端这深沉样儿给谁看？！"

这高声把里间的那位惊梦了，纪慎语跑出来，外间却没人，丁汉白被揪到了院里。张斯年扔一把铁锹，指着中央，让丁汉白挖。

丁汉白发蒙，撬开松动的砖石，连挖数次，露出一个箱子，弄出来，扑了土，撬开后里面是个大泥团。纪慎语凑上去一闻，不让敲，去自己背包里翻出药水，抹上去，那坚硬的泥竟一点点软化了。

贮存器玩，这种方法最有保护力。

一层层剥开，里面的物件儿一寸寸暴露，就着明晃晃的灯泡，衬着乌麻麻的黑天，铁锈花看清了，兽面纹看清了，狮耳也露出来了……丁汉白停下手，大惊失色地看向张斯年。

张斯年说："接着擦。"

丁汉白用了一万分的小心，胸膛震动，心脏都要蹿出喉咙。大清雍正年制，款识一露，他将这方尊抱在怀里，生怕摔了、磕了，指尖都紧张得颤抖。

纪慎语立在一旁，他没那慧眼，可他懂制造。行里有"一方抵十圆"的说法，这方器向来比其他器型珍贵，还有那遍布全身的开片，是哥釉著名的"百圾碎"。

张斯年蓦然眼红，这么件宝贝，他父亲当初为保护它而丧命。多少个夜晚战战兢兢，他藏着、护着，却也白天黑夜地害怕着，转身进屋，他觉得真累。

"师父。"丁汉白叫他。

他说："卖了吧，不得低于一百万。"

纪慎语大惊，一百万？！那是什么概念？！

百万高价，依然炙手可热，这下一切问题都将迎刃而解。

然而丁汉白望着老头儿的背影，悄然改了主意。

04

还是屋里的破桌，酒菜挪开，铺垫三层厚布，那方尊妥当地搁在上头。丁汉白和纪慎语各坐一边，盯着、瞅着，舍不得摸，生怕这宝物损坏一星半点。

纪慎语问："师哥，这真的值一百万？"

天文数字，多少人一辈子都不敢梦想有一百万，丁汉白点点头，旋开放大镜检查唇口，无瑕，唇口与短颈，一体的肩腹，哪里都保存完好。他转念一想，糊着药泥隔绝氧化，埋在地底下，要不是他遇到天大的难处，还会埋藏多久……

这时，老头儿在里间哼起戏词，唱的是《霸王别姬》中的一段。丁汉白蹀入屋内，细细听，这段戏的曲牌名是"夜深沉"，此刻唱真是应景。

张斯年倚着床头，合眼，吊眉，将字句唱得婉转沧桑，最后一字结束，那干枯褶皱的眼皮已然泛红。丁汉白坐到床边，问："师父，如果我并不需要钱，那方尊你打算埋到什么时候？"

张斯年说："不知道。"也许再埋十年、二十年，直埋到他死。他不怕死，一丁点都不怕，朝生暮死都无妨。他倏地睁眼，动动嘴唇，却没讲出话来，只无限凄凉地笑一笑。

丁汉白心真疼啊："老头儿，那物件儿叫你受罪了，是不是？"

张斯年点头，又摇头，慌神望一眼窗外。人老了，嗓子也老，此时听着格外嘶哑："我以前和你一样……和你一样！"他蓦地激动，怕丁汉白不信似的。可他曾经真的和丁汉白一样，意气风发，像个爷，但为了保护那些宝贝，瞎了眼睛，家人死的死、逃的逃，经受难以忍受的屈辱。

他太害怕了，不知道余生会不会又来一轮，所以提心吊胆。

丁汉白轻声问："师父，让我挖地的时候，你心里是怎么想的？"

张斯年面露恐惧："我横了心。"这迫在眉睫的关头，他横下心赌一把——宝贝交付，成，皆大欢喜；不成，有什么凶险，他将来顶上，反正贱命一条没什么所谓。

一番话说完，丁汉白久久无法平静。他记得纪慎语总是摸梁鹤乘的手指，于是学着，握住张斯年的手。一只老手，一只布满厚茧的大手，肌肤相贴，传递着言语难以说清的东西。

"师父，别怕。"丁汉白哄着，"现在做生意的人很多，发家的富翁也很多，你不是说过，时代变了？这些古玩宝贝是受保护的，没人会强夺去毁掉，永远都不会了。"

老头儿目光发怔，忆起过去呜呜地哭，竟像个孩子。

丁汉白心痛难当，抚张斯年灰白的发，那件方尊能解他所有难题，可面对张斯年的心中阴影，他却就着深沉夜色，定下别的主意。

六十多岁了，埋藏着恐惧活了几十年，他这个做徒弟的，不能只想着自己。

待张斯年睡着，丁汉白轻巧出屋，一愣，只见纪慎语仍守在桌旁，直着眼，居然纹丝未动。他过去叩桌，纪慎语一个激灵抱住方尊："小心点！万一碰了怎么办？！"

丁汉白好笑道："回家吗？我困了。"

纪慎语一脸正色："不行，我得看着它。你去里间和张师父睡吧，我来守着。"

纪慎语这模样太过好笑，拉不走，拽不动，小屁股粘在了椅子上。丁汉白洗完澡端盆水，拧湿毛巾给纪慎语擦脸，擦完往那嘴里塞上牙刷，为了不动弹，竟然刷完就着水吞了。

丁汉白问："你现在一心看它，都不瞧我了是吗？"

纪慎语盯着狮耳："你当我没见过世面吧，这宝贝脱手之前不能有任何差池，我一定要仔细看着。至于你，你什么我不知道，少看两眼也没什么。"

这一通理由真是噎人，丁汉白无奈，兀自锁门关窗，折回，将纪慎语一把拎起，用着蛮力拐人睡觉。纪慎语晃着腿，眼神直勾勾地望着方尊，忽地屁股一痛，叫丁汉白轻揾一巴掌。

丁汉白骂："瞧你那德行，看情郎呢？！"

里间门关上，纪慎语认命地打地铺，躺好，关灯，但身在曹营心在汉。他悄声说："师哥，一定要找个上乘的买主，有钱是肯定的，还要真的喜欢，最好长得也英俊，性格得善良……"

丁汉白说："你给方尊找买主还是找婆家？"

床上呼噜声响起，纪慎语问："师哥，咱们怎么谢张师父？"

丁汉白凑耳边咕哝，纪慎语大惊，而后知晓原因却十分理解。

夜深人静，千家万户都睡了。

隐隐约约的，有一点雨声。

纪慎语爬起来，轻手轻脚地去外屋看方尊是否安好，回来，撞上张斯年喝水。又睡两个钟头，他再次爬起来，去看方尊是否依然安好。

他一会儿来看看，一会儿来看看，天快亮了，又来。张斯年起夜上厕所，问："六指儿他徒弟，你有完没完？跟我徒弟一个屋就那么难为你？"

纪慎语脸一红："……我确认东西还在不在。"

张斯年气道："我藏了几十年的东西都没丢，现在还能不翼而飞？！"

天大亮，酣睡整夜的丁汉白精神饱满，瞧着纪慎语的眼下淡青直纳闷儿。丁汉白听张斯年讲完，乐不可支，乐完，一派郑重，说："师父，这方尊交给我处理，无论做什么都行？"

张斯年一怔："你不卖？"

这师父太聪明，丁汉白说："不卖了，你最爱逛古玩市场，不久后我开古玩城给你逛，你还最喜欢博物馆，那，把这宝贝搁进博物馆怎么样？"

年岁不同，时局大变，当年无数珍宝被打砸破坏，张斯年要用命护着，生怕走漏一点风声。那份惧意根植太深，解铃还须系铃人，如果把这方尊上交，国家都给予肯定表扬，那张斯年的心头荫翳就彻底除了。

这宝贝埋着，不见天日，张斯年想，搁进博物馆的话，那人人都能欣赏。他微微发颤，难以置信地问："真能那样办？真的……不会招祸？"

丁汉白点头："我来办，有什么，我担着。"

燃眉之急依然燃眉，但解决张斯年的心病，丁汉白和纪慎语都认为值得。他俩继续忙活，上午跑一趟工商局，中午又和博物馆的领导吃了顿饭。

纪慎语不喜应酬，被逼着锻炼交际，丁汉白说："我现在做生意，总有忙不过来的时候，不拜托你拜托谁？"

可纪慎语想，他才十七，嘴上没毛，办事不牢，别人会信他吗？再一瞧丁汉白，这人也才二十一，他既然跟着丁汉白，应该也不会差吧？两个得意精好久没放松过，在春夏交接的路上闲逛，买了蝈蝈，喝了汽水儿，颇有苦中作乐的意思。

一晃，彼得西餐厅，门童穿着考究，拉开门，出来一男一女，是姜廷恩和商敏汝。姜廷恩像这五月的花，含羞带臊，傍着枝儿，萦绕着爱你在心口难开的气质。商敏汝呢，只当是带大侄子吃饭。

四人对上，算不得旧爱，可也是被父母认可的青梅竹马，丁汉白叫一声"姐"，偷瞄那小南蛮子。商敏汝气不打一处来，张口就训，怪他对不起父母长辈。

丁汉白问："你见我爸妈了？"

今天丁延寿和姜漱柳搬家，商家过去帮忙兼暖房，折腾完，姜廷恩非要来喝咖啡。商敏汝扫向纪慎语，打量，叹息，她念书工作，学的、做的，古今中外的大小事了解许多，算是最开明包容的一类人。可纪慎语年纪还小，丁汉白不是东西，她叹这个。

告别后，不是东西的和年纪还小的都很失落，逛也没了兴致，却又不想回家。两人相视一定，再不犹豫，直接坐车奔了二环别墅区。

城中最金贵的住宅群，大门关着，闲杂人等不许入内。丁汉白和纪慎语沿着外墙溜达，找到路西的一面，数着屋顶，数到第五停下。纪慎语发散思维："五号，因为你五月初五生的，师父师母才选五号。"

丁汉白竟想不出反驳的话，后退几步助跑，蹬着墙面猛地一蹿，直接上去了。他扒着墙头使劲望，五号的花园种了什么树啊？树旁好像是一盆兰花。他巴望着，别墅里出来一人，拄着拐杖，高大，是丁延寿。

他嚷道："我爸出来了！又伺候他那花儿！"

纪慎语急得很："该我了，你下来望风，快让我看看！"

丁汉白不动："我妈还没出来呢，你再等等。"

纪慎语哪肯："我拽你裤子了，光屁股看吧！"

怎么小泼妇似的？丁汉白跳下来，半蹲让纪慎语踩着，将人托上墙头。他望风，这边午后没什么人，偶尔经过一两个便扭脸瞅他们，有那正义感强的，谴责他们偷鸡摸狗。

丁汉白衬衫西裤瑞士表，却张嘴就来："怎么了？人穷没见过别墅，开开眼不行吗？偷鸡摸狗，偷你家鸡摸你家狗了？那保安队长都没管，你是哪儿来的人民警察？"

他在下面唇枪舌剑，纪慎语在上面扑腾腿，激动道："师母出来了！师哥，师母穿旗袍啦，挽着师父的胳膊！"

丁汉白又蹿上去，一眼瞧见那琴瑟和谐的二位，他想，他成为这样怨谁呢？还不是怨这爹妈恩爱长情，耳濡目染，叫他也不肯迁就半分。

正看得入迷，巡逻的保安队长一声暴喝，振臂就要将他们擒住，丁汉白立刻松手跳下，纪慎语便也跟着跳。"小祖宗！"他急吼一声，生怕对方摔了，抱住，牵着手狂奔。

丁延寿和姜漱柳闻声朝外望，不知发生了什么。

丁汉白牵着纪慎语跑到街尾，粗喘着，沁了一额头细汗。纪慎语为他擦拭，吭哧地说："真丢人，被同学知道肯定笑话我，被伙计知道就没人服我了。"

想得挺远，丁汉白说："同学笑话，你就笑话他们成绩差，伙计不服，你就……"他一时没想到解决方法，毕竟这位纪大师傅不持股。

纪慎语感叹："师哥，'玉销记'的技术定股真是绝，要是家人均分或者本金定权，都不是最利于手艺传承的。"

丁汉白怔住，一把抓住纪慎语的肩膀："你说什么？你再说一遍！"他两眼发光，激动得要吃人一般，"没错，'玉销记'技术定股……"

弄得他都忘了，明明最常见的是本金定权！

他说道："钱能凑够了，我要办认股大会！"

一切难题皆有转机，丁汉白拽着他的福星回家，要筹谋一番。没人会平白无故出资认股，招什么人、想什么名目，全要一一定夺。

古玩行，丁汉白又在收藏圈积攒许多人脉，他就要从那些人中招揽。拣出手里最上乘的物件儿，还有之前那批顶级精品，他要以收藏会为名吸引众人。

纪慎语见状去裁纸，最细的毛笔，勾花画鸟，留一片空白。破屋，破桌，丁汉白贴来握他的腕子，摩挲着，借他的笔写下第一封请柬。

数十张，一个画，一个写，深巷安静偶有鸟啼，正衬这午后阳光。纪慎语腕子酸了，往丁汉白怀中一戳，享受揉捏服务，他憧憬地问："师哥，真能成吗？"

丁汉白答："人或多或少都有从众性，帖子发出去，收藏会办之前，我要先单独找几个把握大的招安，到时候请他们做表率。"

目标已定，丁汉白忙得像陀螺，今天这儿，明天那儿，一张嘴每天说出去多少话，嗓子都沙哑三分；又送完几张请帖，送出去，不能保证全数来，晚上请一位大拿吃饭，这位定下，放出风，那来的人就多了。

有目的的饭局向来不轻松，珍馐都是摆设，茶酒才是重头。丁汉白等了一刻钟，对方姗姗来迟，原因是接孩子耽误了。他望一望窗外，昏沉，想起他接送纪慎语上学放学的好时候。

六中门口乌泱泱的，纪慎语难得念了全天，领取一沓考试卷子。五月末越发紧张；平时不用功的都在拼命，他呢，只惦记首饰卖了几套，师父师母是否安好。他最惦记，那师哥频繁应酬，身体能不能吃得消。

他独自往回走，绕路去市场买菜，回家简单吃一口，而后写作业、雕珠子，乖得不能再乖。什么都做完，洗完澡的头发都晾干了，他还没等到丁汉白回来。

纪慎语端着小碗坐在门边，给自己煮了锅绿豆汤。

他想那三跨院，主要想看电视……

快到凌晨，巷子里隐约有脚步声，乱的、碎的，是个醉汉。纪慎语竖耳倾听，还唱歌呢，"浪奔浪流"，他纳闷儿，那大哥怎么整天喝多？脚步声越来越近，到门外了，身体"咣当"一声撞在门板上。

纪慎语一抖，虚岁十八的他胆子没比虚岁十七的大。

"咣咣"的砸门声，还在唱。"滔滔江水……"丁汉白嗓子冒烟儿，都变声了，"纪珍珠！给我开门！"

纪慎语大吃一惊，开门接住摇晃的丁汉白，被酒气熏了满脸。一路跌跌撞撞，踢翻小凳，磕到门框，他把丁汉白放上床，扒得人家只剩下内裤。丁汉白醉得厉害，大刺刺地敞着，嘴上却害臊："你……你干吗？"

纪慎语拧毛巾为之擦洗，英俊的脸，宽阔的肩，哪儿哪儿都擦到了。他伸手拽住裤边，眼一闭心一横，把要紧处也擦一擦。丁汉白操着沙哑的嗓子叫唤："你怎么摸我裤裆啊！"

纪慎语骂："再喊，我废了你！"

丁汉白说："废？那你倒是有经验。"

怎么喝得烂醉还能呛死人？纪慎语盛一碗绿豆汤给丁汉白润喉，喂完关灯，上床依在旁边，许久，丁汉白翻身，酒气烘热他的脸颊。

又是月色朦胧夜深沉。

"珍珠，"丁汉白低喃，"……成了。"

05

丁汉白第一次到追凤楼吃饭，是满月那天。

当时他是个大胖小子，姜漱柳都抱不动，只能丁延寿抱着。一大家子人，各路亲朋好友，浩浩荡荡地到追凤楼办宴席。他尚在吃奶阶段，望着满桌佳肴淌口水，标准的垂涎欲滴。丁延寿绝不馋着亲儿子，用筷子蘸一点，抹他嘴里，他吱哇吱哇得劲起来，登时又壮实一圈。

还有抓阄，其实小孩子抓阄哪有什么预测功能，不过是热闹一场。丁延寿真贼啊，行里的朋友等着祝贺一句"后继有人"，他便把所有阄都弄成刀，各种型号的刻刀、钻刀，还有一堆料子，白玉、青玉、翡翠、玛瑙，引得服务生都不服务了，全引颈围观。

丁汉白趴在桌上，咕哝着，一把抓住块白玉。

姜漱柳一喜，这小子不磨蹭，是个有主意的爽快人。丁延寿更喜，白玉可是上品，他的儿子刚满月就有灵气。祝贺声不断，全都好奇这小子能长成什么样，从那以后，每年的生日都在追凤楼大摆宴席。

丁汉白此刻立在二楼中央，没到开餐时间，周遭显得寥寥。今年的生日落了空，以后也再没曾经的欢喜状，怀念、遗憾，敛着眉目失落片刻，随后打起精神与经理接着谈。

收藏会召开在即，他来订位子，二楼包层，几点、如何布置、座位安排，事无巨细地吩咐好。临了，他嘱咐只留东侧楼梯，其他口封上，闲杂人等不许上来。

这是熟客，经理忙不迭地答应，恰好服务生拎着餐盒经过，便拦下："丁先生，这是您家'玉销记'要的午饭，您直接拎过去还是我们送过去？"

丁汉白问："要的什么菜？"

经理答："灼芦笋、鸡汤吊海参、红豆包。"

丁汉白又问："几个豆包？"

经理说："两个。"

丁汉白问来问去，恨不得问问芦笋切多长、公鸡还是母鸡、红豆包有几道褶儿……纪慎语看不下去了，打断，让服务生尽快送去。他明白，这是惦记狠了，想通过细枝末节牵连点丁延寿的近况。

他们踱到窗边，小楼东风，隔着迎春大道巴望对面的"玉销记"。两个耳聪目明的人，看见了，隐隐约约就已足够。一切安排好，他们回家，擎等着明晚的收藏会。

风已经吹遍，参会者也在翘首。

一天晃过，直待到傍晚，追凤楼门口立上"欢迎"的牌子。淼安巷子深处，旧门半掩，两间屋叫丁汉白和纪慎语折腾得像狗窝猪圈。

纪慎语跪在床上翻行李箱，为一件衬衫险些崩溃。

丁汉白刚刮完胡楂，沫子还没洗净："非得穿那件？你穿什么不好看，换一件不成？"

纪慎语强调："那是我爸给我买的，最贵的。"

隆重场合马虎不得，何况他们身为东道主更应讲究。丁汉白不管了，洗完脸打扮自己，崭新的衬衫西装，换上，挑一根领带，系上。

怎么评价呢？他从头到尾都像个剥削阶级。

最后他戴上领夹、手表，齐活儿。

纪慎语仍跪在床上，问："为什么不穿我给你买的西装？"

丁汉白凑过去，弯腰拧人家的脸，说："收藏会而已，还不配叫我穿你那身。"说着从行李箱中一抽，"别翻了，再磨蹭我拎你去世贸百货，现买。"

身居陋室，唯吾奢侈，丁汉白和纪慎语好一顿捯饬，走出大门遇见街坊，把街坊都看蒙了。他们还要去崇水一趟，从破旧中来，到破旧中去。

张斯年不愧是见过世面的，没收拾，也没准备，正拼画呢。今天刚收的宝贝，等二位高徒一到，他拉住纪慎语，拜托这六指儿的徒弟帮帮忙。

纪慎语一看残品也来劲，跃跃欲试。但他和丁汉白这生意人待久了，算计，问："你不是烦我？还骂我是梁师父教的臭狐狸？"

张斯年伸屈自如："哪儿能？是那姓丁的流氓下作，你冰清玉洁，天山雪莲！"

纪慎语觉得这话阴阳怪气，但没追究，上手一摸那画，确定了纸张的糟烂程度。这时丁汉白等不及了，看着手表说："我做东，必须早早过去盯着，慎语，你等师父拾掇好一起去。"

说完就走，他仗着腿长迅速撤退。屋内只剩张斯年和纪慎语，这一老一少还没独处过，明眸对上半瞎，都很犀利。纪慎语问："张师父，你准备穿什么？"

张斯年说："怎么？怕我只有寒酸衣裳，给你师哥掉价？"

老头儿说罢进里间，纪慎语跟着，直奔角落的古董柜子。纪慎语触摸木头，轻叩、细嗅，这木质上乘的柜子起码有近百年了。张斯年拉开，里面都是些平时穿的衣服，叠都不叠，乱糟糟地堆着。

纪慎语笑："忘记暗格在哪儿了？"

张斯年一愣，大笑："行！见过点世面！"

这种古董柜子都有暗格，身居破旧胡同，那一扇破门锁不住什么，但张斯年从不怕遭贼。遍地古董，贼才不信有真玩意儿，翻这唯一的柜子，说句瞧不起人的话，穷人家是没这种柜子的，根本找不着宝贝。

说着，他把暗格打开了，从前放大把银票，后来放大把银圆，现在就搁着一身衣服。张斯年取出，衬衫，西装西裤，有些年头了，但比世贸百货里的都要考究。

张斯年说："我爸爸的，法兰西的货。"

纪慎语看愣了，似乎能窥见些过去，要是没发生种种，这老头儿会过什么样的生活？对方换好了，他帮忙抻抻衣褶，然后一道出门。

追凤楼灯火通明，正是热闹的时候，二楼封着，只给有请柬的宾客放行，弄得楼下食客万分好奇。纪慎语扶着张斯年上去，踏上最后一级阶梯，望见到达大半的赴宴者。

丁汉白忙死了，与人寒暄，说着悦耳的场面话。

张斯年问："你瞧他那德行像什么？"

纪慎语答："像花蝴蝶。"

这俩人忽然统一战线，过去，坐在头一桌。纪慎语说完人家花蝴蝶，这会儿端上茶水就去招呼，一起应酬。人齐了，酒菜都上桌，追凤楼的老板过来看一眼，哄一句"吃好喝好"。

说完却没走，那老板定睛，然后直直地冲到第一桌。这动静引人注意，包括丁汉白和纪慎语在内，全都投以目光。"您是……"老板问张斯年，又改口，"我是冯文水。"

张斯年睁着瞎眼："噢。"

冯老板又说："我爸爸是冯岩，我爷爷是冯西山。"

228

张斯年一动："自创西山鱼那个……"

看热闹的还在看，同桌的人近水楼台，主动问老板什么情况。气氛渐热，越来越多的人感兴趣，毕竟那冯西山是城中名厨，死后让多少人为之扼腕。

不料冯老板说："我爷爷、我爸爸，当初都是这位爷家里的厨子！"

一片哗然，张斯年霎时成了焦点，他烦道："什么年代了还'爷'？我就是一收废品的。"话音刚落，同桌一位白发老人端杯立起，正是丁汉白拉拢的大拿之一。他说："张师父，你要是收废品的，那我们就是捡破烂儿的。梁师父没了踪迹，你也隐姓埋名？"

丁汉白端着酒杯得意坏了，忙前跑后，在这圈子里扑腾，殊不知最大的腕儿是他师父。乱了，嚷着，众人离席涨潮般涌来，年岁之间捡漏、走眼，但凡上年纪的，好像都跟张斯年有笔账。

张斯年超脱淡然："我一只眼瞎了，另一只也渐渐花了，有什么账以后找我徒弟算吧。"他举杯一指，冲着丁汉白，"就他。"

丁汉白立起来，接下所有目光，自然而然地宣告主题。这收藏会只是个幌子，他不藏不掖，把目的亮出来，游说的理由和将展的宏图也一并倒出来，招揽感兴趣的同行。

一整晚觥筹交错，对面"玉销记"打烊许久，这儿却闹腾得没完没了。

夜深，下起雨来。

人终于走得七七八八，只剩服务生收拾。

办完了，钱凑够了，换言之这一步成功了。丁汉白以为自己会欣喜若狂，没想到淡定得要命，也许是因为离梦想越来越近，他越小心、越克制，只想挨到梦想实现那天再疯狂。

还是那扇窗，他搂着纪慎语的肩，夹杂雨点的小风吹来，凉飕飕的。

他们望着，霓虹、车灯、对面的"玉销记"。服务生都打扫完了，张斯年都困得睁不开眼了，他们还戳在那儿望。

老头儿吼道："看什么景儿呢！"

丁汉白和纪慎语没说话，目光缱绻，好似眼看他高楼起。

接下来更忙，光是签股权书就花费些日子，人员零散，丁汉白把佟沛帆的面包车都要跑报废了。这期间，那大楼工程彻底竣工，无数人等着下嘴，可到头来，谁也没想到被一个二十出头的小伙子拿下。

楼体簇新，里面空空荡荡呢，外面就挂上一显眼的牌子——白玉古玩城。这名字叫纪慎语笑了好几天，转念想到丁汉白许诺的"珍珠茶楼"，彼此相对，又觉得好听了。

那拆成破烂儿的玟瑁已经不复存在，蒹葭本就是在夹缝中生存，做不到有容乃大，文化街外宾游客多，规矩多如牛毛。四散的卖主比下岗职工还憋屈，游击队一般，破罐破摔的，甚至跑去了夜市。

淼安巷子，丁汉白守着一块和田玉子料雕琢，那称心的师弟许久没学习，正伏案念书。他手边放着一沓合同，问："晚上想吃什么？"

纪慎语支吾："……姜廷恩上次吃的那个。"

丁汉白一想，彼得西餐厅？他爽快答应，雕完去巷口的小卖部打电话。古玩城第一批商户已经定下，晚上吃饭是其次，主要是签合同，得挨个儿通知。

晚上，三十来号大老爷们儿杀到彼得西餐厅，把人家谈恋爱的情侣都吓着了。并桌，对着烛光鲜花，对着牛排沙拉，签一份合同喝一口红酒。这丁老板的私心可真重啊，为着家里那位师弟，害这些合作伙伴都没吃饱。

红酒后劲大，喝高好几个，乱了，丁汉白趁乱返到桌角歇一会儿。他扭脸，瞧纪慎语啃牛排，就那么盯着，说："你这一口嚼了七十下。”

纪慎语凑来：“这块有点老，我嚼不烂。”

丁汉白便伸手，竟要接住纪慎语嚼不烂的这一口。纪慎语发怔，偏头自己吐了。

丁汉白小声说：“你跟我有什么不好意思的？”

纪慎语回：“别人看见觉得怪吧。”

这第一批人都是和潼窑有合作的，早早谈好，而丁汉白允诺近一批货打对折，条件就一个——放风。多少卖主还不知道古玩城的存在，有的知道却还在观望，必须让这些人以身示范，做活宣传。

而在这等待的期间，足够古玩城的内部装修。一切都按计划进行，没一处错节，没一处脱轨，丁汉白和纪慎语见天夜里躺上床，除了聊天便是翻皇历，要选个开业的黄道吉日。

天热了，蚊子还没来，蝉开始叫了。

风扇还没开，凉茶先泡了。

二环别墅区，餐厅亮着，桌上一壶凉茶，正二堂会审。丁延寿跟块木头似的，只听姜漱柳妈似的，问：“吃顿饭觉得怎么样？他吧唧嘴吗？吃姜吗？”

丁延寿挑眉：“怎么？你们姓姜的不能嫁给吃姜的？”

对面坐着姜采薇，约会两个小时，回家的考问估计要半宿。她却顾不上那些，说：“姐、姐夫，我们逛到建宁路，看见那儿开了个古玩城，叫……白玉古玩城。”

丁延寿和姜漱柳一愣，白玉，几乎立刻想到丁汉白，丁汉白也说过筹备开古玩城。但他们想想而已，都没敢信，倒腾古玩和开古玩城千差万别，那混账才二十一，疯啦？

姜采薇说：“装修工人完活儿出来，我问了一嘴，他们说……老板姓丁。"

丁延寿急道："小姨子，你能不能别大喘气？！"

姜采薇说："下礼拜六，开业。"

这一下子，倒计时的人多了好几个。礼拜六，礼拜六……那天晴不晴，气温升到几摄氏度，各种操心。而那精明顶天的丁老板刚从博物馆出来，手里拿着方尊的检测报告。

真品，价值上百万，他签了捐献同意书。

但他有个要求，就是下礼拜六上交。

万事俱备，每一天数着，向来稳重内向的纪慎语也成了烧包货，在学校对同学宣传，在"玉销记"对顾客宣传，这寥寥数天说的话比过去十七年说的都多。

日子终于到了，好大的阵仗，建宁路的宽阔程度可媲美迎春大道，然而无论首尾都能听见古玩城开业的动静。张灯结彩，张的是琉璃灯、汉宫灯，结的是斗彩、粉彩、唐三彩，这一出布置别出心裁，全是古玩元素，叫围观的大众堵得水泄不通。

从前在玳瑁扎根的行家全来了，市里大大小小流动的卖主也都心旌摇荡，进了这古玩城，铺货都能一并解决，何况是能烧制顶级精品的水准。大门口，陆续送来的花篮一字排开，个个有名有姓，全是圈里的尖子。

这还不算，俗话说，神仙难断寸玉，丁汉白居然弄了一出现场赌石，未开的翡翠毛料，擦切之后抽奖。一时间人声鼎沸，纷纷摩拳擦掌。

角落里，纪慎语扶着张斯年，嘴不停，讲那次去赤峰赌石的情状。张斯年烦道："你是不是傻子？他风风光光当丁老板，有人恭维你一句纪老板吗？没有的话，你满足什么？"

纪慎语说："可丁老板是我的师哥，还听我的话。"

张斯年气道："别跟我眼前晃！"

纪慎语当真松开手，一指："那我走了，叫你亲儿子陪你吧。"

车停得满当，又来一辆，张寅和文物局的局长下来，同行的还有博物馆负责人。丁汉白笑脸相迎，重头戏到了，今天开业，他要当着所有人交付那价值百万的方尊。

做生意嘛，开头想点子，想到后筹钱，筹够钱立即办，办好又要琢磨生意，一环套一环。现在古玩城已经开张，之后的生意如何还未知，所以他要在今天献宝，先挣个名声大噪。

张斯年远远瞧着，啐一声："真鸡贼！"却止不住心绪震动，那折磨他的宝贝就要送走了，托这徒弟的福，他就要得以解脱了。

各大官方单位领导在场，那方尊亮出来，展示、交接，宣布正式收藏进博物馆。丁汉白赚够面子，这古玩城也出尽风头。他一望，于人头攒动中晃见熟悉身影，顷刻找不到了。

仪式办完人们全拥入楼内，做早不做晚，这市里一家古玩城正式落成。如此热闹一天，来往顾客络绎不绝，任谁都觉得新鲜。纪慎语窝在老板的办公室读书，美不滋儿的，又想给纪芳许和梁鹤乘烧纸。

路对面，姜漱柳挽着丁延寿，遥遥望着，哪怕亲眼看见仍觉得难以置信。姜漱柳上车等，丁延寿过马路，趁人少端详端详那气派的楼门。

他立在汉宫灯下，纱面上画的是昭君出塞，笔力和人形能看出是丁汉白的作品。再瞧竖屏，上面的斗彩花瓶精致繁复，是纪慎语的手笔。他正看着，踱来一抽烟的老头儿，半瞎，哼着京戏。

张斯年只当丁延寿是路过的，替徒弟招呼："怎么不进去逛逛？开业正热闹。"

丁延寿说："听说这古玩城的老板才二十一。"

张斯年应："是啊，没错。老板二十一，跟老板搭伙的才十七。"

丁延寿惊道："这像话吗？你说这像话吗？！"

张斯年说："你不能只看岁数，看一个人，得横向纵向看全面了。他的确不是四十一、五十一，可这大街上多少中年人庸碌了半辈子？"掸掸烟灰，吹吹白烟，"实不相瞒，那老板原本是学雕刻的，只刚会爬的时候就握刻刀了，你敢让你家小孩儿那样？"

丁延寿没说话，他倒是真敢。

张斯年又说："他那二十一的手比你这五十岁的茧子都多——"一低头，瞧见丁延寿的手，"哟嗬，你干什么工作的，这么厚的茧子？"

丁延寿答："施工队的。"他心不在焉，有些恍惚，丁汉白和纪慎语一样，刚会爬就握刻刀了，流着口水时就拿笔学画了，别的孩子在玩儿，他们在学艺，受的苦、遭的罪，不过是被此刻风光掩住而已。

张斯年要进去了，临走说道："一个舍下三间铺子自立门户，另一个还跟着，患难见真情，取舍见胸襟。凡夫俗子等到七老八十也是凡夫俗子，那些凤毛麟角，一早就开了光。"

一个生父，一个师父，互不认识交流几句，就此别过，都潇潇洒洒的。

办公室里，丁汉白终于得空歇一会儿，皮沙发，陪着纪慎语看化学书。纪慎语安分，看完小声问："晚上我能在这儿睡吗？"

宽敞，新沙发舒服，比家里的破床好。丁汉白失笑："今天五号，后天咱们看房子去？"

说完一怔，他低头看纪慎语的眼睛，纪慎语也仰脸看他。两人对视，化学书掉了，他们谈生意烧瓷器，办认股大会，开这古玩城……

纪慎语脸一垮，看什么房子哪？他竟要高考了！

白玉古玩城开业的第三天，老板请假了。

一早，丁汉白端着小锅、揣着鸡蛋，到巷口打豆浆摊煎饼。排队的街坊扭脸看他，说："半大小子吃死老子，搁仨鸡蛋，不过啦？"

他解释："家里孩子高考，改善改善。"

街坊提醒道："那更不能多吃了，吃饱犯困还做什么题？"

一语惊醒梦中人，于是丁汉白又原封不动揣回去俩。破屋漏风，在这夏天倒不太热，安安静静的。"纪珍珠，睡醒没有？"他杀进去，掀了被子，撤了枕头，捏住纪慎语的后颈一阵揉搓，像拎小狗小兔。

纪慎语迷蒙睁眼，咕哝着骨碌爬到床里。丁汉白说："你装什么腰酸腿疼？"停顿数秒，"是不是打退堂鼓了？"

一语中的。纪慎语悠悠坐起来，两眼幽幽放光，他从小学东西就刻苦，做什么都拔尖儿，可这回心里没底。万一考砸呢？他不准备念大学，但也不想尝挫败的滋味儿。

丁汉白说："那别考了，看房去吧。"

纪慎语反问："你都不劝劝我？"

丁汉白说："我又不是你爸，管你那么多干吗？我只管你高兴，想考我伺候你后勤，不想考带你去做别的，不说废话。"

纪慎语闻见煎饼香味儿，爬到床边冲着丁汉白换衣服。还是考吧，他想，他比姜廷恩强应该没问题。

丁汉白蹲下，抓住纪慎语的脚腕套袜子，动作娴熟又温柔。他心中有愧，纪慎语原本可以简单生活，出活儿、念书，偶尔做件东西自娱自乐，可摊上他，帮这帮那，受苦受累。

一晃神，纪慎语已经收拾妥当，穿着校服，满脸学生气。丁汉白又叫这模样晃了眼睛，盯着，落个心猿意马的下场。

那六中门口人头攒动，家长比考生更紧张。这年头，多少人寒窗苦读走到此步，全等着考场上一哆嗦，从此改变命运。

丁汉白拎一路书包，给纪慎语背上："进去吧，我还在小卖部等你。"说完却薅着人家的书包带子，"别挤着，热就脱掉外套，水瓶盖好，别洒了。"

一句句叮嘱没完没了，周遭拥挤哄乱，纪慎语握住那大手，偷偷抓了抓手心。他靠近小声说："师哥，我想吃麦丽素。"

丁汉白应："知道了，给你赢去。"

高考按时进行，家长们等在外面，巴望着、担心着，丁汉白这二十出头的家长潇洒优哉，又去小卖部和老板打扑克。如此度过两天，他这古玩城老板连面都没露，赢了够吃半年的麦丽素。

纪慎语一朝得解放，约上同学可劲玩儿了几天，把市里的景点终于逛完。等收心工作时，惊觉丁汉白哪还是原先赖床的丁汉白，他每天睡醒枕边都是空的。

丁汉白的确变了作息，从前睡到日上三竿，如今雷打不动五点起床。他既要经营偌大的古玩城，又要兼顾日益忙碌的瓷窑，还要雕刻。能者多劳，但必须压缩时间。

古玩城渐入正轨，纪慎语便安心去"玉销记"上班。他这大师傅手艺无两，经营之道有丁汉白背后出招，总之得心应手。六月上旬，各店整理春季的账，他背着账本去了一店，好久没见丁延寿，师徒俩碰面，一时间不知道说点什么。

"师父。"纪慎语叫了一声，"身体好利索了吗？"

丁延寿恢复健康，拐杖也不用了。可纪慎语巴巴凑来，抓他手臂，要扶着他上二楼。他没吭声，任由这孩子献殷勤，余光瞥一眼，没瘦，精神，说明过得不错。

到二楼办公室，账本堆满桌，纪慎语明白丁延寿头疼这些，主动请缨："师父，我帮你弄吧，你帮我雕完刘海戏金蟾，怎么样？"

丁延寿一愣，纪慎语竟然跟他做交易，还撒娇，愣完兀自拿刀，在房间一角忙起来。他这半辈子，最喜欢的就是雕刻，别的总差点意思。一抬眼，他瞧见那徒弟安坐在桌后，正儿八经地理账。

纪慎语似是感应到目光，故意蹙眉装崩溃。他说："师父，五月的账太乱了。"其实心知肚明，五月，丁汉白自立门户，丁尔和挪三店的账，分家歇业……他精明一把，算计一把："师父，五月的账得找专业的会计做。"

原本店里有会计，从丁汉白爷爷那时候起就在，前一阵刚退休。纪慎语说："师哥的古玩城有会计，要不我拿过去，做好再送来？"

丁延寿瞄他："少跟我耍花招，是不是还想让他看账本？"

纪慎语回："师哥忙着呢，天天五点起床上班，市里、潼村两头跑，谈生意、开会、应酬、管理那么多人，一日不差地出活儿，哪有空看你这个？"

丁延寿生生噎住，真是反了，翅膀一硬肆无忌惮，之前声泪俱下求原谅，现在一张嘴连环炮，都能掀"玉销记"的房顶了！

这大逆不道的徒弟气完师父，敛上账本便走。纪慎语羊质虎皮，其实内里又愧又怕，等出了"玉销记"抬头回望，隐隐见二楼人影闪过，才明白，这父亲与他一样外强中干。

无风夏夜，暴晒一整天的破屋闷热至极，丁汉白和纪慎语坐在院里凉快。灯泡明亮，照着小桌，说好给会计看的账本铺散着，正叫丁汉白过目。

纪慎语忙里偷闲，捧着姜廷恩借他的武侠小说，那金书签熠熠生辉，比灯泡还亮上几度。他问："师哥，赵敏和周芷若，你更喜

237

欢谁?"

丁汉白答:"这题我会,'只喜欢你。'"

纪慎语满意得很,接着看,偶尔瞧一眼丁汉白的进度。他盘算好了,到时候让丁汉白送还,趁机见见师父师母。忽地,丁汉白说:"明天休息,咱们去看房子?"

他立即问:"哪儿的房子?"

丁汉白白他一眼:"还能是哪儿?"

周末一早,他们出门看房,带着连夜理好的账本。到二环别墅区后,他们刚露面,门口的保卫员霎时一惊,还记得他们趴墙头呢。

经理带着,直接奔平方米数最大的,丁汉白和纪慎语却像侦察兵,回望,目测与丁延寿那幢的距离——不能太近,最好看不到,选来选去,定在远远的斜对角。

花园很大,环着这栋别墅,丁汉白问:"喜不喜欢?"

纪慎语点点头,他很喜欢。

他们眉来眼去窃窃私语,经理莫名尴尬,甫一进屋,正要吹得天花乱坠时,丁汉白牵住纪慎语,说:"这儿比不得家里大院,头厅就这么大地方,可以摆个好瓶子增点气派。"

又往里走,纪慎语说:"二厅宽敞,去维勒班市场买盏灯挂上。"阳台连着垂花门,厨房、餐厅、储物室三间相连,要什么样的桌椅,桌椅要什么样的木头,他们一句接一句地讨论。

二楼,丁汉白目测尺寸:"那儿弄一屏门,书房一间就够,卧室、浴室要好好装修。"他说着,攥紧纪慎语的手,纪慎语正纠结主卧选什么样的地毯。

许久,两人转身望向经理,同时抱怨人家哑巴,居然连介绍都不做。经理满脖子密汗,怕了这二位难伺候的主儿,殷勤地、仔细地、一脸诚恳地做起介绍。

又回到一楼，丁汉白和纪慎语开始转悠。他们这是动了心，对这房子满意，琢磨着把机器房弄在哪间。角落的卧室背阴，他们停在门口，合计着靠边放机器，中央放操作台，隔壁一间存料子。

经理擎等着，丁汉白利索道："办手续吧。"

淼安的破屋真是住够了，这身娇肉贵的两人简直迫不及待。办完手续，没走，他们散着步晃到路西一排，停在五号门外，瞧见丁延寿正扫杂叶子。

丁汉白轻声咳，其实有些紧张。丁延寿闻声回头，定住，不知道该端出何种表情。丁汉白主动说："爸，我来送店里的账本，理好了。"见对方没反应，他试探，"那我们进去了？"

不料丁延寿扔下笤帚走来："给我吧。"

纪慎语从包里掏出递上，不管不顾地喊道："师母！"这一嗓子很突兀，姜漱柳出来，纳闷这时看见他们，"呀"了一声。

"妈。"丁汉白叫，叫一次觉得不够，又叫一声"妈"。

交还账本，两方对峙，丁汉白先败下阵来，退开一步道了再见。这情态惹人心疼，丁延寿和姜漱柳纠结又揪心。不料，江山易改，本性难移，那混账竟然又嬉皮笑脸地说："我们买了那边的一栋，以后天天在你们家门口散步！"

丁汉白拽上纪慎语跑了，留下那爸妈目瞪口呆。

买下房子，他们当天就联系了装修队，熟，前一阵刚装修过古玩城。丁汉白雷厉风行，事无巨细地列出来，临了，向装修队长嘱咐："你就当我结婚办新房，处处不能马虎。"

纪慎语就在旁边。

丁汉白问："珍珠，主卧做不做飘窗？"

纪慎语一激灵，这人疯了，还是真不爱要脸？

丁汉白没等到答案，做主道："那就弄吧，吹风赏月都方便。"

等旁人一走，他过去靠着纪慎语："我哪儿说错了？"纪慎语用手肘顶他。

纪慎语扭脸，想起他们分开时的承诺，不禁抬手。"师哥。"他叫一句，情真意切。

丁汉白真不愧是干大事的。下班前，古玩城下发通知，要办庆功宴。再一次广发英雄帖，商户、合伙人、圈内朋友，还有够得着的亲戚。

与上次不同的是，此次请柬上有两个人名，丁汉白、纪慎语，并列着。

别墅里的装修日夜赶工，边边角角都再三设计，细致入微。炎炎周末，楼内丁零当啷地收尾，丁汉白和纪慎语待在花园。植了几棵树，其中元宝枫开得正好，草坪刚刚修剪完，鲜绿整齐，沿墙挨着一溜丁香。

好大一片玫瑰，丁汉白挽袖培土，正亲手栽种。树荫下，扎着一架秋千长椅，纪慎语懒猫上身，卧在上面看书。久久，楼内静了，别墅装潢一新，只等着打扫通风。

丁汉白满手泥土踱到秋千旁，膝盖一顶令长椅摇晃，再蹲下，晃来时用身体挡住。纪慎语离他很近，他低头："晚上自己睡，我盯着人搬家具。"

纪慎语问："你不回淼安？"

丁汉白说："回去的话要半夜了，你给我留门吗？"

哪次晚归不留门呢？纪慎语未答，从兜里掏出一颗小珠，糖心原石，又从丁汉白兜里掏出别墅钥匙，把珠子挂上。丁汉白低头一看："你再管我严点儿，还刻个'慎'字，怎么不把全名都刻上？"

纪慎语装蒜："是为人谨慎的意思，不是我……"

丁汉白就用脏手去闹，抢了纪慎语的钥匙，一模一样的原石，浮雕小巧精致的云朵，一共五朵。"五云是吧？"他抗议，"给自己弄那么雅致，怎么不刻个'汉'字？不是汉族吗？"

这二人扯皮，当着新栽的玫瑰。

傍晚，纪慎语独自回淼安巷子，破屋空了大半，他们的东西已经搬进别墅。他翻出买给丁汉白的西装，熨烫一遍，想着，明天……丁汉白总该穿了吧。他又找丁汉白送他的珊瑚胸针，戴上，在镜子前照了许久。

丁汉白留守别墅，工人们一车车搬家具，光双人大床一共四张，方桌、圆桌、交椅、圈椅，各式橱子、柜子，红木、乌木、黄花梨，全是金贵玩意儿。终于折腾完家具，工人前脚走，后脚来一辆面包车，是佟沛帆和房怀清。

面包车后排座位全拆了，只有满当当的纸箱，装着丁汉白收藏的古董和料子。丁汉白和佟沛帆连搬数趟，总算将一楼的库房填充饱满，没来得及道谢，他发现一幅画，展开，乌沉沉的茶色，恢宏的《江山图》。

房怀清说："以前的得意之作，送你和师弟当迁居礼物。"

丁汉白谢过，送走那二位。接下来他将所有灯打开，要亲自布置这幢房子。

挑一粉青釉贯耳瓶，擦擦放于头厅；二厅，倚墙的矮柜上放黄花梨四方多宝匣，旋出四个抽屉可以扔钥匙和零钱；客厅茶几搁花丝金盒套玉盅，盛纪慎语爱吃的点心；忘了门口，放紫檀嵌珐琅脚凳，省得穿鞋弯腰费力。

丁汉白一趟趟从库房挑物件儿，杯盏花瓶、字画屏风，一楼结束还有二楼，里面结束还有花园……他的发梢和衬衫都汗湿了，从没如此用心过，就为造一个舒适的家。

一座竹林七贤薄意雕件儿摆上书桌，他终于布置完毕。已经三更半夜，丁汉白累极，瘫软坐在椅子上，偌大的房子此时只他自己，安静得要命，适合想些事情。

他便想，用那困倦的脑子。

良久，丁汉白神思触动，抽一张纸，握一支笔，在第一行落下三个字。洋洋洒洒，他写了半张纸，临走将纸搁进主卧的床头抽屉。

回到森安巷子时快三点，里面亮着灯，纪慎语仿佛就在门口，丁汉白进屋闻见消夜香味儿。冬菜馄饨，纪慎语竟给他包了一盆。

"我是猪吗？"他问，然后把一盆吃得汤都不剩。

最后一次用漏凉水的管子洗澡，丁汉白沾床喟叹，纪慎语傻痴痴地笑。他问："高兴什么？"

纪慎语答："什么都高兴。"

摆酒，迁居，眼下，以后，什么都高兴。

他们难得又睡到日上三竿。那身西装就挂在柜旁，丁汉白摘下衬衫，入袖，正襟，叫纪慎语为他系扣。从下往上，纪慎语一颗颗系住，最后拾起他的手，为他戴珍珠扣。

丁汉白说："珍珠。"

纪慎语没有抬头，心跳得厉害。

丁汉白又说："一年了。"

去年今日，纪慎语初到丁家，他们第一次见面，眨眼都一年了。

丁汉白取出珊瑚胸针，戴在纪慎语胸前，像别着枝玫瑰。穿戴整齐，这空荡的旧屋与他们格格不入，锁好门，和街坊道再见，他们离开了。

仍是追凤楼，挥霍成性的丁老板包下整间，门口石狮子都挂上花，生怕别人不知道有喜事。多少宾客欢聚于此，只以为是庆功，谁能料到那二位主角心中的小九九。

长长一道红毯，从门口铺到台前，花门缠着玫瑰，每桌一碟子八宝糖。姜廷恩拽着姜采薇来了，一进门便嚷嚷："怎么跟结婚一样，谁布置的？"

说完屁股一痛，他转身撞上丁汉白。"大哥！"他倍儿得意，"大哥，等会儿你能不能给'玉销记'打打广告？做人不能忘本嘛。"

姜廷恩说完乱瞄，待不住，找纪慎语去了。

丁汉白揽住姜采薇，低声问："听说我要有小姨夫了？"

姜采薇心里门儿清："还在了解阶段。"

丁汉白居然害羞，抿住薄唇笑，抬眼望见纪慎语跟姜廷恩打闹，笑得更浪荡。他过去把人领走，宴席将开，亮相之前他要说几句私房话。

偏厅一隅，他问："紧张吗？"

纪慎语点点头："……还行。"

丁汉白先笑，而后郑重："慎语，我这人张狂烧包，现在恨不得蹿台上高呼，狗屁搭伙师兄弟……"

纪慎语红脸一瞪："大庭广众，你少胡言乱语。"

这言语的工夫，大堂内宴席已开，所有人落座，倒了酒，擎等着主角露面。丁汉白和纪慎语定定呼吸，返回，并肩停在花门后。数百目光袭来，该紧张，该知臊，可他们坦荡大方，无半分扭捏地迈出步子。

及至台前，丁汉白说："古玩城顺利开张离不开各位的担待，今日庆功宴感谢大家赏脸。"

纪慎语僵直立着，手心出汗，瞧见旁边的宣讲台，台上竟然搁着一本红皮册。红缎包皮，行楷烫金，盖着丁汉白印。台下抑着哗然之声，投来惊诧目光，他只觉前所未有地安心。

唱戏的是疯子，看戏的是傻子。

他们结结实实疯了这一回，这辈子大概就这么一回。

人们祝贺，他们欣然接受，挨桌敬酒。热热闹闹，迎来送往，这场宴席直摆到午后。等人走尽，丁汉白和纪慎语并坐台边，端着解酒汤，捧着册子。

上面还贴着一张照片。

丁汉白什么都没说。感谢的，致歉的，什么都没说，只拉起纪慎语，奔向他们的房子。

别墅门口停一辆车，是丁汉白订的花。他推纪慎语一把，说："花园有点空，我再弄弄，你去看看屋里。"

纪慎语晕乎，傻傻地朝前走，进门，眯着眼睛端详这个"家"。

穿过门口，脑海中莫名浮现与丁汉白初见那天，他一直没说，当时丁汉白讲话时，带着吃完西瓜的甜味儿。经过头厅，粉青釉叫他忆起芙蓉石，那是他和丁汉白初次切磋。

二厅阴凉，像去年夏天的汉唐馆，像丁汉白手下的砖石。可餐厅暖热，又像那热气氤氲的澡堂子、令他叫苦不迭的桑拿房。

纪慎语拾级上楼，曾经，他与丁汉白立在门口廊下台阶。他不禁一晃，晃到那咣当咣当响的火车上，丁汉白拥着他，叫他看了场最漂亮的夕阳。

露台放着盆富贵竹，纪慎语远远瞧着。他当初故意雕坏富贵竹，谁敢想，他们后来会互相扶持。

纪慎语走到书房外，看见挂着的家训——言出必行，行之必果。他这辈子都不会忘记，丁汉白说"宁为玉碎，不为瓦全"的模样。

初相识互相看不顺眼，误会，隐瞒，而后交心，明知道很难，但谁都没有后悔。分别各相思，聚首共患难，经历一轮春夏秋冬，才走到现在这里。

纪慎语进入卧室，没发觉已经泪流满面。

他走到床边，将备用钥匙放入床头抽屉，看见那一张纸，拿出展开，第一行写着"自白书"三字。

我，丁汉白，生长于和平年代，有幸见时代变迁。今年二十一岁，喜吃喝玩乐，爱一掷千金，才学未满八斗五车，脾气却是出名地坏。年少时勤学苦练，至今不敢有丝毫懈怠，但妄为任性，注定有愧父母。不过，拜翘楚大师，辞厚薪之职，入向往行业，成理想之事，人生尚未过半，我已没有任何遗憾。

感恩上天偏爱，最感激不尽处，当属结识师弟慎语。我自认混账轻狂，但情意真诚，定竭力爱护宝贝珍珠。一生长短未知，可看此后经年。

夜深胡言，句句肺腑。

——丁汉白书

纪慎语浑身战栗，这时丁汉白在花园中叫他，他起身跑下楼，擦擦眼泪，经过一楼客房时看见丁汉白。这是小小的一间，却有大大的窗，开着，把花园的景儿全框住了。

纪慎语踱步到窗边，望过去，见丁汉白立在大片鲜花之中。那人长身玉立，抬眼，他们的目光对上。一旁，是几株盛开正好的白头翁。

他看着丁汉白，丁汉白看着他。

去年今日，恍如昨日，却盼明日。

谁都没有开口，只承了满身阳光。

——正文完——

【番外一】

终相逢

（上）

炎夏难熬，幸好文物局楼墙一片茂盛枫藤。

丁汉白金贵，天一热只想吹空调，偏偏那缺德主任叫他四处奔波。他忍气吞声，转性似的，只因为递上的出差申请还没批。

福建，海洋出水文物，他心向往之。

临下班，丁汉白耐不住了，直奔主任办公室。"张主任，我有事儿找您。"他态度良好，"周一递交的出差申请，快出发了，请问什么时候批……呢？"

"呢"是后加的，省得对方冤枉他语气不善。张寅说："批不了，这回出差我带老石去。"

低声下气能折寿，低三下四能要命，一听到拒绝，丁汉白登时嚷道："石组长都快退休了，你让他颠簸那么老远？！"

张寅回："已经定了，都报上去了。"

丁汉白极不忿："我看你就是成心的，行，故意晾我，我就看看你们能淘换回什么好东西。"说完仍觉不够，从文件下抽回自己的申请，"出差申请不批，请假申请批不批？"

张寅骂道："少跟我叫板，不知天高地厚。"

他回骂："但知道你几斤几两，鸡毛都没你轻！"

丁汉白一通火发到下班，直接拎包走人，二八大杠自行车，他骑得飞快。绕到迎春大道，去追凤楼打包牛油鸡翅，化怒气为食欲，他扭脸望一眼对面的"玉销记"，还是那半死不活的德行。

归家，前院客厅热闹，一大家子人等着开饭。他洗手落座，谁也不搭理，在哪儿都要摆大少爷的架子。那头号狗腿姜廷恩今日反常，没凑来，巴结一家之主去了。

姜廷恩守着丁延寿姑父长，姑父短，满口溢美之词。丁延寿烦道："还没放暑假吧？你想跟我去，你爸妈批准请假吗？"

丁汉白插嘴："去干吗？"

姜廷恩说："下江南！姑父要去扬州玩儿！"

扬州，丁延寿的知己好友纪芳许就在扬州。丁汉白问："看纪师父去？我请假了，带我去吧。"他横插一杠，叫姜廷恩敢怒却不敢言。

丁延寿其实还没定好行程，自然没答。丁汉白却误以为对方默认，晚上巴巴地收拾行装，衣物、钱财，还挺美，想着去不了福建，那去扬州散散心也好。

谁料翌日一早，他兴冲冲杀进前院卧房，要拉丁延寿去世贸百货买见面礼，丁延寿正和姜漱柳逗野猫，却说："不去了。"

丁汉白不依："为什么？！你说不去就不去？！"

丁延寿瞪他："前两年都是我过去，昨晚芳许来电，想这次他来。"

出游泡汤，丁汉白真恨这朝令夕改，不在家出活儿，也不去"玉销记"看店，开车就奔了世贸百货。买见面礼的钱省了，那他给自己买几件新衣服，购物还只是小头，拐到古玩市场花了笔大的，糟蹋钱换快乐。

因着客人要来，丁家上下忙活，内外打扫，光时令蔬菜备满一冰箱。两天后，机场降落一架客机，乘客鱼贯而出，再出接机口，纪芳许霎时看见等候的老友。

两只雕石刻玉的妙手紧紧相握，丁延寿一偏头，看见纪芳许身后的少年，惊喜道："又长高了！"

忽地，丁汉白眼皮一跳，眨巴眨巴，继续镂字。另外三个师弟围着，等他教，他却没兴趣，惦记福建的出水文物。

丁可愈问："大哥，你说大伯和纪师父谁厉害？"

丁汉白答："都比你爸厉害。"

损透了，丁可愈却没的反驳，姜廷恩幸灾乐祸，乐完去端西瓜。师兄弟四个转移到廊下，比谁吃得快，再比谁把籽儿吐得远，输的那个要打扫。

丁汉白解渴降温，瞅着姜廷恩跑进跑出，活像条大狗。这一趟跑得急，姜廷恩满头大汗："姑父回来了！纪师父到了，还带着一个小的！"

他们几个立即前去见客，丁汉白打头，穿堂过院，没到客厅就听见笑声。长腿一跨，没瞧见笑成花的丁延寿，没瞧见风流儒雅的纪芳许，好似靶子入心，丁汉白一眼瞧见个男孩子。

那男孩子也看到他，好奇、礼貌，瞳仁儿透光。

丁汉白心神一怔，江南的水米可真好啊，将养出这么俊秀白净的脸蛋儿。他一向不知收敛，就那么盯着，不怪自己失态，怪这小南蛮子扎眼。

丁延寿叫他："你们几个来，汉白、汉白？"关键时刻掉链子，干吗呢这是，"丁汉白！"

丁汉白回神，却见那男孩儿忍俊不禁，笑话他呢。他收心敛意，恢复惯有的高傲姿态，问好道："纪师父，我是汉白，这次来多住几天，我全包了。"

轮番介绍完，纪芳许大赞后生可畏，说："你们一下子来四个高徒，我们人数上输了。"

这时，那男孩子上前一步，规矩说道："我叫纪慎语，'谨言慎语'的'慎语'。"他是纪芳许的徒弟，往年见过丁延寿，这回是第一次出远门。

男孩子一句话说完，丁汉白靠近对方，客套的，场面的，他都没应，问人家："今年多大了？"

纪慎语答："虚岁十七，该念高三了。"

丁汉白又问："听过我吗？"他是个得意精，感觉丁延寿总该提过自己，就问了。纪慎语似乎一愣，没想到这人问这种问题，摇摇头："只听丁伯伯说过五云师哥。"

哄堂大笑，丁延寿说："慎语，就是他，那是他原名。"

纪慎语的眼睛明显一亮，像怀揣着的心愿达成，丁汉白看在眼中，莫名弄了个脸红。纪慎语好笑地问："师哥，为什么改成汉白了？"

丁汉白说："按料子起的，汉白玉。你觉得有趣儿吗？"见纪慎语点头，正中下怀，"那我给你也起一个吧，纪珍珠怎么样？"

男孩子，叫什么珍珠。

他想，这小南蛮子会不高兴吗？

他又想，生气的话，一包八宝糖能解决吗？

纪慎语闻言一顿，心说：什么奇怪名字？可当着满屋子人，他绝不能扫兴。"我觉得挺好的。"咬着牙回答，还要戏谑一句，"那珍珠和汉白玉哪个更好啊？"

恰好开饭，丁汉白没答，兀自把椅子加在旁边。

食不言向来是长辈约束晚辈的，两方热聊，这些小辈专心吃饭。纪慎语只夹面前的两道菜，有点辣，吃两口便停下缓缓。本以为无人注意自己，不料他余光一瞥，正撞上丁汉白的余光。

丁汉白瞧得清楚，却不言关怀，状似无意地挪来一盘糖渍山楂。

纪慎语夹一颗解辣，胃口也开了，但够不着别处的菜。他用手肘碰丁汉白，小声暗示："师哥，那道鱼是清蒸的吗？"

明显是红烧的，丁汉白装不懂："谁知道呢，又不是我做的。"

安静一会儿，纪慎语又来拽他袖子，问："师哥，能帮我夹一块吗？"

丁汉白长臂一伸，夹一条鲽鱼尾，微微侧身，离得近了。纪慎语端碗接住，吃起来，叼着那鱼骨头，猫儿似的。

丁汉白没注意吃了什么，满心思小九九。他是老大，有三个兄弟，平时嫌多嫌烦，此刻竟觉得不够。要是再加一个就好了，乖，聪明，扒着他要东要西，他绝对毫不含糊地一掷千金。

纪慎语小声问："师哥，家里晚上也做这么多菜吗？"

丁汉白点头，眼下还没懂为什么有此一问。酒足饭饱，年纪相仿的师兄弟在院中消食，二哥、三哥、四哥，纪慎语挨个儿叫一遍，极尽礼貌。丁可愈跟姜廷恩话多，问扬州的景儿，问扬州的菜，问扬州的姑娘漂不漂亮。

姜廷恩说："本来我想跟姑父去你们那儿，却被大哥截和了，没想到他也没去成。"边说边偷看，生怕幸灾乐祸的样子惹一顿揍。

纪慎语闻言望向丁汉白，丁汉白立在影壁后浇花，也抬眼看他。他说："师哥，下次你去扬州，我带你逛。"他以为丁汉白会很高兴，不料对方只淡淡一笑，好像无所谓。

纪慎语向来不爱热贴冷，可奇了怪了，他忍不住踱到对方身旁，说："我家园子里有好多花，比你家多。"并无攀比之意，潜台词是——你想去看看吗？

丁汉白搁下铝皮壶，轻轻拽纪慎语的袖子，绕过影壁，停在水池旁边。"你家还有什么？"他抓一把鱼食，盯着摇摆的鱼尾。蓦地，手心一痒，纪慎语从他手里拿走几颗，扔进了水里。

"一罐子鱼食，非从我手里拿？"他说，"你倒挺不认生。"

这话不算客气，弄得纪慎语面露尴尬。"我以为只能喂一把，怕再拿就喂多了。"他低头解释，望着水中倒影，倒影朦胧，能发现丁汉白的耳朵微微发红。

"师哥，你热啊？"

"……大夏天谁不热？"

"那你进屋去吧？"

"你管我进不进？我就喂鱼！"

丁汉白这炮仗不用点，自燃。也懒得再一点点喂，掩饰心慌意乱，装作豪气干云，他直接一把撒进去。撒完又抓一把，不管纪慎语目瞪口呆，他只管自己发疯痛快。

后来姜采薇喊他们，他们回去，而那一池子鱼已经撑死七七八八。

客厅满当，丁延寿和纪芳许饮茶，还备着核桃水果给孩子们。丁汉白和纪慎语前后脚落座，接着，前者抓一串葡萄吃，后者拿起个核桃。

纪慎语徒手捏，他们这行手劲儿大，三两下就捏条裂缝。抠开一点，指腹扒拉核桃壳，他犯了难。丁汉白余光侦查，不明所以，问："怎么了？"

纪慎语答："……手疼。"

丁汉白皱眉瞪眼，雕刻的手向来是层层厚茧，有什么好疼的？低头一看，抢过那核桃，顿时瞠目结舌，他一把握住纪慎语的腕子，端详那修长手指，只见指腹、手掌哪儿哪儿都光滑柔嫩，别说茧子，连纹路都很淡。

当着自己爸爸、人家爸爸，当着师兄弟，他近乎质问："你到底学没学过手艺？！"

客厅内霎时安静，落针都能听声，大家同时望来，探寻情况。纪慎语手腕发烫，感觉被丁汉白攥出手镯，再抬眼，丁汉白的目光可真锋利，刻刀、钻刀都要败下阵来。

仿佛，他要是没手艺，就不配待在这屋里。

的确，丁汉白正想，这小南蛮子长得好看怎么样，情态言语惹他注意又怎么样，要是个不学无术的草包，别想让他正眼相看。

纪慎语终于回答："学过。"

不等丁汉白说话，丁延寿和纪芳许心灵相通，大手一挥让这些徒弟切磋。武夫比武，文人斗诗，手艺人当然要比比手艺。

可是，丁家四个徒弟，纪家就一个，这怎么切磋？

丁延寿说："慎语，要不你看谁顺眼，挑一个比吧。"

丁汉白抬杠："比武招亲啊？那没挑的就是不顺眼呗。"他从不自诩君子，反而自认小人，此刻就用上小人之心。那样的手，勤学苦练是不可能的，估计皮毛都没掌握，挑姜廷恩都是个输。

这时纪慎语说："我想一挑四。"

又一次霎时安静，外面的喜鹊都不叫了，窗上的野猫都瞪眼了。丁汉白在巨大震惊中看着纪慎语，真想捏捏那脸蛋儿，哪儿来的胆子？是有多厚的脸皮可丢啊？

转移到小院南屋，丁汉白亮出价值数十万的宝贝，客人优先，他让纪慎语先选。可他坏啊，明面让人家选，却又奉出一盒子南红，颜色不一，有真有假。

纪慎语扫一眼，直接拣出假的，说："鱼目混珠。"

没难住，丁汉白来了兴致，总算肯默默退到一边。纪慎语挑选料子，看花眼之际发现一套玉牌，极其复杂的叙事内容，精细程度令人叹为观止。他立即拣一块青玉，说："这套还差一个，我来雕。"

除却丁汉白，其他三人面面相觑，那套玉牌是丁汉白的作品，男女老少，山景街貌，尤奇不有，他们连狗尾续貂的勇气都没，一听纪慎语选那个，不禁揣测起对方实力。

各自挑选，无外乎玉料、石料，而丁汉白居然拿了个金片子。五人将操作台占满，勾线画形，粗雕出坯，丁延寿和纪芳许环顾几次出屋，并行到廊下。

"你那个儿子了不得，手法可不像二十岁的。"

"我这个儿子哪儿都不好，就是手艺好。你也甭谦虚，你儿子小小年纪可是样样没输。"

纪芳许拍丁延寿的肩："我家慎语心散，今天让我教这个，明天叫我教那个，经验少。"走出小院，他坦白道，"去瞧瞧给你和嫂子带的礼物，青瓷，收的时候一波三折。"

师父们走了，屋内只剩徒弟们。机器声一下午没停，比试，都想挣个风头。丁汉白镂雕一绝，余光窥探旁人，见纪慎语用蝇头小刀雕刻松针，细密，刺中带柔，显出风的方向。

纪慎语侧脸发烫，垂眸问："好看吗？"

丁汉白一怔，目光上移定在对方脸上。屋外日光泼洒纪慎语半身，耳郭隐没于光影中，晒红了。他如实回答："好看。"

纪慎语说："你雕得也好看。"

丁汉白直白："我说你呢。"

刀尖一顿，纪慎语抬眸与之相对，周遭乱哄哄的，机器声，丁可愈的哼歌声，姜廷恩缠着丁尔和的絮叨声……却又像四下皆空，只他对着丁汉白。

日落鸟归巢，屋内动静终于停了。

丁汉白和纪慎语都没把其他人放在眼里，轻轻一扫，便只惦记对方的东西。纪慎语亮出青玉牌，远山松柏，亭台宾客，曲水流觞，巴掌大的玉牌上山水、人物、建筑，无一不精细。

丁汉白摊开手掌，掌心落着一片金云，厚处如纸，薄处如蝉翼，熠熠生辉。纪慎语脸色微变，雕工高下一眼就能看出，他还差一点。

"我输了。"他平静道。

丁汉白夺过青玉牌跑到院中，趁着夕阳的最后一点光，说："你没输。"雕刻时他就发现了，这小南蛮子手法新奇，线条分布全在最佳位置，能最大限度体现出光感。

这场初次切磋打个平手，彼此之间彻底熟稔起来，晚饭桌，又是佳肴美味，纪慎语眼睛放光。丁汉白纳闷儿道："怎么，纪师父在家饿着你？"

一句玩笑话，纪慎语却支吾不答。

远道而来的父子俩过完这半天，夜里安排房间，住在了丁汉白隔壁。屋内摆设讲究，大床对着窗，还能望见月亮。

纪慎语滚在床上，一脸苦色。纪芳许问："你还认床？"

"我吃多了。"纪慎语答，"师父，咱家能不能也像人家一样，晚上多烧点菜呢？"

纪芳许讲求养生，主张晚饭半饱，弄得纪慎语成天夜里肚子饿。他不答应，说："别躺着了，下午出完活儿抹手没有？"

纪慎语骨碌爬起来，磨砂膏，抹手油，好一通折腾，那两手磨红才算完。而经过窗外的丁汉白全看见了，疑惑，心说南方人可真讲究。

纪芳许早早睡下，这也是个金贵主儿，合眼后不能被丁点声响打扰。纪慎语撑得睡不着，去院里散步消食，丁汉白洗完澡，两人在石桌旁照面。

"别转悠了，给你找粒消食片。"丁汉白带纪慎语去他的卧室，说了声"坐"，找到药回头，见纪慎语屁股挨床沿，小心翼翼地安坐在床尾。

丁汉白上床半卧，没话找话："怎么吃那么多？"听完原因，他觉得荒唐，在自己家居然会饿肚子，垫补些零食、点心总可以吧，忽然想起听丁尔和说，纪慎语是纪芳许的私生子，于是忍不住问，"你师母对你好吗？"

纪慎语猛然抬头，警惕、遮掩，站起说："我、我该回去睡了。"他转身欲走，被丁汉白一把拉住，白天握的是手腕，此时是手掌。丁汉白掌中异样，软、滑，低头一嗅，还带着香味儿。

他又换了问题："你为什么抹手？"

这人真是够呛，怎么净问些不好答的？纪慎语转移话题："床头灯的流苏罩子好漂亮……"

丁汉白引诱："你摸摸。"

纪慎语伸手上前，没摸到就被用力一拽。他跌坐床边，碰上丁汉白求知若渴的眼神，今天这一天，打量、戏谑、关怀、鄙夷、欣赏……这人的眼神百般变化，此刻透着无限真诚。

"我……"纪慎语破了心防，"我是个私生子。"

他说了，难堪的出身、师母的嫌恶，全都说了。手被攥出汗水，他抽回，抱歉道："至于抹手，就当我臭美吧，师父不让对外人讲。"

丁汉白登时问："不是外人就能讲？"谁没有三两秘密，他也不知道为什么好奇成这死皮赖脸样，纠缠着，拍拍身侧，让纪慎语躺上来歇会儿。纪慎语挨在他身边，分走他一半被子，不理他，玩儿那流苏。

丁汉白更不爱热贴冷，转头又惦记起福建省。

一声叹息，纪慎语问："师哥，你生气了？"

这回轮到丁汉白解释，什么出水文物，什么心向往之，听得纪慎语滚下床。"你等等！"他跑出去，再回来时拿着本《如山如海》，里面关于出水文物有详细的讲解。

他们靠在一起看书，亮鉴看完看稽古，丁汉白觉得滋味儿无穷。忽地，肩头一沉，纪慎语已睡着半晌，头发蹭他颈侧，真痒啊。

256

他将金书签夹进书里，说："这片云送你怎么样？"

纪慎语迷糊道："……送五片。"

瞧不出这么财迷，丁汉白一怔，五片的意思是不是"五云"？这是惦记他吗？他将人放平，盖被关灯，侧身笼罩，就着透进的月光端详。

丁汉白叫："纪珍珠？"

纪慎语喃喃："汉白玉……"

院里野猫上树，目睹了喜鹊成双。

（中）

安稳踏实的一觉，直睡到大天亮，丁汉白微微睁开眼，半臂距离之外是一毛茸茸的脑袋，手掌一动，这脑袋也跟着动了动。

纪慎语腰间发痒，下手一摸，摸到骨节分明的大手。"珍珠。"丁汉白在背后叫他，低沉，沙哑，"扭过来，我看看你刚睡醒什么样。"

纪慎语翻身，故意蹭着被角，生怕脸上不干净。他与丁汉白四目相对，丁汉白仍扣着他。"师哥，早。"他没话找话，"那本书你喜欢吗？"

丁汉白答："喜欢。"

纪慎语爽快道："那送给你吧，当作见面礼。"

丁汉白向来大方，既然收下人家的礼物，那一定要回赠点什么。他正琢磨着，院里脚步急促，紧接着敲门声更加急促。

丁可愈急道："大哥！纪师父说纪慎语不见了！"

姜廷恩附和："姑父让你快起来找找！"

这聒噪的老三、老四力气不小，竟然把门砸开了，跌撞冲到床边，齐齐发出惊呼。丁可愈说："……找到了。"姜廷恩拍马屁："……

不愧是大哥。"

一场乌龙，纪慎语露面后被纪芳许痛骂，说他不懂礼貌，居然睡到主人的房间。做客，当着那么多外人的面，他垂首立着，那滋味儿，恨不得钻地缝儿遁了。

丁延寿劝都没用，纪芳许看着斯文儒雅，嘴巴却相当厉害。不多时，丁汉白打扮完姗姗来迟，从后胡噜一把纪慎语的头发，说："纪师父，哪儿值当生气。"

纪芳许勒令纪慎语道歉，丁汉白又将话头掐去："慎语和我看书，我这也不懂那也不懂，他讲解到深夜，被我弄得直接睡着了。"

纪慎语偏头来看，他知道丁汉白恃才傲物，看见庸才恨不得踩上一脚，没想到会撒谎装笨蛋。丁汉白又说："纪师父，要不这样，以后有机会去扬州，我睡他那屋怎么样？"

总算翻篇儿，丁延寿却暗自羡慕，他什么时候也能如此霸道威严？说实话，张口骂得亲儿子抬不起头，他至今还没体验过。

吃完早饭，一行人去"玉销记"，将门厅挤满了，还以为生意回春。丁汉白仍惦记回赠礼物，悄悄对纪慎语说："我带你玩儿去？"

纪慎语绝不是记吃不记打的性子，刚挨了骂，当然要规矩点。可是丁汉白那么一问，他所有的不安分因子都发酵了，蠢蠢欲动。

两个人偷偷撤出去，丁汉白骑自行车驮着纪慎语，顶着明晃晃的太阳。沿街垂柳，丁汉白掐一截，反手向后挥舞，纪慎语越笑声儿越大，一点矜持都不要。

"师哥，咱们去哪儿啊？"纪慎语问，"中午你会请我吃饭吗？"

两人真是熟悉了，丁汉白突然猛蹬，叫纪慎语撞他背上，还不够，手都环住他的腰。到了玳瑁古玩市场，他们绕过影壁，来个满目琳琅。

纪慎语拿一青瓷瓶，丁汉白："赝品。"

纪慎语喜欢一小盖盒，丁汉白："赝品。"

纪慎语稀罕一花鸟屏，丁汉白："赝品。"

纪慎语拐去小卖部，买两瓶橘子水，一吸溜，解气道："真品！"丁汉白乐不可支，哄道："其实你拿的那三件做工相当不错，在仿品里绝对算高级的。"

纪慎语问："你懂这些？"

丁汉白说："这行没人敢称懂，谁也不知道哪一天走眼。"说完，见对方垂下眼皮，似乎想着什么，又似乎在犹豫什么。

"师哥，你更喜欢古玩，对吗？"纪慎语问，"你昨晚看书的时候两眼放光，雕刻时却没有。"

丁汉白心里的秘密被戳穿，愣怔数秒，干脆地承认。学手艺辛苦，不热爱根本无法坚持，他以为纪慎语要讨伐他一顿。不料，纪慎语抬眼瞧他，居然咧嘴一笑。

纪慎语说："你知道我为什么挑的都是高级赝品吗？因为低级的我能看出来。"他凑近仰头，附在对方耳边，"下回你去扬州，让你看看我造的玩意儿。"

一脸震惊，两两交心，昨天攀比手艺，今天又交流起古玩。

逛完几圈，橘子水喝了三瓶，最后他们停在一摊位前。各式孤品洋货，精巧，和中国古董不一样的美。丁汉白挑起一件琥珀坠子，对着纪慎语看了看。

付钱，走人，他将物件儿塞人家手里。

纪慎语跟在后面跑，那琥珀坠子一顿摇晃，等重坐上自行车，他一手揪着丁汉白的衬衫，一手举着那琥珀端详。他问："师哥，这个形成多久了？"

丁汉白答："几千万年。"

他又问："这属于哪种琥珀？"

丁汉白又答："茶珀。"

他还没问完:"为什么送我这个?"

丁汉白却不答了,气愤地一捏铃铛:"送你就挂着,哪儿来那么多问题?!"他时常对人大小声,此刻却像欲盖弥彰。为什么?他怎么知道为什么?

因为那琥珀颜色像纪慎语的眼睛。

真够酸的,丁汉白险些酸得翻了车。

他们吃吃逛逛,接下来一段日子都在吃吃逛逛,各处景点、博物馆、图书馆,纪慎语实打实是来旅游的。丁汉白极尽地主之谊,反正自己歇着,天女散花般带着这野师弟糟蹋钱。

除却玩儿,他们还有说不完的话。雕刻,古玩,趣味实在相投。正经时谈论前程理想,浑蛋时,关门嘀嘀咕咕地胡闹。

将近半个月后,阴天,谁都没出门。丁可愈要清扫房顶落叶,免得下雨后粘在瓦上,刚挪来梯子,瞧见好大个马蜂窝。于是老二拿工具的空当,丁汉白带纪慎语上了房顶。

丁汉白问:"怕吗?"

纪慎语的手被紧握着,他不怕。爬到屋脊上,他和丁汉白挨着坐,眺望远处的景儿。丁汉白指东,叫他看尖顶的灰塔,又指西,叫他瞅显眼的避雷针。

丁汉白忽然问:"这儿好还是扬州好?"

纪慎语客套:"这儿好。"

丁汉白随口说:"那你别走了。"说完空气凝滞,仿佛马上就要下雨,他满不在乎地笑一声,佯装说了句场面话。纪慎语扭着脸,没吭声,静静地看小院中的泡桐。

地上,丁可愈扛着长竿,拎着麻袋,小心翼翼地摘马蜂窝。姜廷恩瞧见,坏心乍起,裹上姜采薇的纱巾偷偷迫近,从后猛地一推,那马蜂窝"咕咚"落地!

一个大叫，一个拍掌，还有霎时盘旋的马蜂。他们跑进客厅，关紧门，谁也没发现房顶还坐着俩人。丁汉白和纪慎语耳聪目明，听见哄闹声警觉起来，可什么都晚了，那张牙舞爪的马蜂已经飞上来，仿佛誓要把他们蜇成麻子。

丁汉白迅速脱掉外套，蒙住他和纪慎语的上半身，密不透风，只能知晓四周的嗡鸣，闷出淋漓汗水，比那马蜂还要人命。

纪慎语难堪地一动，丁汉白低吼："老实点儿！"

纪慎语僵住，吓到了，嗫嚅句"抱歉"。丁汉白心跳过速，动那一下，什么柔软的东西划过他脸颊，他惊出一身热汗，心眼儿都填满，要涨出咕嘟咕嘟的血浆子。

久久，马蜂飞走了。

"师哥。"纪慎语小声说，"师父说，我们明天要走了。"

丁汉白张张嘴，咽下他都不明白的千言万语，变成一句："我送你们去车站。"

第二天，丁家父子送纪家父子，归途不急，所以坐火车。丁延寿和纪芳许隔两年就会见面，倒是洒脱，在厅外就告了别，丁汉白却拎着纪慎语的箱子，迟迟不肯交还。

要检票了，纪慎语夺下箱子，当着家长，只说声"再见"。丁汉白盯着那背影，情绪翻搅，心一横，跑去买了张站票追上，要送人家进站上车。

站台离别处，火车鸣笛驶来，丁汉白骂："怎么这么快？！"

纪芳许侧目，纳闷儿，心说这孩子有性格。

上车，找到卧铺小间，丁汉白帮忙放好行李，说："纪师父，我就送你们到这儿了。"他低头对上纪慎语，就一瞬，用眼神说了再会。他挤着其他乘客朝外走，走到车门回头，正撞上纪慎语的目光。

那小南蛮子直愣愣的，贴着小间门框，似是没想到他会回头，登时挪开，觉得不对，又望来，朝他挥了挥手。

那口形，说再见呢。

纪慎语叫了声"师哥"，又叫了声"汉白玉"。

丁汉白一脚迈下车，心头跟着一热，他不知道热什么热，可他就是热得要烧起来。车门将关，他纠结近乎崩溃，最后之际竟返回到车厢。

纪慎语和纪芳许大惊，火车已经开了！

丁汉白一屁股坐床上："我去你们扬州玩儿几天，管吃住吗？"

纪慎语急道："管、管的！"

一路向南，他俩依傍着吃零食，看风景常新。吃着吃着，看着看着，丁汉白一愣："我爸……"

丁延寿还在苦等，哪知道那混账背着他下江南！

（下）

火车长鸣进站，丁汉白两手空空地到了扬州。

他在书本上见识过南方的园林，幻想着纪慎语家应该有山有水有廊桥，不料对方的住所更近似洋房。二层独栋，花园里争奇斗艳，满满当当。

丁汉白问："这是什么花？"

纪慎语答："海棠啊。"

丁汉白问东问西，一副没见过世面的样子，其实雕刻这行什么不认识？花卉走兽，个个了然于胸，丁汉白装傻呢。装够了，丁汉白掐酸道："那你追求人可方便了，掐一把就成。"

纪慎语说："电影里演，追人得用玫瑰。"

这时纪芳许喊他们进屋，纪慎语答应完就跑，丁汉白只好跟上。进了屋，先打电话报行踪，丁汉白隔着电话线叫丁延寿好一通骂。挂断，正式见人，纪慎语的师母忙招呼他，他偷瞄一眼纪慎语，见那人姿态恭敬，从头到脚都透着小心。

他豁出这张脸皮来，说自己饭量大，尤其在晚上一定要吃饱，不然会心慌失眠。纪慎语闻言一愣，随即明白，觉得又感激又好笑。

寒暄过后，丁汉白跟着纪慎语上楼参观，他引颈看房，好家伙，书房足足有三间，全是他喜欢的书。他问："听说你师父倒腾古玩，是真的？"

纪慎语点头："家里的雕件儿都是我做的，师父这两年基本都不动手了，只研究那些古董。"望着对方眼中的雀跃，问，"师哥，你那么喜欢？"

丁汉白简直像光棍儿看媳妇儿，喜欢得不得了。辗转到茶室，白瓷龙井，乌木棋盘，连着挂满鸟笼子的露台。笼子之间，还有一把三弦。

丁汉白问题多多："你会弹？"

纪慎语不会，一般是他师母弹唱扬州清曲，纪芳许喝茶，久而久之，他也会哼唱那么几句。丁汉白攥住他的手臂，目光切切："那你给我唱两句？"

纪慎语不好意思，丁汉白玩儿心理战："那……等我走的时候你再唱，就当给我送行。"这才刚来就说到走，纪慎语挣开转身，端起主人架子："看看你睡哪屋吧，净操心没用的。"

几间卧房有大有小，丁汉白哪间都不喜欢，直跟着进入纪慎语的卧室。这回换纪慎语说一声"坐"，说完立于柜前捯腾衣服。丁汉白坐在床边，一眼看见枕边的杂志，封面的电影明星穿着泳衣，很是暴露。

"师哥，你没带衣服，先凑合穿我的吧。"纪慎语扭脸。丁汉白正一脸严肃地翻阅杂志，内页写真更加大胆，穿得少就算了，还搔首弄姿！他问："你平时喜欢看这个？"

纪慎语支吾："同学借我的。"

丁汉白说："答非所问，你心虚？"

纪慎语不清楚，把脸扭回去："谁心虚，看看怎么了？我们班同学都爱看……"

"啪嗒"合上，丁汉白仿佛是个古板的爸。"你就为看人家衣服少？"他走到纪慎语侧后方，很近，盯着纪慎语的右脸，"十六七正浪荡是不是？在学校有没有喜欢的小姑娘？或者，有没有小姑娘喜欢你？"

纪慎语扯出条棉布裤衩："这个睡觉穿吧。"

丁汉白一把夺过："别转移话题。"他不依不饶，非要问出个所以然。纪慎语反身靠住柜门，怎么就浪荡了？那里面有《上海滩》，他看个许文强就是浪荡？顿了片刻，说："没有，没有喜欢的小姑娘。"

丁汉白莫名满意："我也没有——"

纪慎语呛他："谁管你有没有？！"

他们无聊地扯皮。

已经傍晚，门关着，二人无声对峙。片刻之后，丁汉白展开那条裤衩，宽松柔软，应该是唯一能穿的。他问："内裤呢？"

纪慎语找出一条，此地无银："不小的。"

丁汉白说："真的不小？"

纪慎语恶狠狠道："大着呢，爱穿不穿！"

在自己家就是威风，丁汉白噤声退让，哼着歌洗澡去了。夜里，他哪间客房都没挑，赖在纪慎语的床上，来之前就说了，到时候睡纪慎语的屋子，说到做到。

纪慎语头发半干，捧着杂志细细品味，不搭理人。久久过去，丁汉白始终被晾在一边，他终于觉出内疚。"师哥，你知道吗？"他讲，"有一回我戴师父的白围巾去学校，因为许文强就那样嘛，结果弄脏了，被师母抽了一顿。"

他当趣事讲的，带着笑，不料丁汉白却神情未动。丁汉白问他："你师母烦你，那你有没有想过以后独自去闯闯，到别的地方？"

他反问："去哪儿闯？你觉得南京好不好？那儿可是省会。"

丁汉白不屑道："那么近，跟没出门一样。"

纪慎语说："那广州？不都下海去广州发财吗？"

丁汉白冷哼："广州有什么好的？热死人了。"他恨这笨蛋不开窍，怎么就听不懂弦外之音，"……北方多好，冬天下大雪，夏天下大雨，春秋刮大风。"纪慎语笑得东倒西歪。

"我想看下大雪，一定要大。"纪慎语故意道，"那我以后就去哈尔滨？"

丁汉白气死："那也太北了！冻死你这南蛮子！"他抽走杂志，翻着放，不想看见那泳装女郎。"别装傻。"他捏纪慎语潮湿的发梢，"你跟我很投缘，以后你可以去找我，我们一起干。"

亲密的姿态，温柔的语气，纪慎语难免恍惚："干什么？"

丁汉白关掉小灯，反客为主地占据枕头中央："喜欢干什么都行。现在，咱们睡觉。"他碰到纪慎语的肚子，没瘪着，说明吃得很饱。

万物都睡了。

接下来的日子，纪慎语先是花尽私房钱给丁汉白买了几身衣服，然后形影不离地，几乎把扬州城的好地方逛遍。标志性园林、有名的瘦西湖，他们连澡堂子都去了。

他们无话不谈，当着人说登上台面的，关进屋说上不了大雅之堂的，毫无罅隙。

花园角落的小间，极其闷热，是闭门做活儿的禁地。纪慎语带丁汉白进来，锁门关窗，要做点东西给对方看。他端坐于桌前，太阳穴滴着汗水，有种狼狈的美感。

"和师父去你家之前就准备做了，一直耽搁。"他备好工具、药水，先切割制好的瓷片，"师父今天去瓷窑了，每一件他都要亲自动手。"

丁汉白静静地听，来由、步骤，无一错漏。有些名词他听不懂，但不忍打断纪慎语，他想，以后总会有机会让纪慎语细细讲给他听。

纪慎语说："这手艺师父不让我告诉别人，你记得保密。"

丁汉白登时问："所以我不算别人？"

"嗞"的一声，纪慎语被烧红的刀尖燎了肉。有些话说不清，干脆不说了，他转移话题："这件东西做好要阴干，等你走的时候，当我送你的礼物。"

丁汉白掐住烧红的手指："这就赶我走了？"来这儿近半个月，家里催他的电话几乎一天一通。他低头看那指尖，明白了为什么不能有茧子。

真热啊，汗水淋漓的他们相对在桌前。风吹不进来，花香也飘不进来，只有他们那点呼吸和彼此身上的气味儿。

外面隐约有汽车引擎声，他挣开，胡乱擦擦汗就拉丁汉白跑出去，等见到纪芳许，叫一声"师父"。

丁汉白说："纪师父，我打算回家了。"

好一通挽留，最后又布上一桌丰盛的饯行酒菜，纪芳许以为给丁汉白的扬州行画上了圆满句号。夜里下起雨来，丁汉白和纪慎语上二楼休息，周围安安静静，真适合道别。

推开窗，风里夹着毛毛雨，纪慎语立在窗前显得格外单薄。丁汉白微微躬身。

许久，雨下大了，丁汉白轻咳一声："你要念高三了？"待纪慎语点头，他继续，"一年后，我再来找你。"

纪慎语问："一年之后，你忘了我呢？"

丁汉白说："那就不来了呗。"

纪慎语猛地转过身："不行！"他急切非常，跑去找琥珀坠子，找到却不知要干什么。"无论如何，你一定要来。"声儿低下去，"忘了，我就把坠子还你。"

雨声越来越大，纪慎语拽丁汉白去茶室，取了三弦抱在怀里，拨动，只那么一两个音符。说好的，送行时要唱一首歌，他哼唱起《春江花月夜》。

江畔何人相送，何人抚琴弄……江月照人，倒影临风……哪有月亮，丁汉白倚着棋盘，闭了眼。他空手而来，带着满涨的情绪而归，值了。

雨是后半夜停的，扬州城都湿透了。

第二天早晨，师徒俩送丁汉白去车站，纪慎语有样学样，买一张站票送上了站台。旅客等着列车，他与丁汉白并肩立着，还没说"再见"。

火车鸣笛，大家拎起行李做上车准备。

丁汉白退到最后，说："最后抱一个。"

纪慎语拥抱对方，使了最大的力气，把丁汉白勒得都咳嗽了。"路上小心，一路顺风。"逐渐靠近车门，他确认，"会给我写信吧？"

丁汉白首肯，一步迈上车，头也不回地进去了。纪慎语沿着列车奔跑，寻找到所在车厢，伸着脖子瞧，努力寻找丁汉白的身影。

巡逻的列车员推他，让他离远一点。他张张嘴，试图喊丁汉白的名字，但车轮滚动，火车已经开了。真快，他怎么追都追不上，眨眼开那么远了。

丁汉白靠窗坐着，数天上的云。

纪慎语孤零零立在站台，从兜里摸出一张字条，上面写道——

等我带着玫瑰来找你。

【番外二】

春日宴

"珍珠，十年了，你觉得哪一年最开心？"

"每一年。"

国际饭店中餐厅，服务员忙得不可开交。平时的备餐时间也忙，可今天不一样，布置、检查，一遍遍没停，而门口提前一周挂了不待客的牌子，只能凭请柬入场。

七点一到，坐庄的丁汉白率先露面，市里几个大饭店叫他包遍了，哪个经理见他都笑成一朵向日葵。"灯太亮，晃死人。"他出声便挑刺，"我们有藏品要展示，到时候灯光更要暗。"

经理一一记下，点头如捣蒜，问："餐单让厨师长拟的，您过目？"

丁汉白指名要扬州菜，还不错。"我在楼上西餐厅定做了生日蛋糕，你们取一下。"他揽住经理的肩膀补充，"今天庆生最要紧，出岔子我就赖账。"

生日宴每年不知办多少次，丁汉白张口威胁的倒是第一回。嘱咐完，丁汉白兀自转悠，不多时宾客陆续到达，他抻抻衣襟忙着招呼。

街上的车一年比一年多，这时段挤得慌，"玉销记"的大老板偕夫人春游去了，此刻大师傅正看这礼拜的账。伙计上楼，说："丁老板打电话，问什么时候去饭店。"

纪慎语头都没抬："看完账。"

十年匆匆而过，生日会办得他颇觉腻味，这二十八岁有零有整，就是没什么好铺张的。他一早说过，春天忙，今年不办了，那人却一意孤行，背着他张罗。

况且，当他不知道？借着生日会请南方来的几个老板，丁汉白想把手伸到拍卖公司去。纪慎语不紧不慢地翻页，久坐腰酸，碰一碰更酸。

对完账，他去库房点数，运转大半天的机器用过没擦，又亲自擦干净。等打烊走人已经华灯初上，堵车的工夫他险些靠窗睡着。

菜肴上桌，宾客都来齐了，可丁汉白这主家迟迟不宣布开席。大部分人心里清楚，旁边的位置还空着呢，说明那合伙人还没到。

丁汉白就这么吊着满厅人，多尴尬，多不好意思，手底下的助理忍不住劝："老板，要不先开始？这么吊着大家会不会不太合适？"

丁汉白说："有什么不合适？我不也被吊着？"刚说完，经理迎来一人，清瘦，衬衫柔软干净，拿一包，包上的琥珀坠子乱晃。丁汉白起身，当着在座各位走过去接，伸手，人家却不乐意让他牵。

他把人惯成这样，自然会自己找台阶下，揽住纪慎语的肩，高声宣布开席。纪慎语耸耸鼻尖，忽然扭脸问："你身上哪来一股松香味儿？"

丁汉白说："我在书房找到一瓶香水，好不好闻？"

纪慎语气得一愣："你怎么乱翻东西？！"终于落座，桌上的各色摆盘张牙舞爪，看不清旁人的脸。丁汉白问："一瓶香水而已，我用用不行？"

纪慎语说："……那是给你的生日礼物。""玉销记"有位熟客经常跑国外，他提前几个月拜托人家捎的，本想到时给个惊喜，谁料到这人连抽屉深处都要翻腾。

宴席方开，东家怎么也要讲两句，可丁汉白在自己这一亩三分地得意，闻袖口，使劲嗅那点香味儿，凑近，让人家也闻。

"今天出活儿了？"丁汉白问。

指腹红着，下苦功的痕迹向来无所遁形，大件儿，攥了多半天钻刀。纪慎语不动，任由丁汉白给他揉手，掌心、指根、关节，再到指头，随身揣着雪花膏，不分场合地给他保养。

他低声提醒道："师哥，你不是要招待那几个老板？别耽误正事儿。"

丁汉白"嗯"了一声，却仍不管不顾地伺候那一双手。满桌的人寒暄用餐，觥筹交错之间偷瞄他们，除了这桌，满厅的人也都是如此。他耐着心，给纪慎语擦好手才算完，清清嗓子切入正题，谈起要紧的买卖。

纪慎语安静地坐在一旁，吃自己的，感觉哪道菜好吃就夹一筷子搁丁汉白碟中，鲜汤煨着，等丁汉白第二次咳嗽他就盛了一碗。他对生意经没兴趣，填饱肚子便发呆，懒得打量其他人，偏头望丁汉白的侧脸。

望得久了，垂首，改成盯丁汉白腰间的衣褶和搭在腿上的左臂，他拉丁汉白左手，对待玩具似的摆弄，看看事业线，瞧瞧指甲该不该修剪，又端详手背上细小的汗毛。

十年了。

可十年还要如此细微地照顾对方，真挺过分的。

后半程，大家酒过三巡卸下拘束，高谈阔论，或者吹牛打马虎眼，好不热闹。丁汉白离席乱晃，挨桌联络感情，听了好几车的奉承话。纪慎语依然坐着，同桌的一位老板从扬州来，他跟老乡热聊起来。

小盅，茅台酒，聊到纪芳许，碰杯饮尽；说到故乡的美食美景，再干一杯；最后话题落在古玩上，纪慎语望一眼丁汉白，敬酒，请人家多担待。喉管子烧灼，熏得脸红，他舌头打结显出醉态，到最后只会呵呵地笑。

丁汉白回头瞧见，风似的卷来，张口就训。"自己多少量没谱儿?"茶水点心，喂进去压酒气，"难不难受？跟谁那么相见恨晚，喝成这德行？"

纪慎语往桌沿一趴："散场喊我。"

丁汉白气得半死，那三层大蛋糕还没亮相，寿星先晕了。生意谈成他也没半点高兴劲儿，甚至想跟别人抬杠，及至夜深，杯盘狼藉，人总算走尽了。

助理去开车，服务生一窝蜂来收拾，整间宴会厅恢复洁净后，灯暗下，生日蛋糕被推出来。纪慎语抬头，衬着暖黄烛光，醉嘛，数不清多少根蜡烛。他倾身靠在丁汉白身边，喃喃句"师哥"。

丁汉白说："珍珠，二十八岁了。"

他问："我许什么愿呢？"

丁汉白说："那随你。"

纪慎语琢磨半天，蜡烛都要燃尽了，最后闭紧双眼，许愿。这日子挺好的，哪儿哪儿都好，他别无所求，只希望岁月依旧。

丁汉白忽然犯病，用刀尖折磨那蛋糕，好好的裱花被他划拉成云纹。纪慎语烦道："快切，还让不让吃了？"一大块，丁汉白端着，他吃得直打饱嗝。

礼物塞满后备厢，助理仔细开车，丁汉白和纪慎语傍在后面。"师哥，热。"纪慎语红着脸，醉意一点点往上翻，干脆用脸颊去贴冰凉的玻璃窗。丁汉白按住他："把衬衫扣子解两颗。"

纪慎语听话地解扣子，头晕，恍然以为在家里，嘟囔道："这儿真挤，去——"

丁汉白捂住那嘴："你行行好吧！"

终于到家，助理如蒙大赦，给老板开门。丁汉白的衬衫被揪得皱皱巴巴，手表摘了，他抱起纪慎语进楼，边走边吩咐："明天我休息，有事没事都别烦我，车开去洗洗，后排放几个小垫，就这么多吧。"

助理一一记下，即刻闪人。丁汉白又叫住助理："备份礼物给那个扬州的老板，请他有空去珍珠茶楼喝茶。"难得遇见老乡，要好生招呼。

别墅里没开灯，丁汉白摸黑扶纪慎语上楼，踩到最后一级阶梯恍觉明亮，竟是漏进来的月光。低头，紧一紧手臂，他问："还洗不洗澡？"

纪慎语睡得迷糊，看状态是不洗。"那就都脏着吧。"

凌晨，《真爱永恒》的钟响起来，纪慎语掐着点儿醒了。

"师哥？"他叫。

丁汉白知道："祝你生日快乐。"

纪慎语就为听这一句似的，又合住眼。窗帘敞着，蚕丝的被面泛着光泽，淡淡酒气、松香、奶油味儿，一并混合着。

丁汉白打着哈欠踱到楼梯边："徐婶儿，先做早饭吧，饿了。"

徐婶儿仰头："你先前说今天聚会，不在家吃，我没买菜。"

丁汉白这才想起来，原定今天去他舅舅那儿。"鸡蛋总有吧？蒸碗水蛋羹。"他可真闲，要求又多，"只滴香油和米醋，搁一小撮海米，切半根小葱。"

徐婶儿说："家里只有大葱。"

丁汉白摇头："大葱不行，那宁愿不放。"他就扒着栏杆跟保姆讨价还价，一碗还没蒸的蛋羹加诸一堆名头。徐婶儿倒是精，突然把话题岔开："光你起啦？"

纪慎语也起了，望一眼丁汉白滋事儿的背影便没吭声，自顾自洗澡穿衣，已经从后楼梯下去浇花了。满院子姹紫嫣红，说好的洒水器迟迟没安，见天拎着铝皮壶当园丁。

浇完，回大客厅看早间新闻，金丝玉盅的盒子常备点心，他捧着吃。徐婶儿端来咖啡，边擦桌边唠叨："就说这点心，半个月了，全是玫瑰酥、椰子糕，不腻？"

纪慎语笑开，听这大婶儿传教布道，随后丁汉白下来，他举着椰子糕就去喂。徐婶儿恨铁不成钢，起身走了，丁汉白莫名其妙，只安生等那碗蛋羹。

他们垫垫肚子便出门，到姜寻竹家，不见舅舅和舅妈，只见沙发上趴俩大胖小子。大的四岁，眉目和姜采薇如出一辙，抬头就喊"哥哥"，小的刚两岁，咕哝一声"大伯"。

丁汉白霎时不知道抱哪个，等纪慎语把姜小商抱起来，他去抱自己的小表弟。而后，商敏汝从楼上下来，松一口气，生怕儿子落丁汉白手里，又要好一顿哭喊。

"大哥！慎语！"姜廷恩也冒出来，"我儿子都会背诗了，你们快问问他。"

丁汉白一生叛逆，人家让他往东，他绝对要往西，掐着孩子的肉脸蛋就考算数。孩子"哇哇"哭起来，纪慎语抱着满屋子转悠，最后只能还给商敏汝。他怀中空虚，去抢大的，拆了一包包零食糖果，把别人家孩子惯上了天。

年轻人凑一处无拘无束，什么浑话都能讲，暖和，在院里架炉烧烤，直折腾到下午。酒足饭饱，那俩好姐妹甩手休息，孩子扔在躺椅上啃香肠，他们仍在谈天说地。

姜廷恩凑来："你昨天生日设宴，都收什么礼物了？"

纪慎语说："还没拆，有好玩儿的拿给小商。"

姜廷恩问："大哥送什么了？"

纪慎语答："没送，家里都摆不下物件儿了，全在库房堆着。"说完低声，"那天经过二店，好像看见二哥了。"

姜廷恩说："老二只能弃了本行，这些年南下做生意，刚回来。"

说着，丁汉白过来，耳聪目明瞒不住，接道："回来说明混得不算太差，孩子也该上托儿所了吧。"

往事难追，谁也没再多说，他们趁着天好回去了。许久没骑自行车，十年过去，那横梁上的小字都有些斑驳，记忆中的画面也是，都不那么清晰了。

许久，纪慎语觉得奇怪，回家的路不该这么走，绕圈子呢。丁汉白却骑得来劲，超英赶美似的在街上穿梭，一晃，老街破巷，正经过淼安。十年前他们离家蜗居于此，十年后竟然还苟延残喘没有拆迁。

巷口的早点摊子还干吗？唱《上海滩》的大哥升职了吗？

一捏铃铛，他们远了，途经繁华的商区、世贸百货、渐起的高楼大厦，再看萧索就是崇水旧区了。他们似乎望见胡同口有辆车，张寅的，那父子俩如今爱玩儿父慈子孝呢。

纪慎语和丁汉白看一路风景，不对，是光景。六中、池王府、旧时的丁家大院……终于晃到"玉销记"，猛地，丁汉白刹车。厅门洞开，隐约瞧见丁厚康招呼客人，丁厚康比从前瘦了，头发白去许多，丁可愈扎着围裙，应该是刚出完活儿。

他们停在人行道边，隔着三四米观望，忽然出来一小女孩儿，麻花瓣、背带裙，还有没退去的婴儿肥。又出来一斯文相的大人，抱起孩子，抬头对上他们，愣得半晌没有动弹。

他们断绝往来十年，就这么明晃晃地撞上，进退两难。

丁汉白直勾勾地看，纪慎语也不避讳地望，大人、孩子，他们一并凝视着。丁尔和没下台阶，镜片之后的目光也窥探不清，数十秒后，他凑在小姑娘耳边低声说话。

随后小姑娘懵懂地喊："大伯！"喊完又一声，"五叔！"

那年轻的大伯和五叔没理人，僵着脸骑车离开。丁汉白一口气蹬回家，风风火火进楼，直奔搁宝贝的库房，纪慎语跟着扎进去，挑三拣四，合伙把柜子翻个乱七八糟。陈年恩怨暂且不表，管他那么多，他们先给侄女选个见面礼再说。

直到日暮黄昏，连着昨天收的礼物一并收拾了，趁光景正好，丁汉白靠着纪慎语窝在秋千上休息。远方一轮夕阳，周遭一片繁花，野猫在脚底下走来走去，没哪处是不好的。

丁汉白忽然说："我还没送你礼物。"

纪慎语说："不用，有你万事足。"

丁汉白满心得意，他纵然挑剔事多，可在纪慎语这里极容易被取悦。"其实我准备了，就搁在书房。"他卖关子，"咱看看去？"

纪慎语猜测是文房四宝，或者名家字画，可辗转上楼只见一份合同——股权转让书。十年了，古玩城要张罗第二家，要办拍卖公司，但在落实之前，丁汉白把这头一份事业全渡到了他名下。

丁汉白安坐在椅子上。窗外红霞四染，他递上钢笔，叫纪慎语在合同上签下姓名。"这份礼物铜臭味儿重了些，你不要嫌弃。"他说，"不过我是香的，可以着重稀罕我。"

纪慎语咻咻地笑，翻出抽屉中的香水，对比之下颇觉寒酸。丁汉白似乎知道他在想什么，凑他耳边回忆创业初期，他帮多少忙，他出多少力，描绘个共患难的手足模样。

他听烦了，脸有些红，仰头看丁汉白的眼睛。

丁汉白说："给我喷一点。"颈边一凉，纪慎语把香水喷在他脖子上，又一暖，是纪慎语耍赖般拱他的颈窝。光阴似箭，这亲近撒娇的习惯倒是半分没改。

许久，太阳落尽，只剩余晖。

丁汉白问："珍珠，十年了，你觉得哪一年最开心？"

纪慎语答："每一年。"

图书在版编目（CIP）数据

碎玉投珠. 完结篇 / 北南著. — 广州 : 广东旅游出版社, 2021.8（2025.8重印）
ISBN 978-7-5570-2457-4

Ⅰ.①碎… Ⅱ.①北… Ⅲ.①长篇小说—中国—当代 Ⅳ.①I247.5

中国版本图书馆CIP数据核字(2021)第082193号

碎玉投珠. 完结篇
SUI YU TOU ZHU . WAN JIE PIAN

出版人：刘志松
责任编辑：梅哲坤
责任技编：冼志良
责任校对：李瑞苑

广东旅游出版社出版发行
地址：广州市荔湾区沙面北街71号首、二层
邮编：510130
电话：020-87347732（总编室）　　020-87348887（销售热线）
投稿邮箱：2026542779@qq.com
印刷：北京盛通印刷股份有限公司
（地址：北京市北京技术开发区经海三路18号）
开本：880毫米×1230毫米　1/32
字数：225千
印张：9
版次：2021年8月第1版
印次：2025年8月第15次印刷
定价：46.00元

【版权所有 侵权必究】